남한산성

남한산성 하근찬 전집 16

초판 1쇄 발행 2024년 10월 30일

지은이 하근찬
펴낸이 강수걸
편집 오해은 강나래 이선화 이소영 이혜정 김효진 방혜빈
디자인 권문경 조은비
펴낸곳 산지니
등록 2005년 2월 7일 제333-3370002510020050000001호
주소 부산시 해운대구 수영강변대로 140 BCC 626호
전화 051-504-7070 | 팩스 051-507-7543
홈페이지 www.sanzinibook.com
전자우편 sanzini@sanzinibook.com
블로그 http://sanzinibook.tistory.com

ISBN 979-11-6861-380-5 04810
ISBN 978-89-6545-749-7 (세트)

* 본 전집은 백신애기념사업회가 영천시의 지원을 받아 제작되었습니다.

하근찬 전집 16

남한산성

산지니

밑바닥을 향한 진실한 시선

세상은 속도에 차이는 있겠지만 늘 변해왔다. 그 변화에 사람들은 순응하기도 하고 저항하기도 하면서 발걸음을 맞춰왔다. 좋은 작가에게 우리가 거는 기대가 있다면, '새로운 눈'으로 세상의 변화를 보여주는 것이다. 작가가 보여주는 세계는 새로운 세상의 창조와 같다. 작가가 개성적으로 바라보는 창조적 관점은 세계에 새로운 옷을 입히는 것과 같기 때문이다.

하근찬은 한국전쟁 이후의 상처를 민중의 관점에서 어루만지면서 '치유의 서사'를 펼쳐 보인 좋은 작가다. 그는 전쟁 이후의 혼란한 세계 속에서 '새로운 눈'으로 창조적 소설 작품을 써낸 존재다. 진실을 향한 집념을 가진 작가는 좋은 작품들을 남긴다. 하근찬은 '새로운 눈'과 '진실을 향한 집념'으로 사실의 기록자에 머물지 않고 진정한 창작자가 되었다.

작가는 맑고 정상적인 눈을 가져야 한다. 건강한 눈으로 항상 세상을 골고루 넓게, 그리고 똑바로 바라보아야 한다. 똑바로 바라본다는 것은 바꾸어 말하면 어떤 현상의 밑바닥에 흐르는 진실을 꿰뚫어 보아야 한다는 뜻이다.

　세상을 골고루 넓게 바라보는 것도 중요하지만, 똑바로 바라보는, 즉 꿰뚫어 보는 안광이 작가에게는 더욱 중요하다. 그렇지 않고서는 세상이 빚어내는 갖가지 일들의 의미를 파악할 수가 없는 것이다.(하근찬,「진실을 꿰뚫어야 하는 안광(眼光)」,『내 안에 내가 있다』, 엔터, 1997, 274쪽.)

　하근찬은 세상을 바라보는 '눈'에는 두 가지가 있다고 보았다. 하나는 '세상을 골고루 넓게' 바라보는 눈이고, 또 하나는 '세상을 똑바로' 바라보는 눈이다. 그렇다면 작가가 강조하는 '똑바로 바라보는 눈'이란 무엇일까? 그것은 나타나는 현상에만 머물지 않고, 그 현상의 밑바닥에 있는 원인을 꿰뚫는 혜안을 말한다. '사건이 있었네!'에서, '왜 이 사건이 일어났을까?'라고 질문하는 탐구정신이기도 하다. 하근찬은 '바로 본다는 것'은 보이는 것에만 시선을 두지 않고, "밑바닥에 흐르는 진실"을 밝히는 것이라고 했다. 진실을 위해서는 깊이, 그리고 많이 생각해야 하고, 현상 이면에 담긴 원리와 작용하는 힘을 밝혀내는 노력을 해야 한다.

　하근찬은 밑바닥에 흐르는 진실을 탐구한 작가였다. 웅숭깊은 그의 이 시선과 거룩한 문학적 성취는 한국문단에서 보기 드문 문학적 자산이다. 그럼에도 그의 문학세계를 전체적으로 살필 수 있는 전집이 없었으며, 참고할 만한 좋은 선집도 간행되지 못했다는 것은 참으로 안타까운 일이었다.

　하근찬 탄생 90주년을 맞아 구성된 '하근찬 문학전집' 간행위원회는 다음과 같은 목표를 설정하였다.

첫째, 하근찬 작품 세계 전체를 충실히 복원하고자 했다. 그간 하근찬의 소설세계는 단편적으로만 알려져 있었다. 하근찬의 등단작 「수난이대」는 일제강점기와 한국전쟁으로 이어져온 민중의 상처를 상징적으로 치유한 수작이다. 그러나 그의 문학세계는 「수난이대」로만 수렴되는 경향이 있었다. 하근찬은 「수난이대」 이후에도 2002년까지 집필 활동을 하면서, 단편집 6권과 장편소설 12편을 창작했고 미완의 장편소설 3편을 남겼다. 문업(文業)만으로도 45년을 이어온 큰 작가였다. '하근찬 문학전집' 간행위원회는 하근찬의 작품 세계를 '중단편 전집' 8권과 '장편 전집' 13권으로 나눠 총 21권을 간행함으로써, 초기의 하근찬 문학에 국한되지 않는 전체적 복원을 기획했다.

둘째, 하근찬 문학세계의 체계적 정리, 원본에 충실한 편집, 발굴 작품 수록을 통해 자료적 가치를 확보하려고 노력했다. 하근찬 문학전집은 '중단편 전집'과 '장편 전집'으로 구분하여 간행했다. 먼저 '중단편 전집'은 단행본 발표 순서인 『수난이대』, 『흰 종이수염』, 『일본도』, 『서울 개구리』, 『화가 남궁 씨의 수염』을 저본으로 삼았다. 이때 각 작품집에 중복 수록된 작품은 제외하여 편집하였다. 또한 단행본에 수록되지 않은 알려지지 않은 하근찬의 작품들도 발굴하여 별도로 엮어냈다. 이를 통해 전집의 자료적 가치를 높였다. 다음으로, 장편의 경우 하근찬 작가의 대표작인 『야호』, 『달섬 이야기』, 『월례소전』, 『산에 들에』뿐만 아니라, 미완으로 남아 있는 『직녀기』, 『산중 눈보라』, 『은장도 이야기』까지 간행하여 전체 문학 세계를 조망할 수 있도록 했다.

셋째, 젊은 세대들의 감각과 해석을 반영하여 그의 문학에 새로운 생명력을 불어넣고자 했다. 하근찬의 작품세계가 펼쳐 보이고 있는 한국현대사의 진실한 풍경들도 젊은 세대들에 의해 읽히지 않으면 의미가 반감될 수밖에 없다. 하근찬 문학의 새로운 해석의 발판을 마련하기 위해, 젊은 연구자들의 충실하고 의미 있는 해설을 덧붙였다. 또한, 개작, 제목 바뀜, 재수록 등을 작품 연보에서 제시하여 실증적 가치를 높이기 위해서도 노력했다.

한 작가의 문학적 평가는 전집이 간행되었을 때 비로소 그 발판이 마련된다고 한다. 1957년에 등단, 집필기간만도 45년의 문업을 이루어온 장인적 작가에 대한 본격적 연구의 발판이 60여 년이 지난 이제야 비로소 마련되었다는 것은 안타까운 일이다. 하근찬의 문학세계에 대한 새로운 조명이 2021년 문학전집 간행과 함께 활기를 띨 수 있기를 기대한다.

2021.10.
『하근찬 문학전집』 간행위원회
송주현 · 오창은 · 이정숙 · 이중기 · 장수희

일러두기

1) 『하근찬 중단편전집』과 『하근찬 장편전집』은 하근찬의 소설세계를 일반 독자들에게 널리 소개하고, 그 문학적 의미가 현대적으로 재해석되도록 하는 데 목적이 있다.

2) 작가가 지문에서 사용한 방언과 비표준어는 작품을 훼손하지 않는 범위 내에서 현대어로 바꾸었으며, 작가가 의도적으로 구분해서 사용한 '목덜미'와 '목줄기'는 그대로 살렸다.

3) 작가 고유의 표현은 그대로 살렸다.
   예 : 오리막(오르막), 고깃전(어물전), 변솟간(변소), 동넷방(동네 방), 생각키는/생각히는(생각나는) 등.

4) 한 작품에서 같은 뜻의 단어를 표준어와 비표준어 또는 방언을 혼용해서 사용한 경우 하나로 통일했다.
   예 : 뒤안/뒤란 → 뒤안, 복받치는/북받치는 → 복받치는, 무신/무슨 → 무슨, 잘몬/잘못 → 잘못, 부시시/부스스 → 부스스, 돋우다/돋구다 → 돋우다 등.

5) 다음과 같은 표현은 어법에 맞게 수정했다.
   예 : 소중스리 → 소중하게, 뭐라고든지 → 뭐라든지, 칭칭하게 감은 → 칭칭 감은, 그리고 나서 → 그러고 나서

6) 영어 표현의 경우 현행 '외래어표기법'에 따르는 것을 원칙으로 했다.

차례

발간사   4

제1장   11
제2장   61
제3장   95
제4장   217

해설 | 치욕의 역사를 재현하는 방식-김원규   233

제1장

1

대낮인데도 별안간 천지가 밤처럼 어두워지면서 비가 쏟아지기 시작하였다. 굉장한 비였다. '장대처럼 퍼붓는다'는 표현이 조금도 과장이 아닐 만큼 무서운 기세로 쏟아지는 폭우였다. 바람도 기세를 돋우고 있었다.

그런 비바람과 함께 번개가 치고, 뇌성이 진동하는 바람에 천지는 마치 무슨 개벽이라도 하는 듯하였다.

한양 도성을 중심으로 둘레의 경기 땅 일부가 그런 무서운 폭풍우 속에 휘말려 있었다.

인조 14년, 서기로는 1636년의 일이었다. 그러니까 지금으로부터 대략 삼백오십 년가량 옛날의 일이다. 그해가 병자년이다.

인조는 광해군을 몰아낸 인조반정으로 유명한 이씨조선의 16

대 왕이다.

때는 5월이었다. 5월이면 이제 봄이 가고, 여름이 시작되는 무렵이다.

그런데 철에 걸맞지 않게 그런 무서운 폭풍우가 난데없이 한양 도성과 그 둘레를 뒤덮은 것이다. 이변이 아닐 수 없었다.

"하늘이 무너지는 것 같구나."

"이게 도대체 무슨 일이지. 난데없이 대낮에……."

"천지가 뒤집히는 것 아닌지 모르겠네."

"괴이한 일이로군. 정말 괴이한 일이야."

이렇게 사람들은 모두 낯빛이 질려 있었다. 어떤 사람은,

"아무래도 올해는 수상한 햇세. 무슨 큰 변이 일어날 것 같애. 그렇지 않곤 이런 변괴스러운 일이 잇달아 생길 까닭이 있는가 말일세. 오리들이 대판 싸움을 벌이질 않았나, 학들이 무리를 지어 진을 치지 않았나……."

이렇게 말하기도 하였다.

영남과 관서지방 곳곳에서 오리들이 서로 물고 뜯고 싸우는, 변괴스러운 일이 일어나, 한동안 소문이 자자하였다.

그리고 영남의 대구 근처에서는 난데없이 수많은 학들이 몰려들어 숲에 진을 치고 일제히 북쪽을 향해 사흘 동안을 울부짖는 그런 괴이한 일이 생기기도 하였다.

죽령에서는 수없이 많은 두꺼비가 일렬로 줄을 지어 괄괄괄…… 울면서 행진을 하기도 했고, 청파(青坡)라는 곳에서는 무수한 개구리들이 두 패로 나뉘어서 온통 싸움을 벌이는, 별 희한한 일이 다 일어나기도 하였다.

그런 풍문을 들은 사람들은 틀림없이 불길한 조짐이라고 이맛살을 찌푸렸었는데, 이번에는 한양 도성에 때아닌 폭풍우가 휘몰아친 것이다. 그러니 무슨 큰 변이 일어날 모양이라는 생각이 드는 것도 무리가 아니었다.

　이튿날, 비바람은 멎었다.

　구름이 걷히고, 맑은 하늘에 백일(白日)이 그 모습을 드러내자, 홀연히 무지개가 커다랗게 하늘에 걸렸다. 그런데 그 무지개가 황홀한 칠색(七色)이 아니라, 괴상하게도 허연 빛깔이었다. 그리고 무지개의 한쪽 가닥이 마치 칼날처럼 해를 향해 뻗어 있는 것이 아닌가. 해를 푹 꿰뚫기라도 하려는 것처럼.

　백색의 무지개라니…… 더구나 그 백색의 무지개가 해를 꿰뚫을 듯이 뻗어 있다니…… 그 광경을 바라보는 사람들은 절로 눈이 휘둥그레지고, 입이 딱 벌어지지 않을 수 없었다.

2

"아니, 저게 뭐지?"

"글쎄, 무지개는 무지개 같은데…….”

"무슨 무지개가 저런 무지개가 다 있지?"

"글쎄 말이지 흰 무지개라니, 참 별 희한한 일도 다 보겠네. 때아닌 폭풍우가 정신을 홀딱 빼놓더니…….”

"무지개가 콱! 해 낯바닥을 꿰뚫을 모양이지. 저 보라구.”

"틀림없이 나라에 큰 변이 일어날 징조지, 어쩌면 임금님의 신변에 무슨 일이 있을지도 몰라. 해는 바로 임금이잖아. 그런데 그 해의 낯바닥을 칼날 같은 괴상한 무지개가 꿰뚫으려고 하고 있으니……."

"입 조심하라구. 그런 소리 함부로 하다가……."

판윤 최명길의 집 두 젊은 하인이 폭풍우에 어질러진 바깥마당을 치우다가 서서 하늘을 쳐다보며 주고받는 말이었다.

임금님의 신변에 무슨 일이 있을지도 모른다고 입을 함부로 놀리던 하인이 후다닥 안으로 뛰어 들어가며,

"무지개 봐요! 무지개, 무지개……."

하고 큰소리로 외쳤다.

그러자 부엌에서 일을 하고 있던, 중년 아낙네인 찬모가 바깥을 내다보며,

"무지갤 첨 봤나, 왜 그렇게 떠들어 대지."

조금 못마땅한 표정을 지었다.

"저 무지갤 좀 보라구요. 저런 무지개 봤어요?"

"무슨 무지갠데 야단일까……."

"어서 이리 나와 보란 말이요."

"어디 어디……."

바깥으로 나와 하늘을 우러러본 찬모는 그만,

"어머―"

입이 딱 벌어지고 말았다.

"어때요? 희한하지요?"

하인은 마치 자기가 그런 무지개를 그렇게 하늘에 걸어놓기라도 한 것처럼 싱글벙글 웃었다.

찬모는 얼른 안채로 달려 들어갔다.

"마님, 참 괴이한 무지개가 섰습니다. 나가 보시지요."

방 아랫목에 앉아 사군자를 그리고 있던 정부인이 가만히 얼굴을 들었다.

"괴이한 무지개라니?"

"흰 빛깔의 무지갭니다."

"뭐? 흰 빛깔의 무지개?"

"예, 그렇습니다."

"흰 빛깔의 무지개가 세상에 어디 있어. 잘못 본 거겠지."

"잘못 보다니요. 하늘에 걸려 있는걸요. 더구나 흰 무지개가 해를 꿰뚫을 듯이 뻗어 있어요. 어서 나가보시지요."

"아니, 무슨 그런……."

정부인은 붓을 놓고 일어났다.

밖에 나가 그 괴이한 무지개를 본 정부인은 안색이 창백해지는 듯하였다. 잠시 말없이 쳐다보고 있더니,

"대감마님께서도 보셨는가?"

하고 물었다.

"글쎄요……."

"어디 내가 가보지."

정부인은 사랑채 쪽으로 잰걸음을 쳤다.

최명길은 보료 위에 차렵이불을 덮고 누워서 지그시 두 눈을 감고 있었다. 머리맡에는 빈 약사발이 놓여 있었다. 가벼운 몸살을 앓고 있는 중이었다.

최명길은 몸집이 작고 여윈 편이어서 얼른 보기에 잔약해 보였

다. 그러나 그게 아니었다. 도사리고 앉아 있는 모습은 꼿꼿하고 무게가 있어 보였고, 눈에 정기가 넘쳤다. 좀처럼 병을 앓는 일도 없었다. 나이 탓으로 간혹 몸살이나 감기 정도로 눕는 일은 있었지만…….

그리고 그 체구와는 반대로 뜻이 큰 사람이었다. 속되고 자질구레한 세상사에는 도무지 머리를 쓰지 않았다. 청색과 녹색을 잘 가리지 못할 정도였다.

한번은 이런 일이 있었다.

어느 날 조카가 당나귀를 타고 찾아왔다.

그것을 본 최명길은,

"야야, 네 말은 어찌 그리 귀가 길지?"

하고 물었다.

조카는 웃으면서 대답하였다.

"이게 말인 줄 아십니까? 말이 아니라, 당나귑니다."

"아, 그래. 맞아, 맞아. 당나귀는 귀가 길지. 허허허……."

최명길도 웃었다.

그가 호조판서로 있을 때의 일이었다.

어느 관아에서 기와 오백 장을 청구해 왔다.

최명길은 제사*(題辭, 백성이 제출한 訴狀이나 願書에 쓰는 관부의 판결이나 지령)를 하면서,

"오백 장은 너무 많으니, 한 우리만 주도록 하라."

하고 말하였다.

그러자 주위에 있던 사람들이 모두 웃었다.

'우리'란 기와를 세는 단위로서, 한 우리는 이천 장을 가리켰다.

그런데 오백 장을 청구한 데 대해서, 너무 많으니 한 우리만, 즉 이천 장만 주라고 했으니 웃음이 나올 수밖에 없다.

그처럼 최명길은 자질구레한 세상일에는 거의 무관심한 사람이었다. 청색과 녹색을 잘 가리지 못하고, 당나귀와 말의 구별을 얼른 못하며, 오백 장보다 한 우리가 적은 것으로 아는 그런 점을 보면 어쩌면 넋이 나간 사람처럼 생각될지 모르지만, 결코 그게 아니었다.

그런 세상 범사에는 흐릿했으나, 그는 남을 꿰뚫어 보는 비상한 정신력을 가지고 있었다.

이런 일이 있었다.

나이가 젊고 이름난 무사인 구오가 수원부사에 임명되어 그 인사차 최명길을 찾아왔을 때의 일이었다.

한참 이런 얘기 저런 얘기 주고받은 다음, 구오는 하직인사를 하고 일어섰다. 그리고 물러나 대청을 내려가자, 최명길은 갑자기 낯빛이 달라지며 구오를 유심히 지켜보는 것이었다.

구오가 마당을 걸어 나간 다음, 최명길은 옆에 앉아 있는 아들에게,

"참 괴이한 일이로다."

하고 입을 열었다.

"왜요? 무슨 일인데요?"

"구오가 미구(未久)에 죽을 것 같구나."

"예, 그게 무슨 말씀입니까?"

"구오가 걸어 나가는 모습을 보니 정신이 말짱 빠져 버렸어. 마치 허수아비가 걸어가는 것 같다니까. 무장이 허수아비처럼 되

었을 때야 다 된 것이지. 아마 미구에……."

"……."

아들은 그저 멀뚱히 아버지를 바라볼 뿐이었다.

과연 며칠이 안 되어 구오는 앓아눕는 일도 없이 급사하고 말았다.

그런 신통한 정신력을 가지고 있을 뿐 아니라, 최명길은 또 소견이 탁 트인 사람이기도 했다. 작은 일에 구애되지 않고, 대범하게 앞을 내다보는 안목을 지니고 있었다.

그가 대제학으로서 과거를 주관하고 있을 때의 일이었다.

어느 경의(經義) 한 편이 남달리 뛰어났다. 그래서 최명길은 그것을 장원으로 뽑으려 하였다.

그러나 여러 시관들은 찬성을 하지 않았다. 그 글이 가장 뛰어나다는 것을 인정하면서도 반대하는 까닭은 장본인의 문벌이 두드러지지 않는다는 것이었다.

그 말을 듣고 최명길은,

"학문이 남보다 뛰어났는데, 어찌 문벌로써 그 전도를 가로막는단 말인가. 작은 일에 집착하면 큰 것을 잃는 법이니라."

하고 설득하여 끝내 그것을 장원으로 뽑았다.

그렇게 해서 뽑힌 사람이 후일의 주자학의 대학자이며 정치가인 송시열이었다.

최명길은 비록 몸집은 작고 여위어서 잔약해 보였으나, 그처럼 비범하고 큰 데가 있는 사람이었다.

최명길이 누워 있는 사랑방 문을 정부인은 조용히 열었다.

"대감, 몸은 좀 어떠하오?"

"곧 괜찮을 것 같구려."

"그럼, 잠시 바깥에 나와 보시지요. 하늘에 괴이한 무지개가 섰어요."

"괴이한 무지개라니?"

"흰 무지개가 해를 꿰뚫을 듯이 섰단 말입니다."

"흰 무지개가 해를 꿰뚫을 듯이?"

"예."

"음—"

최명길은 자리에서 부스스 몸을 일으켰다.

정부인이 곁으로 가서 부축을 하려 하자, 최명길은 그만두라하고, 혼자 가만가만 밖으로 걸음을 옮겼다.

대청마루 끝에서는 무지개가 잘 보이지 않자, 신을 신고 뜰로 내려섰다.

눈이 부신 듯 정부인도 따라 내려섰다. 한 손을 이마에 가져가며 하늘을 우러러본 최명길은,

"괴이한 일이로다."

하였다.

"길조는 아닌 것 같지요?"

정부인이 물었다.

최명길은 말없이 고개만 두어 번 끄덕거렸다.

"나라에 무슨 변이 일어날 징조가 아닐까요?"

"……"

"아무래도 수상해요. 흰 무지개가 해를 꿰뚫으려고 하다니……무지개가 어쩌면 꼭 칼날같이 보이잖아요."

"……."

"폭풍우는 또 얼마나 엄청났어요. 그런 끝에 저런 괴이한 현상이 나타나다니…… 아무래도 무슨 일이……."

"……."

"대감."

"……."

최명길은 말없이 아내를 돌아보았다.

정부인은 얼굴에 약간 두려운 듯한 빛을 띠며,

"혹시 척화론자*(斥和論者, 화친하자는 논의를 배척하는 사람)들의 상소가 받아들여지는 것이나……."

하고 말꼬리를 흐렸다.

"음―"

최명길의 표정도 굳어졌다. 그러나 그는 그저 무거운 신음소리 같은 것을 냈을 뿐, 아무 말도 하지 않았다.

정부인도 이제 입을 다물어 버렸다.

잠시 두 사람 사이에 침묵이 흘렀다. 어딘지 모르게 약간 긴장이 된, 별로 기분 좋지 않은 침묵이었다.

잠시 후, 정부인은 나직한 목소리로,

"몸도 편찮으신데, 그만 들어가 누우시지요."

하였다.

그러나 최명길은 못 들은 체 그 자리에 그대로 멀뚱히 서 있기만 하였다. 마치 허탈한 사람처럼 보였으나, 그의 머릿속에는 착잡한 생각이 흐르고 있었다.

주화론자*(主和論者, 전쟁을 피해 화해하여 평화롭게 지내자고 주장하는 사람)인 자기를 참할 것을 상소한 오달제·윤집 등의 얼굴이 으스스하게 떠오르기도 했고, 후금국(後金國)에 춘신사(春信使)로 갔다가 돌아와 유배가 되고 만 이곽과 나덕헌의 일이 괴롭게 머릿속을 짓누르기도 하였다.

그리고 얼마 전에 있었던, 후금국의 사신인 마부태와 용골대의 소동도 머리에 떠올랐다.

틀림없이 미구에 걷잡을 수 없는 큰 변이 일어나고야 말 것 같아 가슴이 무겁기만 하였다.

"또 올 것이 오고야 마는가……."

최명길은 하늘에 걸린 괴이한 무지개를 가만히 바라보며 혼자 한숨을 내쉬듯 중얼거렸다.

해를 꿰뚫을 듯이 서 있는 흰 무지개도 서서히 엷어져가고 있었다.

3

후금국은 '누르하치'가 세운 나라였다.

'누르하치'는 지금의 만주 땅에 흩어져 있던 여진족에 속하는 건주(建州)의 한 부족장의 아들로 태어나, 이십오 세가 되던 해부터 인근 부족을 정복하고 병합해서 세력을 뻗쳐나갔다.

'누르하치'의 세력을 알게 된 명나라는 그에게 오랑캐로서는 최고의 대접인 용호장군이라는 벼슬을 주어 예하에 묶어두려 했으나, 도리어 그의 콧대를 높여주고, 세력을 키워주는 결과가 되었다.

용호장군이 뇌어 위세를 떨쳐나가던 '누르하치'는 종주국으로 섬겨오던 명나라에의 조공을 폐기하고, 매사에 맞서려는 태도를 보이게 되었다.

그러다가 마침내 '헤투알라'라는 곳에서 왕위에 오르고, 나라 이름을 왕년에 만주국 국가였던 금나라의 뒤를 잇는다는 뜻으로 후금이라 하였다. 서기 1616년의 일이었다.

작은 세력으로 분산되어 있던 만주족이 하나로 통일되어 후금이라는 나라를 세우자, 명나라로서는 중대한 위협이 아닐 수 없었다. 그래서 경계를 게을리하지 않고 있는데, 아니나 다를까, 후금은 명나라가 지난날에 '누르하치'의 조부인 규장을 죽였다는 것을 이유로 그 유한을 푼다면서 군사를 일으켜 명나라를 침공하였다.

명나라는 이를 억압하고자 십만 병력을 동원했고, 조선에도 출병을 요청하였다.

조선으로서는 명나라의 요청을 거역할 입장이 못 되었다. 조선과 명나라는 밀접한 관계에 있었다. 임진왜란 때 명나라가 이십여 만의 대군을 보내어 도와준 다음 완전히 철수를 하자, 조선에서는 그 출병의 은혜를 잊지 못하고, 숭명사상(崇明思想)이 고조되어 있었다. 그래서 그 은혜에 대한 보답으로서도 출병치 않을 수 없었다.

그러나 결과는 실패였다. 대국인 명나라의 군사가 신흥국인 후금의 군사에게 패하고 말았던 것이다. 강홍립이 이끌고 출병한 1만 3천의 조선 군사도 후금에게 투항하는 처지가 되고 말았다.

'누르하치'는 그 승전의 여세를 몰아 서진을 계속해서 마침내 요동 땅까지 손아귀에 넣고, 수도를 심양으로 옮겨 후금국의 기초를 튼튼히 다졌다.

육십팔 세를 일기로 '누르하치'가 죽자, 그의 여덟째 아들인 홍타시가 뒤를 이었다. 그가 곧 청나라의 태종이었다.

후금의 두 번째 왕이 된 홍타시는 나중에 국호를 '청'으로 바꾸었던 것이다.

'누르하치'는 조선에 대해서 비교적 온건한 정책을 취했으나, 왕위에 오른 홍타시는 그렇지가 않고, 장차 명나라를 치려면 먼저 조선을 정벌해서 굴복시켜 두어야 된다는 생각을 가지고 있었다.

그런데 마침 모문룡이라는 명장이 조선 땅을 근거지로 해서 후금을 괴롭힐 뿐 아니라, 인조반정으로 광해군을 몰아내고 정권을 잡은 조선 조정에 명나라를 숭상하고 후금을 배척하는 기세가 날로 성해 가므로 그것을 구실삼아, 인조 5년인 정묘년에 왕자인 아민(阿敏)으로 하여금 삼만 군사를 이끌고 조선을 치도록 하였다.

즉, 정묘호란이 일어난 것이다.

후금의 군사가 파죽지세로 침입해 들어오자, 인조는 강화도로 난을 피했고, 소현세자는 전주로 피란을 갔다. 만일의 사태에 대비해서 분조, 즉 조정을 둘로 나누었던 것이다.

평양을 거쳐 황주에 이른 후금군은,

1. 후금에게 할지(割地)할 것.

2. 모문룡을 잡을 것.

3. 명나라 토벌에 조선에서도 병(兵) 일만을 보내어 후금을 도
   울 것.

4. 명의 천계라는 연호를 쓰지 말 것.

5. 왕자를 인질로 보낼 것.

이와 같은 요구 조건을 내걸고 강화를 강요해 왔다.

강화도에서 후금국의 본진이 있는 황주의 평산까지는 백여 리
에 불과한데, 강화도의 수비는 미약하기 이를 데 없어서 모두 두
려움에 휩싸여 있었으나, 감히 누구 하나 강화에 응하자고 나서
는 사람이 없었다. 강화에 응한다는 것은 곧 항복을 의미하는 것
이었다.

그런데 그때 판관이었던 최명길이 대세로 보아 강화가 불가피
하다는 것을 역설하였다. 그래서 인조도 강화에 대해 첨의, 즉 여
러 사람이 논의하도록 하였다.

그 결과,

1. 후금군은 평산을 넘어서지 않을 것.

2. 맹약 후, 후금군은 즉시 철병할 것.

3. 후금군은 철병 후에는 다시 압록강을 넘지 말 것.

4. 양국은 형제국으로 칭할 것.

5. 조선은 후금과 화약을 맺되, 명나라에 대해 적대하지 않아도
   될 것.

이 다섯 가지 조건이 받아들여지면 인질을 보내되, 왕자는 아직 어려서 보낼 수가 없으니 왕제를 대신으로 보낸다는 데에 의견의 일치를 보았다.

그 다섯 가지 조건이 받아들여져서 마침내 강화가 성립되었다.

강화의 성립은 곧 조선이 명나라와 후금 사이에서 중립을 지킨다는 것을 의미하였다.

명나라에서 이 전란에 원군을 보내려 했으나, 그들 군사가 움직이기 시작했을 때는 이미 강화가 성립된 뒤였다.

정묘호란이 있은 뒤, 후금은 조선에 대해서 교역할 것을 요구하였다. 조선은 그들의 요구를 들어 압록강 가운데 있는 섬인 난자도와 회령에서 개시를 해서 그들과 교역을 하기에 이르렀다. 그래서 후금은 조선으로부터 예폐*(禮幣, 고마움과 공경하는 뜻에서 보내는 물품) 외에 약간의 물품을 손에 넣을 수가 있었다.

그러나 이에 만족지 않은 후금은 약조를 어기고 양식을 강청(强請)했으며, 정명(征明)의 병선을 요구하기도 하였다.

그리고 진강성에 있던 후금군의 일부가 압록강을 넘어 평양까지 침입해 와서 식량을 약탈하고, 부녀자를 강탈해 가기도 하였다.

그런 파약(破約) 행위가 있을 때마다 양국 간에 문제를 둘러싸고 사신이 오고 갔으며, 조선에서는 군사를 일으켜 오랑캐를 쳐부숴야 한다는, 척화배금론자가 늘어갔다.

만주의 거의 전역을 차지하고 만리장성을 넘어 북경 근처까지 공략하기 시작한 후금은 인조 10년에는 사신을 보내어 지금까지의 '형제지맹'을 '군신지의(君臣之義)'로 고쳐 맺으려 했고, 또 세폐*(歲幣, 조선시대 중국에 보내던 공물)를 크게 늘이려 하였다. 그리고 성병 삼만과 군마 삼천 필을 요구하기도 하였다.

조선은 이 위약을 중대시해서 정병과 군마, 그리고 '군신지의'는 거절하고, 세폐는 절반으로 감하도록 교섭하기 위해 사신을 두 차례나 보냈으나, 심양에 이르지 못하고 중도에 되돌아왔다.

인조 14년 3월에는 동지중추부사 이곽과 첨지중추부사 나덕헌이 춘신사가 되어 심양으로 갔다. 춘신사란 봄철에 세폐를 바치러 후금을 찾아가는 사신을 말하였다. 봄가을 두 차례 세폐를 바쳤던 것이다.

4

춘삼월이라고는 하지만, 심양의 봄은 아직 차가웠다.

아침에 눈을 뜬 이곽은 왠지 기분이 뒤숭숭하였다. 간밤의 꿈이 이상했던 것이다.

이곽은 무과에 급제한 무관으로, 키가 팔 척이나 되고, 목소리가 마치 큰 종이 울리는 듯했고, 힘이 장사였다. 금원(禁苑)에 들어온 범을 잡아 죽인 일이 있을 정도였다.

그런 이곽이 어젯밤의 꿈속에서는 어떤 이상한 아낙네 한 사람 앞에 맥을 못 추고 쩔쩔 맸던 것이다.

이곽은 어디론지 말을 타고 달리고 있었다. 사방을 둘러보아도 산 하나 보이지 않는 허허벌판인 것이 만주 땅인 듯도 했고, 그런가 하면 낯익은 초가지붕들이 옹기종기 마을을 이루기도 해서, 고국 땅인 듯도 하였다.

날이 저물어서 이곽은 어떤 마을에 있는 덜렁하게 큰 기와집을 찾아 들어갔다. 그런데 그 기와집에는 사람이 안 사는지 마당에 잡초가 무성하고, 어쩐지 집 안이 썰렁만 하였다.

이곽은 큰 종이 울리는 듯한 목소리로 주인을 불렀다.

큰방에 불이 켜졌다. 그리고 방문이 열리며 얼굴이 하얀 젊은 아낙네 하나가 밖을 내다보았다.

이곽은 날이 저물어서 그러니 하룻밤 자고 갈 수 없느냐고 물었다. 아낙네는 하얀 얼굴에 생글 웃음을 띠면서 어서 들어오라고 하였다.

이곽은 말에서 내려 아낙네가 있는 그 방으로 들어갔다.

방 안은 바깥과는 달리 눈이 부실 지경이었다. 칠보자개장이 황밀촉 불빛을 받아 일곱 가지 영롱한 색으로 반짝거렸고, 알롱달롱 가지가지 색실로 수를 놓은 열두 쪽 병풍이 처져 있었다. 벽에는 족자가 걸려 있기도 했고, 가야금이 한쪽에 세워져 있기도 하였다. 마치 신방 같은 느낌이었다.

아낙네는 이곽을 아랫목 방석 위에 앉혔다. 그리고 밖으로 나가더니 곧 술상을 차려 가지고 들어왔다.

마치 장가온 신랑 같아서 이곽은 기분이 매우 좋았다.

아낙네는 이곽에게 술잔을 권하면서 오실 줄 알고 기다리고 있었노라고 말하였다.

이곽은 술잔을 받아 우선 쭉 한 모금 목을 축인 다음, 기다리고 있었다니 그게 도대체 무슨 말이냐고 물었다.

아낙네는 이곽을 당신이라고 불렀다. 당신이 오실 줄을 삼백

년 전에 알고 이곳에서 기다리고 있었다면서, 나는 당신의 천정배필이라고 내납하였다.

삼백 년 동안 기다리고 있었다는 말과 천정배필이아는 말에 이곽은 놀랐다. 그래서 이곽은 천정배필이라니 무슨 말이냐, 나에게는 이미 처자가 있다, 나는 그 처자들한테로 돌아가는 중이었다, 그런데 날이 저물어서 하룻밤 신세를 지려고 찾아왔을 뿐이다, 하고 말하였다.

그러자 아낙네는 삼백 년 동안 기다린 사람을 놓칠 줄 아느냐, 당신은 이제 나의 낭군이다, 처자들한테로 돌아가다니 될 말이 아니다, 하고 받았다.

삼백 년 동안 기다리다니, 사람이 어떻게 삼백 년을 산단 말이냐, 어쩌면 너는 사람이 아니라 여우인지도 모르겠다, 하고 이곽이 내뱉었다.

그 순간, 아낙네는 벌떡 자리에서 일어섰다. 그리고 삼백 년을 기다린 사람을 여우라니, 너 이놈 맛을 좀 봐라, 하면서 열 손가락의 손톱을 곤두세워 이곽을 할퀴려고 달려들었다.

이곽은 씩 웃었다. 이까짓 아낙네 하나쯤 문제가 아니었다. 왕년에 범을 때려잡은 솜씨인 것이다.

이곽은 달려드는 아낙네를 잡아서 번쩍 들어 바깥으로 냅다 던져버릴 작정이었다. 그러나 어찌된 영문인지 도무지 팔이 말을 듣지 않아, 보니까 참 이상한 일이었다. 양쪽 팔이 다 짤막하게 오그라든 것이 아닌가. 손의 손가락도 전부 몽탕하게 짧아져 있었다. 그리고 팔 척이나 되던 키 역시 형편없이 작아져 마치 난쟁이처럼 되어 있었다.

아낙네는 히히히 웃으면서 시퍼렇게 날이 선 손톱으로 난쟁이처럼 작아진 이곽의 목덜미를 콱 찍었다. 그리고 허연 잇바디로 냅다 물어뜯으려 하였다.

"으악—"

비명을 지르며 눈을 떠보니 꿈이었던 것이다.

이곽은 조반을 먹으면서 나덕헌에게 꿈 이야기를 하였다.

꿈 이야기를 들은 나덕헌은,

"삼백 년을 기다렸다는데, 왜 그렇게 냉대를 하였어? 하룻밤 잘 데리고 잘 일이지."

하고 웃었다.

"삼백 년을 기다렸다면 그게 여우가 아니고 뭐겠소? 여우를 데리고 자다가 큰일 나게요."

이곽도 웃었다.

"어쩌면 꿈이 꼭 옛날이야기 같지요?"

"글쎄 말이요. 그런데 꿈속이었지만 정말 당황했어요. 달려든 아낙네를 냅다 들어서 밖으로 던져 버리려고 했는데, 글쎄 팔이 짤막하게 오그라들고, 손가락이 짧아지고, 키가 난쟁이같이 작아졌지 뭡니까."

"아무래도 길몽은 아닌 것 같은데요."

"아니고말고요. 흉몽이지요. 틀림없는 흉몽이에요. 키가 커져서 더 거인이 되고, 팔이 길어지고, 손가락도 길쑴길쑴해졌다면 모르지만, 작아지다니, 좋은 꿈일 턱이 있겠소."

"……."

"어쩌면 오늘 무슨 불길한 일이 생길지 모르겠소."

"뭐 그렇다고 꿈이 반드시 들어맞을 리가 있겠소."

"아니올시다. 꿈을 무시할 수가 없어요. 나는 꿈으로 그날의 길흉을 대강 알아맞히는걸요."

"해몽은 하기 나름이라는데요 뭐."

"아니지요. 길몽이 있고, 흉몽이 있어요. 어젯밤 꿈은 틀림없는 흉몽이지요. 두고 보세요. 오늘 무슨 좋지 않은 일이 있을 테니까요."

"음—"

나덕헌은 고개를 끄덕거렸다. 그리고 슬그머니 걱정이 되는 듯한 어조로 말하였다.

"그렇다면…… 혹시…… 오늘의 즉위식인가 뭔가에 우리도 참석하라고 할지도……."

그 말에 이곽은 이마를 약간 찌푸리며,

"즉위식이 우리하고 무슨 상관이요. 참석을 하다니, 될 말이 아니지."

하였다.

그날은 후금의 태종인 홍타시가 국호를 '청'이라 개칭하고, 스스로 황제의 자리에 오르는 날이었다. 그 즉위식에 참석을 한다는 것은 곧 홍타시의 황제 취임을 승인하고, 축하하는 뜻이 되는 것이다.

그렇게 되면 지금까지 '형제지국'의 관계에 있던 것이 이제부터는 '군신지의'를 지켜야하는 그런 관계로 바뀌는 것을 의미하는 것이다. 황제란 왕보다 더욱 격이 높으니 말이다.

그런 중대한 문제를 일개 사신이 마음대로 결정해서 참석을 하다니, 될 말이 아니었다.

생각이 그에 미치자, 이곽과 나덕헌은 먹고 있는 조반의 맛이 별안간 뚝 떨어지는 듯하였다.

먼저 나덕헌이 숟가락을 놓으며 말하였다.

"만일 즉위식에 참석을 하라고 하면 어떻게 하지요?"

"거절을 해야지요."

"물론 거절을 하지만, 거절을 한다고 순순히 물러서겠소? 그 자들이……."

"안 물러서면 저희가 어떻게 하겠소. 참석 안 하겠다는 사람을 강제로 끌고 나가겠소?"

"글쎄올시다."

"강제로 참석을 시켜서 그게 무슨 축하라고 하겠소."

"좌우간 재수가 없어요. 하필 우리가 왔을 때 즉위식을 할 게 뭐냔 말이요. 우리가 오기 전에 하든지, 아니면 다녀간 다음에 하든지 말든지 할 일이지……."

"음—"

이곽도 숟가락을 놓고, 침통한 표정을 지었다. 어젯밤의 꿈이 아무래도 오늘의 즉위식 때문에 일어날 무슨 일을 예시해 준 것만 같아 불안하였다.

잠시 후, 이곽은 나직한 목소리로, 그러나 힘을 주며,

"참석을 하라고 하면 단호히 거절합시다. 만부득이 참석을 하게 되더라도 홍타시에게 머리를 숙이는 일은 없어야겠소. 머리를 숙여 절을 한다면 그것은 바로 홍타시의 황제 취임을 승인하고, 그 앞에 굴복하는 것을 의미하니까요."

이렇게 말하였다.

"그러지요. 목숨을 걸고라도 버텨야지요. 즉위식에서 절을 하다니, 안 될 말이지요."

나덕헌 역시 얼굴에 결의의 빛이 역력하였다.

아니나 다를까, 조반상을 물리고 얼마를 지나자, 후금의 관원 하나와 통역자 하나가 찾아와서, 속히 예복을 갖추어 입고 즉위식에 하객으로 참례할 준비를 하라는 것이었다.

그들은 이곽과 나덕헌이 으레 하객으로 참례하려니 생각했던지, 예사로 그렇게 지시하고는 돌아서려 하였다.

"여보, 그게 무슨 말인지 잘 알아들을 수가 없구려."

이곽이 침착하게 입을 열었다.

관원은 정말로 말을 잘 알아듣지 못한 줄 알고, 다시 자세히 설명을 늘어놓았다. 오늘이 우리 임금님께서 '관온인성 황제'라는 존칭을 받고 취임하는 날이며, 오늘부터는 국호도 후금이 아니라, '대청국'으로 개칭하게 되었다는 것이었다.

"알겠소. 그런데 우리더러 뭘 어떻게 하라는 것이오. 도무지 무슨 말인지 알 수가 없소."

"예복을 갖추어 입고, 즉위식에 하객으로 참례할 준비를 하란 말이오."

"글쎄, 그게 무슨 말인지 모르겠단 말이오."

이곽은 시치미를 뚝 떼고 말하였다.

"무슨 말인지 모르다니…… 예복을 입고 즉위식에 하객으로 참례할 준비를 하라는 말이 무슨 말인지 모르겠단 말이오?"

관원과 통역자는 약간 어이가 없는 듯한 표정을 지었다.

"그렇소. 그게 무슨 말인지 모르겠소."

"허허…… 이런 바보 같은 양반이 있나. 이런 바보 같은 사람이 일국의 사신이라니……."

"내가 바보가 아니라, 어쩌면 당신네가 바본 것 같소."

"어째서요?"

"그렇지 않소? 잘 생각해 보시오. 당신이 말한 대로 우리 두 사람은 조선국의 사신이오. 사신이란 임금의 명을 받아 그 명대로 수행하는 사람 아니겠소? 우리 두 사람은 우리 임금님의 명을 받아 춘신사로 당신네 나라를 찾아왔소. 당신네 나라에 세폐를 바치는 게 우리의 임무란 말이오. 그런데 어찌 우리에게 즉위식에 참석하라는 거요?"

"……."

"즉위식에 참석하라는 명을 우리는 우리 임금님으로부터 받질 않았소. 명을 받지 않고서 마음대로 한다는 것은 사신으로서 월권이오. 안 그렇소? 그 정도의 상식은 알고 있을 게 아니오."

"……."

"그런데 예복을 갖추어 입고 즉위식에 하객으로 참례할 준비를 하라니, 당신네가 오히려 바보가 아니고 뭐요."

"그건 변명에 불과하오."

"어째서 변명이란 말이오? 이치가 그렇지 않소."

"당신네 조선은 우리나라와 형제지국이 아니오. 우리는 형님 나라고, 당신네 나라는 동생 나라란 말이오. 동생 나라의 사신이 형님 나라의 경사에 참석을 안 한다는 것은 말이 되지가 않소. 안 그렇소?"

"형님 나라의 경사라고 하지만, 보통 경사 같으면 참석을 해도 무방하지요. 그러나 오늘의 즉위식은 보통 경사가 아니잖소."

"보통 경사보다 훨씬 큰, 아주 대경사지요. 그러니까 더욱 참석을 해야지요."

"당신네 나라로서는 대경사겠지만, 우리 조선국으로서는 문제가 다르지요. 황제란 왕보다 더 높은 자립니다. 이 세상에서 가장 높은 자리지요. 그러니까 당신네 나라의 임금이 황제의 자리에 오르게 되면 우리나라와의 관계가 형제지국이 아니라, 군신지국으로 바뀌는 것이지요. 우리나라는 당신네 나라의 동생이 아니라, 부하의 나라가 된단 말입니다. 우리나라로서는 중대한 문제가 아닐 수 없어요."

"……."

"그러니까 즉위식에 참석을 한다는 것은 곧 그러한 관계의 변화를 시인하는 뜻이 되는데, 그런 중대한 문제를 일개 사신이 어떻게 마음대로 결정을 한단 말이오. 마땅히 우리 임금님의 재가를 얻어야 할 문제지요. 안 그렇소?"

"……."

"내 말에 틀린 데가 있소?"

"……."

관원은 이제 더 대꾸를 하지 못하였다. 얼굴이 푸르락누르락하다가,

"좌우간 말이 많소. 참례를 하라면 할 것이지, 무슨 말이 그렇게 많소? 여기는 우리나라요. 당신네 조선 땅이 아니란 말이오. 우리 말을 안 들으면 어떻게 되는지 알지?"

이렇게 억지로 나왔다.

그 말에 이번에는 나덕헌이 약간 격한 어조로 말하였다.

"아니, 협박을 하는 거요? 이치에 닿지 않는 일을 가지고 협박으로 나오다니…… 형편없는 사람이구려."

"뭐, 형편없는 사람……?"

관원은 눈꼬리를 바르르 떨었다. 그리고 쏘아붙이듯,

"한마디로 대답하시오. 참례를 할 거요, 안 할 거요?"

하고 나덕헌을 노려보았다.

"못 하겠소."

나덕헌은 버럭 고함을 지르듯 내뱉었다.

"좋소. 어디 두고 봅시다. 참례를 하는가, 안 하는가……."

이렇게 말하고는 관원과 통역자는 홱 돌아서 나갔다.

잠시 후, 우루루 몰려온 것은 무사들이었다. 칼과 창을 든 한 무리의 무사를 이끌고 온 무장이 뜰에 버티고 서서 다짜고짜 고함을 질렀다.

"빨리 예복을 못 입겠나?"

마구 반말이었다.

이곽과 나덕헌은 어이가 없어 멀뚱한 표정으로 바라보기만 하였다.

"뭘 꾸물꾸물하고 있어. 빨리 예복을 입으라는데……."

"……."

"못 입겠어? 응?"

무장은 쾅 하고 한쪽 발을 냅다 굴렀다. 그래도 별 반응이 없자,

"에잇! 이것들……."

하면서 그만 칼을 쑥 잡아 뽑았다. 날이 시퍼런 청룡도가 기분 나쁘게 번쩍거렸나.

무장은 그 청룡도를 휘둘러 옆에 있는 나뭇가지 하나를 썅뚝 베어 버렸다.

"이래도 못 입겠어?"

이번에는 그 청룡도로 이곽과 나덕헌의 목을 날릴 듯이 눈을 부릅뜨고 이를 악물었다.

이곽은 눈에 불이 이는 듯하였다. 팔 척 거구에 힘이 장사고, 또 무술에도 뛰어난 이곽은 마음 내키는 대로라면 까짓것 이 무례한 자들을 모조리 요절을 내주고 싶었으나, 이곳은 후금 땅, 사신으로 온 몸이 그럴 수는 없었다.

하는 수 없이 이곽은 나덕헌에게 체념 어린 눈짓을 보냈다.

두 사람은 무겁게 몸을 일으켜 예복을 주섬주섬 꺼내서 입기 시작하였다.

"헤헤헤…… 너희가 안 입고 견딜 것 같애. 내가 좋은 말로 할 때 순순히 입을 일이지. 헤헤헤…….”

언제 왔는지 무사들 뒤에서 아까 그 관원이 기분 좋다는 듯이 웃고 있었다.

이렇게 해서 결국 즉위식의 하객 대열에 서게 된 이곽과 나덕헌은 몹시 기분이 언짢기만 하였다. 만일 이 일이 조선의 조정에 알려지는 날이면 큰일이 아닐 수 없었다.

비록 강압에 못 이겨 즉위식에 참석은 했지만, 이곽과 나덕헌은 황제의 자리에 오른 홍타시에게 절대로 머리를 숙여 절을 해서는 안 된다고 단단히 마음을 도사려 먹었다.

즉위식은 성대히 진행되었다.

마침내 하객들이 황제 홍타시에게 큰절을 올려 즉위를 축하하는 차례가 되었다.

이곽은 지그시 어금니를 물며 아랫배에 힘을 주었다. 그리고 비장한 결의가 스민 눈으로 옆에 있는 나덕헌을 돌아보았다.

나덕헌 역시 긴장된 표정으로 이곽을 바라보았다.

두 사람의 눈길은 잠깐 마주쳤다가 곧 떨어졌다. 그러나 그 잠깐 마주친 눈길을 통해 죽음으로써 거역하자는 두 사람의 결의가 오고 갔다.

드디어 이곽과 나덕헌의 차례가 되었다.

"다음은 조선국 사신 이곽과 나덕헌— 대청국 관온인성 황제폐하께 축하의 예를 올리도록—"

사회자의 목소리가 울려 퍼졌다.

그러나 이곽과 나덕헌은 그 자리에 못 박혀 선 채 움직일 줄을 몰랐다.

"조선국 사신 이곽과 나덕헌—"

역시 못 들은 체 무뚝뚝한 얼굴로 서 있기만 하였다.

모든 사람들의 시선이 이곽과 나덕헌에게로 집중되었다.

"조선국 사신— 없소—?"

이곽은 지그시 두 눈을 내리감았고, 나덕헌은 고개를 젖혀 한 눈을 파는 듯 멀뚱멀뚱 위를 쳐다보았다.

장내는 수런수런해졌다. 곧 무슨 벼락이 떨어질 것 같아 불안한 긴장이 감돌기도 하였다.

아니나 다를까,

"그자들을 이리 끌어내!"

호령이 떨어졌다.

그런데 그게 뜻밖에도 여자 목소리였다. 황제 홍타시 옆에 앉은 황후가 냅다 날카로운 목소리로 호령을 했던 것이다.

무장 네댓 사람이 우루루 몰려왔다.

이곽과 나덕헌은 이를 악물고 버티었으나 소용이 없었다. 먼저 나덕헌이 두 사람의 무장에게 질질 끌리다시피 하여 나갔고, 팔척 거구이며 힘이 장사인 이곽은 처음에는 끄떡없이 버티다가, 무장들이 칼을 빼 드는 바람에 도리가 없어 제 발로 걸어서 황제 홍타시 앞으로 나갔다.

이곽과 나덕헌이 홍타시가 앉은 용상 아래 나란히 서자, 사회자가 다시 외쳤다.

"조선국 사신 이곽과 나덕헌— 대청국 관온인성 황제폐하께 축하의 예를 올리도록—"

그러나 역시 이곽과 나덕헌은 못 들은 체 목석처럼 멀뚱히 서 있기만 하였다.

"안 들리나?"

사회자의 목소리가 격해졌다.

황금빛 옷에 역시 황금의 왕관을 쓴 홍타시는 입을 약간 삐딱하게 해가지고 이곽과 나덕헌을 가만히 노려보고 있었다. 같잖기도 하고, 분하기도 한 그런 표정이었다.

"이런 고얀 것들 같으니라구!"

냅다 악을 쓰듯 소리를 지른 것은 황후였다.

황후를 힐끗 바라 본 이곽은 야, 이것 봐라, 싶었다. 참 희한하다는 생각이 들었다. 어젯밤 꿈에 나왔던 그 아낙네와 흡사한 것이 아닌가.

"끝내 예를 안 올릴 작정이냐?"

황후가 또 소리를 질렀다.

마치 꿈속의 그 아낙네가 소리를 지르는 듯하였다.

이곽은 그만 웃음이 나오려 하였다. 그러나 웃을 수는 없는 일이었다. 얼른 웃음을 삼키고, 힐끗힐끗 곧장 황후를 바라보았다. 신기한 생각이 들어 견딜 수가 없는 것이었다.

황후는 약이 오른 듯 발딱 자리에서 일어났다. 그리고 곧 달려들어 이곽과 나덕헌의 낯바닥을 냅다 할퀴기라도 하려는 듯이 손톱을 곤두세워 가지고,

"이 오만불손한 놈들! 이놈들이 오늘의 이 경축스러운 의식에 먹칠을 하려고 드는구나. 이놈들을 쳐라! 황제폐하께 예를 올릴 때까지 쳐라! 쳐라! 쳐라!"

하고 소리를 질렀다. 성미가 이만저만 마른 여자가 아니었다.

꼭 어젯밤 꿈속의 그 아낙네가, 삼백 년을 기다린 사람을 여우라니, 너 이놈, 맛을 좀 봐라, 하면서 열 손가락의 손톱을 곤두세워 가지고 달려들던 일과 너무나도 흡사해서 이곽은 그만 경황 중에도 꿈이란 도대체 무엇인지 신기하고 희한하다는 생각이 들었다.

무장 두 사람이 회초리를 가지고 다가왔다. 가죽을 꼬아서 만든 무지무지하게 생긴 회초리였다.

그 회초리가 다짜고짜 허공을 가르며 난무하기 시작하였다.

이곽과 나덕헌은 눈에서 불꽃이 튀는 듯하였다.

"으악—"

"아윽—"

절로 비명이 터져 나왔다.

회초리가 몸을 휘감을 때마다 옷이 쭉쭉 찢어져 나가고, 살에 구렁이가 감긴 듯 시퍼런 자국이 생기곤 하였다. 나중에는 살이 터져 피가 튀어오르기도 하였다.

그러나 이곽과 나덕헌은 끝내 굴복을 하지 않았다. 죽기로써 버티는 것이었다.

경축스러워야 할 즉위식이 마치 도살장 같은 살벌하기 짝이 없는 분위기로 바뀌고 말았다.

온 얼굴을 크게 찡그려 가지고 그 광경들을 지켜보고 있던 황제 홍타시의 입에서,

"그만—"

하는 소리가 나왔다.

회초리가 멎었다.

"폐하, 저 자들을 끌어내다 참수토록 합시다."

황후가 홍타시에게 말하였다.

그러나 홍타시는 고개를 가로저었다.

"오늘 같은 경사스러운 날에 피를 본다는 것은 좋은 일이 아니지. 끌어내다 하옥시키도록……"

그리하여 이곽과 나덕헌은 옥에 갇히는 몸이 되었다.

옥에 갇힌 이곽과 나덕헌은 미구에 틀림없이 끌려 나가 형장의 이슬로 사라지리라 생각하고 있었다. 고국을 멀리 떠나 낯선 오랑캐 땅에서 생을 마치게 될 일을 생각하니 비감이 절로 가슴을

저리게 하였다. 일이 이렇게 될 줄을 모르고, 돌아올 날을 손꼽아 기다리고 있을 고국의 부모와 처자들을 생각하니 애간장이 다 녹는 듯하였다.

그러나 참으로 뜻밖의 일이었다. 며칠 뒤에 그들은 옥에서 풀려났고, 또 고국으로 돌아갈 수 있는 몸이 되었다.

황제 홍타시는 이곽과 나덕헌 두 사람을 불러서 말하였다.

"너희를 목을 베어 죽이려고들 하였으나, 내가 특별히 용서를 해서 너희 나라로 돌려보낸다. 너희 소행은 죽여 마땅하나, 듣자 하니 너희의 주장에도 일리가 없는 바 아니어서 가상히 여기는 바다. 우리 청나라와 짐에 대해서는 너희가 무례하고 방자하기 짝이 없는 자들이나, 너희 나라로 볼 때는 가히 충신이라 할 수 있다. 너희와 같은 신하를 가진 너희 나라 임금은 행복한 사람이다. 그러나 짐의 즉위식에 먹칠을 한 너희 소행은 결코 묵과할 수가 없다. 너희 나라의 왕자를 인질로 보내어 사죄하지 않으면 대군으로써 쳐들어 갈 터이니, 그쯤 알아라. 그리고 짐이 대청국의 황제에 취임한 것을 경축하고, 차후로는 우리 청나라에 대하여 군신지의로써 대하도록, 가서 너희 임금에게 그 뜻을 아뢰어라."

그리고 칙서를 내렸다.

칙서를 받아가지고 귀국길에 오른 이곽과 나덕헌은 죽은 목숨이 되살아나 고국산천을 찾아가는 듯 감개가 무량하면서도 한편 심중이 몹시 착잡하였다. 자기들의 이번 행위가 과연 조정에서 어떻게 받아들여질지 알 수가 없는 것이었다.

춘삼월이라고 하는데, 호지*(胡地, 오랑캐 땅)에서는 언제 봄이

오려는지, 말 잔등에 몸을 의지하고 광활한 벌판을 남으로 남으로 향하는 그들의 목덜미에 바람결은 아직 차기만 하였다.

5

청 태종 홍타시의 칙서를 펼쳐든 인조는 손이 가늘게 떨렸다. 칙서의 내용도 내용이지만, 그 문투가 불쾌하기 짝이 없었던 것이다.

"나 대청국의 황제가 조선국의 인조 왕에게 아뢰노라" 하는 식이었다.

그러나 인조는 나직하게,

"음—"

하였을 뿐, 별다른 말이 없었다.

인조 앞에 부복한 이곽과 나덕헌은 곧 무슨 벼락이 떨어질 것만 같아 숨도 제대로 쉬지 못할 지경이었다.

잠시 후, 인조는 홍타시의 칙서를 픽 아무렇게나 던져 버렸다. 그리고 이곽과 나덕헌에게,

"하명이 있을 때까지 물러가 쉬도록 해라."

청 태종의 칙서는 조정 안에 거센 반발을 불러일으켰다.

오랑캐의 우두머리에 불과한 홍타시가 자칭 황제라니, 가소롭기 짝이 없다는 것이었다. 그런 즉위식에 이곽과 나덕헌이 참례를 한 것은 용서받을 수 없는 일이지만, 끝내 축하의 예를 안 올린 것은 지당한 일이라 하였다. 그런데 왕자를 인질로 보내어

사죄를 하라니, 당치도 않는 일이라는 것이었다. 그리고 앞으로는 형제지국이 아니라, 군신지의로써 섬기라니, 가증스럽다고 하였다.

이와 같은 당치도 않는, 오만불손한 글을 홍타시 면전에서 보기 좋게 거절하지 못하고, 어리석게 받아가지고 온 이곽과 나덕헌의 허물을 용납할 수 없다고도 하였다.

어떤 이는 이곽과 나덕헌의 잘못을 극구 들고 나서서 사형을 내려야 마땅하다고 주장하였다. 그런 치욕의 서(書)를 받아가지고 온 중죄를 다스리지 않는다면 앞으로 나라의 기강이 말이 아닐 것이라는 것이었다. 그러니 일벌백계의 뜻에서 목을 베어 효시함이 옳다는 것이었다.

그러나 이런 극형론에 동조하는 사람은 드물었다. 대체로 모두 그 죄를 묵과할 수는 없으나, 사형은 너무 지나치다는 의견들이었다.

예조판서 김상헌 역시 마찬가지 의견이었다. 그들의 죄를 가벼이 볼 수는 없으나, 그렇다고 사형은 너무 가혹한 처사이니, 유배 정도로 다스림이 온당하다는 것이었다.

김상헌은 척화파의 중심인물이었다. 그는 어디까지나 명나라에 대한 의리를 중히 여겼다. 임진왜란 때 원병을 보내어 도와준 그 은혜를 잊을 수가 없다는 것이었다.

임진왜란이 일어났을 때, 명나라는 여러 차례에 걸쳐 수많은 군사를 파견해서 조선을 도와 왜군과 싸웠던 것이다. 그리고 아사지경에 있는 조선 백성들을 위해 많은 식량을 원조해 주기도 하였던 것이다.

칠 년간의 전쟁을 통해서 명나라는 무수한 희생자를 냈으며, 막대한 군비의 지출로 재원이 고갈될 지경이었다. 그와 같은 명나라의 원조가 있었기 때문에 마침내 조선은 왜군을 물리칠 수가 있었던 것이다.

그러나 명나라는 조선에 대해서 무슨 대가를 바라고 그와 같은 원조를 한 게 아니었다. 순전히 종주국으로서의 도의적인 원조였던 것이다.

그처럼 희생적으로 원조를 해서 조선의 위기를 구해준 명나라에 대해서 등을 돌릴 수 없다는 것이 척화론의 대의명분이었다.

오랑캐들과 화친을 도모한다는 것은 곧 명나라에 대해 등을 돌리는 것을 의미하였다. 오랑캐들은 명나라가 임진왜란 때 칠 년 동안이나 조선을 도우느라 국력을 소모한 그 틈을 타서 명나라의 영토를 침범해서 세력을 뻗쳐 나갔던 것이다. 그리고 이제는 나라 이름까지 후금을 버리고, '대청국'이라 개칭하고는, 오만불손하게도 홍타시는 스스로 황제의 자리에 올라 명나라를 업신여기며 제압하려 하고 있는 것이다.

명나라로서는 분통이 터질 노릇이 아닐 수 없었다.

그런데 이런 판국을 당하여 조선이 청나라와 화친을 도모한다면 명나라가 얼마나 야속하고 괘씸하게 여길 것인가 말이다. 자기를 도와주느라 국력이 기울어진 나라를 배신하고, 그 적국과 화친을 도모하다니, 배은망덕도 이만저만한 배은망덕이 아닌 것이다. 예의를 숭상하는 군자의 나라인 조선으로서 도저히 있을 수 없는 일이다.

그리고 조선의 문화는 중국문화권에 속하는 것이다. 모든 문화가 중국으로부터 흘러들어 왔다고 해도 과언이 아니다. 우선 무엇보다도 문자가 중국으로부터 건너왔으며, 유교를 비롯해서 도교·불교 등의 사상이 중국을 거쳐 들어왔고, 크게는 정치나 교육으로부터 작게는 풍습·습관에 이르기까지 어느 하나도 중국의 영향을 받지 않은 것이 없을 정도이다.

그러나 북방의 오랑캐들에게는 이렇다 할 문화가 없는 것이다. 미개한 민족이라고 해도 과언이 아니다.

그런 미개 민족과 화친을 도모하기 위해서 문화의 본고장이기도 한 명나라를 배신한다는 것은 언어도단인 것이다.

척화론은 이와 같이 숭명사상과 북방의 여진족을 멸시하는 생각이 바탕에 깔린, 도의적이고 명분적이며 나아가서는 이상론이라 할 수 있는 그런 주장이었다.

누가 들어도 그것은 옳고 마땅히 그래야 할 주장이었으며, 감히 그 주장 앞에 맞서 그것을 반박할 수가 없었다.

그러나 그 척화론을 그대로 실천에 옮겨 밀고 나가면 필연코 전쟁이 뒤따르기 마련이었다. 청 태종 홍타시가 가만히 좌시하고 있을 까닭이 없는 것이다.

문제는 거기에 있었다.

청나라와 일전을 각오하고서라도 척화를 주장해야 하느냐……물론 척화론자들은 그렇다고 서슴없는 태도들이었다. 청나라와 전쟁을 하는 한이 있더라도 명나라에 대한 의리는 지켜야 한다는 것이었다.

그리고 개중에는 먼저 군사를 일으켜 오랑캐를 치자는 극단론도 있었다. 말하자면 척화파 중에서도 강경파인 셈이었다.

그러니까 결국 척화론이란 주전론과 다를 바 없었다. 전쟁 불가피론인 것이었다.

그러나 일전을 불사한다, 혹은 먼저 군사를 일으켜 쳐들어가자— 말은 쉽지만, 과연 싸워서 이길 자신이 있는가. 신흥대국인 청나라를 상대로 약소국에 불과한 조선이 과연 승전을 거둘 수가 있는 것일까……. 대답은 뻔하였다.

불과 십 년 전에 정묘호란의 그 쓰라림과 욕됨을 맛보았으면서도 벼슬아치들은 명예와 이익을 다투기에만 급급해서 국사를 등한히 하였고, 장수들은 일신의 안전만을 도모하는 형편으로, 군사는 제대로 훈련되어 있지 않았다. 게다가 무기도 빈약하고, 군량도 부족하였다.

이런 실정인데, 어떻게 새로 기세를 떨치고 일어난 북방의 그 엄청난 오랑캐 무리를 상대로 싸워 이길 수가 있단 말인가. 설사 나라가 안으로 멍들지 않고 튼튼하며, 군사가 잘 훈련되어 사기가 충천하고, 무기도 풍부하고, 군량도 충분한 상태라 하더라도 승산이 있을지 의문인데 말이다.

결국 빈 주먹을 쥐고 입으로만 큰소리를 치는 격이었다.

이기지 못할 전쟁을 하는 것처럼 어리석은 일은 없는 것이다. 그렇다면 어떻게 해야 할 것인가……. 이렇게 현실에 발을 디디고서 생각을 펼쳐나간 것이 주화론이었다.

명나라에 대한 의리도 물론 소중하다. 그리고 미개 민족인 오랑캐들과 화친을 도모한다는 것은 창피하고 아니꼬운 일에 틀림없다. 그러나 그 의리 때문에, 그 창피함과 아니꼬움 때문에 승산 없는 전쟁으로 치달아서 만백성을 고난의 소용돌이 속으로 몰아

넣고, 애꿎은 강토를 불타게 하며, 나아가서는 나라의 존속까지
도 위태롭게 하는 것이 과연 현명한 판단이란 말인가.

의리란 무엇인가. 종주국에 대한 의리가 아무리 소중하다 한들
내 나라의 존립보다도 앞서는 것일까. 내 나라가 멸망해 버리고
나면 그 의리의 보람이 도대체 무엇이란 말인가. 결국 의리니 도
의니 명분이니 하는 것도 다 내 나라가 있고서의 문제가 아닌가.

종주국을 위해서 내 나라가 있는 것이 아니라, 내 나라의 존립
을 위해서 상대방을 종주국으로 받들고 있을 뿐인 것이다. 어디
까지나 주체는 내 나라인 것이다. 그러니까 종주국은 절대적인
것이 아니라, 가변적인 존재에 불과한 것이다.

그렇다면 명나라에 머리를 숙이는 것은 옳고, 청나라에 머리
를 숙이는 것은 절대로 잘못이라는 논법이 어떻게 성립이 된단
말인가. 다만 서러운 것은 우리가 그들처럼 강대국이 못 되어
오늘은 이놈한테, 내일은 저놈한테 굽신거려야 되는 그 처지인
것이다.

그러나 도리가 없는 일이다. 존재해 나가기 위해서는 창피함과
아니꼬움을 참아야 하는 것이다. 겉으로는 머리를 숙이더라도
속으로 단단히 주먹을 쥐면 되는 것이다. 그래서 우리도 하루 속
히 그들과 같은 강대국으로 발돋움하기 위해 몸부림을 치는 길
밖에 없는 것이다.

이렇게 주화론은 국사를 논함에 있어서 감정과 열기를 앞세우
는 일 없이, 냉정하게 앞뒤를 재어보고, 냉철한 머리로써 판단을
내린 주장이라고 하겠다.

척화론이 다분히 핏대를 세워 뜨겁게 내뱉는 높은 목소리라면,

주화론은 차근차근 냉정하게 따져나가는 식의 낮은 목소리인 셈이다. 높은 목소리 앞에 낮은 목소리가 당장은 어쩔 도리가 없는 것이다.

우선 척화론은 말하기가 좋고, 누가 들어도 옳게 들리는 것이다. 반면 주화론은 얼른 들으면 마치 패배주의처럼 느껴지는 것이다. 소심하고, 무기력하고, 비겁한 사람들의 주장처럼 여겨진다.

그래서 주화론이 옳은 길이라고 내심으로 생각하는 사람들도 내놓고 입으로 주장하길 꺼리는 판국이었다. 잘못하다가는 역적으로 몰리기 십상이었다.

그러나 주화론의 주창자인 최명길은 낮은 목소리나마 기회 있을 때마다 척화의 위험성을 주장하고, 주화의 현명함을 내세웠다.

그것은 큰 용기였다. 척화는 청의*(淸議, 고상하고 공정한 언론)라 일컬어지고, 주화는 사론(邪論)이라고 매도되고 있는 세상이었다. 그런 세상에서 기회 있을 때마다 사론이라고 매도되고 있는 주장을 내세운다는 것은 보통 용기로써는 되는 일이 아니다.

그런 최명길을 목 베어 효시함이 마땅하다고 수찬인 오달제와 부교리인 윤집 등은 임금에게 상소를 하기까지 하였다. 그 상소가 받아들여지지는 않았지만.

아무튼 그렇게 국사에 대한 논의가 두 갈래로 흐르고 있어서 무슨 일이 생기면 곧잘 의견이 두 쪽으로 갈리곤 하였다.

청 태종 홍타시의 칙서를 받아가지고 온 이곽과 나덕헌의 일에 대해서도 마찬가지였다.

척화파는 그들이 잘못이 크다고 해서 치죄를 주장했으나, 주화파에서는 그들에게 벌을 내릴 만한 잘못은 아니라는 생각이었다. 사신으로 간 사람들이니, 그쪽 국서를 받아가지고 오는 것은 당연한 일이 아니겠느냐. 그 내용에 대한 가부 문제는 조정에서 내릴 일이지, 그들이 마음대로 판단해서 받아가지고 온다, 안 받아가지고 온다 할 수는 없는 일이 아닌가.

만일 그것을 안 받아 가겠다고 거절한다면 그들은 죽음을 당할 게 뻔하지 않는가. 더구나 황제에 취임하는 홍타시 앞에 목숨의 위험을 무릅쓰고 끝내 예를 올리지 않은 터이니 말이다. 홍타시에게 예를 올리지 않은 그것만으로도 그들은 사신의 역할을 충분히 다했다고 볼 수 있는데, 그쪽 국서를 받아가지고 왔다는 것을 문제 삼아 벌한다는 것은 지나치다는 것이었다.

이런 생각들이었으나, 후금이 대청국으로 개명했다는 것과 홍타시가 황제를 자칭하게 되었다는 사실, 그리고 왕자를 인질로 보내어 사죄하고, 앞으로는 군신지의로써 대하라는 등 오만불손한 그 국서의 내용 때문에 척화파가 서슬이 퍼렇도록 뿔이 돋아 있는 판이라, 감히 이곽과 나덕현을 두둔하고 나설 수가 없었다. 주화파들 역시 그 내용에 대해서는 아니꼽고 분한 생각을 금할 수가 없기도 했던 것이다.

그래서 결국 김상헌의 의견대로 그들 두 사람은 유배를 당하는 몸이 되었다. 이곽은 영변에 있는 검산산성으로 유배되었고, 나덕현은 의주에 있는 백마산성으로 유배당하였다.

그리고 청 태종 홍타시의 그 칙서는 묵살이 되고 말았다.

6

청나라의 장수인 마부태와 용골대 두 사람이 사신으로 온 것은 그로부터 얼마 후의 일이었다.

청 태종 홍타시는 이곽과 나덕헌에게 칙서를 보낸 뒤, 조선에서 아무 회답이 없자, 몹시 궁금하게 여기고 있었는데, 마침 조선의 왕비가 죽었다는 소식이 들어왔다. 인조비인 인렬왕후가 사망했던 것이다. 그래서 그 조문을 겸하여, 조선의 의향을 알아보기 위해 사신을 보내기로 했던 것이다.

마부태와 용골대가 가지고 온 국서는 이번에는 홍타시가 직접 보내는 것이 아니었다. 황제가 된 홍타시에게 존칭을 올리고, 그의 신하가 되기를 맹세한, 만주와 몽고의 여러 패륵(貝勒)들의 이름으로 조선 왕에게 보내는 글이었다.

후금이 나라 이름을 대청국으로 개칭하고, 왕이었던 태종이 황제의 지위에 올랐으니, 자기들과 같이 조선도 앞으로는 군신지의로써 대해야 한다는 것과, 그 즉위식에서의 이곽과 나덕헌의 잘못을 사죄하고, 존칭을 올리는 사신을 조속히 보내라는 내용이 담겨 있었다. 그렇지 않으면 대청국 황제의 큰 노여움을 당하게 될 것이라고 은근히 공갈도 곁들여 놓았다.

이 국서는 척화론이 지배하는 조정 안의 분위기를 바짝 뜨겁게 달아올랐다. 그런 글을 가지고 온 두 놈의 목을 베고, 그 글을 불태워 버려야 한다고, 장령(掌令)인 홍익한과 관학의 유생들은 들고 일어났고, 홍문관과 사간원에서는 한 걸음 더 나아가서 즉시

선전을 포고함이 마땅하다고까지 상소하였다.

마침내 인조도 일전을 불사하기로 마음먹고,

"남의 신하된 자들은 감히 남의 나라 임금 앞으로 글을 보낼 수 없도다."

하고 그들 두 사신의 접견을 거부했고, 패륵들의 이름으로 된 그 국서를 받지 않았다.

그리고 그 사신의 처우를 한 등 낮추도록 명하였다.

몇 해 전, 인목대비의 상례에 후금의 사신이 왔을 때에는 전상(殿上)에서 제사지내는 것을 허락하였다. 그러나 이번에는 전각이 비좁다는 이유로 금천교 위에 따로 빈 장막을 마련해서 그들만 그곳에서 제례를 행하게 하였다.

그것은 말할 수 없는 모욕이었다. 집 안에 들어가지 못하고, 바깥마당에서 제사를 지내는 격이니 말이다.

그들이 그런 푸대접을 모를 까닭이 없었다. 임금이 접견도 안 해주고, 국서도 안 받아들이는 터이니, 일이 심상치 않게 돌아가고 있다는 것쯤 그들도 능히 짐작할 수가 있었다. 자기들 두 사람을 목 베어야 한다는 상소가 올라가 있다는 구체적인 사실까지는 물론 알 길이 없었지만, 어쩐지 이번에 무슨 일이 있을지도 모른다는 그런 예감에 사로잡혀 있었다. 장막 안에 자리를 잡고 앉은 마부태와 용골대는 몹시 언짢은 표정이었다. 앞에 차려놓은 제례상을 물끄러미 바라보고 있던 용골대가 침통한 목소리로 마부태에게 말하였다.

"제례 올리는 것을 거부함이 어떻겠소?"

"……."

"이런 모욕이 도대체 어디 있단 말이오."

"······."

마부태는 지그시 두 눈을 감고 아무 말이 없었다. 훌렁 벗어진 이마에 굵은 주름살이 여러 줄 접혀 있었다.

잠시 후, 두 눈을 뜨고 마부태는 혼자 중얼거리듯이 말하였다.

"아무래도 이 자들이 우리 청나라를 업신여기는 것 같소. 우리 황제폐하에 대해서 군신지의로써 따르기를 거부하는 모양이오. 그렇다면 이자들이 우리를 순순히 돌려보내 줄지 의문이오. 일이 이렇게 불길하게 돌아가고 있는데, 우리가 지금 제례 올리는 것을 거부하면 이자들이 그것을 핑계로 무슨 짓을 할는지 모르잖소. 기분이 나쁘지만 제례는 올리는 게 좋을 것 같소."

"음—"

광대뼈가 유난히 불거진 용골대는 큰 눈을 아래로 내리깔고 무거운 신음소리를 토하였다.

그때였다.

탕! 탕! 탕! 어디선지 총소리가 울렸다. 별로 멀지 않은 곳인 것 같았다.

"아니, 총소리 아니오?"

용골대가 아래로 내리깔았던 커다란 두 눈을 휘둥그렇게 뜨고 마부태를 바라보았다.

"글쎄, 웬 총소리가······."

마부태도 긴장된 표정을 지었다.

잠시 후, 또 탕! 탕! 탕! 총소리가 들려왔다. 아무래도 심상치가 않은 것이었다.

용골대가 자리에서 벌떡 일어나며 옆구리에 찬 칼을 불끈 쥐었다. 그리고 총소리가 난 쪽을 장막 밖으로 가만히 내다보았다.

바깥은 조용하기만 하였다. 아무런 불길한 기척이 느껴지지가 않았다. 그러나 어쩐지 불안하기만 하였다. 오늘 같은 날 총소리가 울리다니…… 이상한 일이 아닐 수 없었다.

"무슨 일이오?"

자리에 앉은 채 마부태가 물었다.

"글쎄요. 아무 일도 없는 것같이 보이는데……."

"……."

"아무래도 수상하오. 무슨 꿍꿍이수작이 있는 것 같소."

그러자 마부태도 자리에서 일어나 장막 밖으로 총소리가 울린 쪽을 내다보았다.

후원 쪽이었다. 후원의 숲속에서 조총 쏘는 소리가 일어난 것 같았다.

두 사람은 멀뚱히 서서 후원 쪽을 내다보고 있는데, 그때 마침 바람이 세차게 불어와서 장막의 뒷자락을 펄럭 들어올렸다.

그런데 들어 올려진 장막의 뒤쪽에 무기를 가진 군사가 서너 사람 서 있는 것이 보였다.

"아니?"

"이것 봐라."

마부태와 용골대는 바짝 긴장이 되었다.

무기를 가진 군사들로 하여금 장막 뒤에서 지키게 하다니, 그렇다면 이건 예삿일이 아닌 것이다. 자기들을 청나라의 사신으로 생각하고 있는 것이 아니라, 무슨 인질이나 죄인 취급하고 있는 게 틀림없는 것이다.

그리고 후원의 숲속에서는 소총을 쏘고 있는 것이 아닌가.

심상치 않은 기미를 느낀 마부태와 용골대는 서로 말없이 시선을 주고받았다. 어떤 위기를 서로 몸으로 느끼고 있는 것이었다.

제례고 뭐고 이제 정신이 없을 지경이었다. 어떻게든지 속히 궁궐을 빠져나가 도망을 치는 수밖에 없다고 생각하였다.

그러나 그들이 그렇게 느낀 것은 신경과민 탓이었다. 당장 무슨 일이 일어나고 있는 것은 결코 아니었다. 그리고 그들은 앞으로 어떻게 해야 할지도 아직은 미정이었다.

후원에서 조총 소리가 들린 것은 도감포수가 사사로이 총 쏘는 연습을 했던 것이고, 장막 뒤에 서 있는 군사는 숙위하는 금군이었다.

청나라 사신이 제례를 올리고 있기 때문에 금군이 장막 뒤에 서 있었던 것이다. 그것은 결코 감시가 아니라, 호위였던 것이다.

그런데 그들은 지레 겁을 먹었던 것이다.

소동이 벌어진 것은 얼마 뒤의 일이었다. 제례를 마친 그들이 틈을 보아서 그만 궁궐을 빠져나가 허겁지겁 달아났던 것이다.

금군들도 처음에는 그들이 왜 저러나 싶었다. 무슨 급한 일이라도 생긴 줄 알았다. 한 나라의, 더구나 강대국인 청나라의 사신으로 온 장수들이 허겁지겁 도망을 칠 줄이야 정말 몰랐던 것이다.

그렇다고 상부의 명령도 없이 금군들 마음대로 그들을 붙잡을 수도 없는 노릇이었다.

궁궐을 빠져나간 그들은 민가로 달려가서 말을 빼앗아 타고,

서대문 쪽을 향해 백주의 한양 거리를 마구 질주하는 것이었다.

서대문에서도 그들을 막지 못했다. 굳이 막으려고 들면 못 막을 턱이 없지만, 문지기들이 마음대로 청나라의 사신인 장수를 막다니 될 말이 아니었다. 그들이 말을 타고 어디 사냥이라도 나가거나, 아니면 바람을 쐬러 달리는 줄 알았지, 도망을 쳐 한양을 빠져나가는 줄은 미처 몰랐던 것이다.

그래서 오히려 문을 활짝 열고 그 길을 훤히 터주었던 것이다.

뒤늦게야 그 소식에 접한 조정은 야단법석이었다. 큰 낭패가 아닐 수 없었다.

나중에야 일이 어떻게 되든, 좌우간 일국의 사신을 그처럼 도망쳐 돌아가게 한다는 것은 말이 아니었다. 더구나 형제지국으로 맹약이 되어 있는 청나라의 사신을 말이다. 나중에야 전쟁을 하게 되든 어떻게 되든 우선은 그들을 그렇게 보내서는 안 되는 것이었다.

군신지의를 강요하는 청나라에 대해 선전을 포고하는 뜻에서 그들의 목을 베든지, 아니면 더 두고 보기 위해서 회신을 주어 돌려보내든지, 좌우간 결말이 나지 않았는데, 그들이 그처럼 지레 겁을 먹고 도망을 치다니 일이 맹랑하게 된 것이다.

그 말을 듣고 인조도 입맛을 씁쓰레하게 다시며, 가서 붙들어 타일러서 되돌아오도록 하라고 명하였다.

그러나 그들은 되돌아오지 않았다. 끝내 거절하고, 일로 북으로 북으로 자기 나라를 향해 가는 것이었다.

일이 그렇게 되자, 드디어 인조는 결단을 내렸다. 일전을 감행하기로 한 것이다.

그래서 선전의 불가피한 이유를 들어 팔도에 유문(諭文)을 내려서 송성(從政)의 병을 모으기에 이르렀다.

그런데 공교롭게도 그 유문을 가지고 평안감사에게로 가던 파발꾼이 청나라의 그 두 장수에게 붙들려 유문을 빼앗기고 말았다.

그 유문을 빼앗아 가지고 돌아간 마부태와 용골대는 황제 홍타시에게 그것을 증거로 조선 정벌을 건의하였다.

조선의 뜻이 그렇다는 것을 안 홍타시는 이제 주저할 것이 없었다. 그동안 조선에도 척화파와 주화파가 있어서 정책이 어떻게 낙착이 될지 몰라, 그 귀추를 기다리고 있었던 것이지만, 이제 일은 끝난 것이다. 오직 무력으로 정복하는 길이 있을 뿐인 것이다.

그리하여 홍타시는 두 번째 조선 정벌의 결의를 굳히고, 침공 준비에 착수하였다.

역시 조선에서도 일전을 감행할 결의하에 군사를 모으고, 준비를 강화하기 시작하였다.

전란의 검은 구름이 서서히 서리기 시작한 것이다.

7

그해 늦은 가을이었다.

낙엽이 궁 안의 뜰을 어수선하게 굴러다니는 어느 날 오후, 정청에서 일을 보던 예조판서 김상헌은 머리가 좀 띵해서 잠시 바람을 쐬러 밖으로 나가려고 자리에서 일어났다.

그때였다.

어찌된 영문인지 별안간 발밑이 흔들흔들 흔들리는 것이 아닌가. 비틀 쓰러질 지경이었다.

"아니, 이거……."

김상헌은 당황하여 곁에 있는 기둥을 가서 얼른 붙들었다.

김상헌뿐 아니었다. 앉아서 일을 보고 있던 관원들이 모두,

"이런! 이런!"

"아이고—"

"으으으—"

하고 소리를 지르며, 그 자리에 납작 엎드리기도 하고, 벌떡 일어섰다가는 비틀 넘어지기도 하고, 뿔뿔뿔 기어 황급히 문밖으로 내닫기도 하였다.

누군가의 입에서,

"지진이다—"

하는 소리가 흘러나왔다.

틀림없는 지진이었던 것이다.

곧 정청이 무너질 듯 흔들흔들흔들…… 몇 번이나 흔들렸다. 모두 얼굴빛이 노오랗게 되어 있었다.

평소에 침착하고 대담하기로 이름이 나 있는 김상헌 역시 얼굴에서 핏기가 가시고, 눈이 휘둥그레져 있었다.

김상헌은 매우 강직한 사람이었다. 절대로 불의와 타협하는 일이 없었다. 정사를 처리해 나감에 있어서도 잘못은 추상같이 다스렸다. 사사로이 보아주는 그런 일이 절대로 없었다.

한 번은 어떤 귀공이 산정에 집을 지으면서 둥근 기둥을 사용하였다. 그런데 김상헌이 대사헌이 되었다는 말을 듣고는 곧 그 기둥을 깎아서 모가 나게 만들었다. 둥근 기둥은 궁궐 안에서만 쓰기로 되어 있기 때문에 사가에서 모가 없는 기둥을 쓴다는 것은 위법이었던 것이다.

그만큼 모두 김상헌의 강직하고 추상같은 성품을 두려워했던 것이다.

그런 김상헌도 난데없이 지진을 당하자, 당황하지 않을 수 없었다. 지진이란 말로만 들어왔지, 실제로 그런 것이 일어나는 것을 겪은 일이 없으니 그럴 수밖에.

김상헌뿐 아니라, 관원들 모두 정말 어안이 벙벙하였다.

집이 무너지고 땅이 갈라지는 그런 큰 지진은 아니었으나, 좌우간 지진이라는 것이 실제로 일어났다는 사실은 놀랄 일이 아닐 수 없었다.

지진이 지나가고 난 다음, 도로 자리에 앉은 김상헌은 수염이 더부룩한 얼굴에 약간 침통한 표정을 지으며,

"지신이 노하신 모양일세. 나라의 앞날이 걱정이군."

하고 혼자 중얼거렸다.

가뜩이나 전쟁 준비로 뒤숭숭한 민심을 지진이 더욱 흔들어 놓았다. 장안에 별별 소문이 다 나돌았다.

어느 궁궐에서는 전각이 무너지는 바람에 사람이 수없이 죽었다느니, 땅이 갈라지는 통에 어느 성곽이 크게 허물어졌다느니, 길에서 만삭이 된 아낙네가 놀라 쓰러져 죽었다느니, 심지어는 빨간 도포를 입은 사람이 여러 사람 장안에 나타나자, 지진이 일

어났다느니 하는 그런 소문도 있었다. 그 빨간 도포를 입은 사람
들은 자신의 졸개들이라는 것이었다.

　그런 허무맹랑한 소문과 함께 난리가 일어났다는 소문도 돌았
다. 청나라 군사가 압록강을 건너서 쳐들어오기 시작했다는 것
이었다.

　지진이 있은 지 며칠 뒤에는 또 밤에 혜성이 나타났다.

　초저녁이었다. 기다랗게 꼬리를 단 별 하나가 서서히 커지며
중천으로 솟구쳐 오르는 것이 아닌가. 그런데 그 빛이 어찌나 밝
은지 장안이 별안간 환해지는 듯하였다. 달도 없는 저녁인데 말
이다.

　혜성이 나타나자, 장안 사람들은 너도나도 밖으로 뛰어나와 그
이상한 별을 쳐다보며,

"햐―"

"어머나―"

"와―"

입들을 딱딱 벌렸다.

"도대체 무슨 별이 저런 별이 다 있지."

"저게 바로 혜성이라는 것이지. 저 별이 나타나면 나라에 큰 변
이 일어난다는 거야. 불길한 징조지."

"아무래도 곧 난리가 일어날 모양이지."

"글쎄, 큰일인데……."

이렇게 걱정들을 하기도 하였다.

　혜성이 나타나면 불길한 징조라 해서 사람들은 그것을 요성(妖
星)이라고도 하였다.

난데없이 말로만 듣던 지진이 일어나는가 하면, 이번에는 요성이 다 나타나고⋯⋯ 큰 불행이 다가오고 있는 징조임에 틀림없는 것이었다.

제2장

1

봉화대가 있는 먼 산봉우리에서 연기가 나부껴오르기 시작하였다. 봉화가 오른 것이었다.

"봉화가 올랐다―"

정방산성의 봉화대를 지키고 있는 군사가 냅다 고함을 질렀다.

봉화는 일정한 간격을 두고 세 번 나부껴 오르고 그쳤다. 세 번은 적침(敵侵)을 의미하는 신호였다.

"난리가 났다― 청나라가 쳐들어온 모양이다―"

군사는 곧 도원수 김자점에게로 달려갔다.

그 보고를 들은 김자점은 크게 언성을 높였다.

"청나라가 쳐들어오다니, 당치도 않은 소리…… 오랑캐들이 이번 겨울에는 쳐들어오지 못한다."

"아닙니다. 도원수님, 봉화가 분명 세 번 올랐습니다."

"닥치라니까! 그것은 우리 쪽 사신이 오랑캐 땅으로 들어갔기 때문에 오랑캐들이 마중하느라고 올린 봉화를 잘못 보고 그렇게 신호를 보내온 게 틀림없다. 지금 오랑캐들이 쳐들어올 리 만무하다. 함부로 입을 놀리지 말고, 썩 물러가도록 해!"

호통을 듣고 군사는 목을 움츠리며 찍소리 없이 물러서고 말았다.

그처럼 도원수 김자점은 청나라가 이번 겨울 안으로는 절대로 침공을 개시하지 않으리라고 믿고 있었다. 전쟁을 시작해도 명년 봄쯤에나 시작하리라 예상을 하고 있는 것이었다.

그래서 그는 부하들 가운데 누구든지 적이 쳐들어올 것이라는 말을 하면 벌컥 화를 냈다. 부하들이 적이 쳐들어오지 않을 것이라고 마음을 놓고라도, 도원수인 입장에서 언제 쳐들어올지 모르니 항상 경계를 게을리해서는 안 된다는 그런 태도로 나와야 옳을 것인데, 이건 거꾸로인 셈이었다. 그래서 모두들 김자점 앞에서 적이 쳐들어오리라는 말을 꺼내기를 꺼렸다.

그러나 마침내 봉화가 세 번 오른 것이다. 적군의 침입에 틀림없는 것이다.

그런데도 김자점은 그 보고까지 호통으로 물리쳐 버리는 것이었다.

이튿날 또 봉화가 올랐다. 이번 역시 세 번 나부껴 오르는 것이었다.

두 번째 봉화가 오르자, 그때는 김자점이 직접 나와서 그것을 관찰했다.

"음— 이상한 일인데…….."

김자점은 고개를 기울였다. 이 겨울에 오랑캐들이 쳐들어오다니 아무래도 미심쩍은 표정이었다.

그래서 김자점은 신용이라는 무장을 의주 쪽으로 보내어 정세를 알아보도록 하였다.

말을 달려 신용이 이튿날 순안이라는 곳에 이르니, 이미 적의 기병이 고을 안에 가득 들어와 있는 것이 아닌가.

놀란 신용은 곧바로 말을 돌려 되돌아와서 김자점에게 보고를 하였다.

"청나라의 기병들이 벌써 순안까지 쳐들어와 있습니다."

"뭣이 어째?"

김자점은 벌컥 화부터 냈다. 그래서 신용은 더 뭐라고 말을 못 하고 웅크리고만 있었다.

김자점은 노한 얼굴로 신용을 노려보더니,

"너 이놈, 의주까지 가보지도 않고 되돌아와서 그따위 보고를 하다니…… 말을 함부로 해서 군정을 어지럽히려 드느냐? 응?" 하더니, 허리에 찬 칼을 쑥 잡아 뽑는 것이 아닌가.

"이놈, 목을 쳐버릴까부다."

그제야 신용도 놀라 웅크리고만 있을 수가 없어서 머리를 쳐들고 간곡히 말하였다.

"아니옵니다, 도원수님. 제가 이 눈으로 보고 본대로 아뢰었을 뿐입니다. 아마 내일이면 적군이 이곳까지 당도할 것입니다. 내일까지만 기다려주십시오. 그래서 제 말이 거짓이면 목을 베어주십시오."

"정말이야?"

"예, 정말입니다. 제가 감히 어디라고 서짓말을……."

"어디 그럼 두고 보자. 만일 거짓말이면 내일은 용서 없다. 너 말고 또 한 사람을 보냈으니, 그자가 돌아오면 알겠지."

그제야 김자점은 칼을 거두었다.

그날 해질 무렵, 추후로 내보냈던 또 한 사람의 척후병이 황급히 돌아왔다.

그의 말 역시 적군이 이미 순안을 지나 이쪽을 향해 오고 있다는 것이었다.

그 보고를 듣고야 비로소 김자점은 낭패한 표정을 지었다. 두 사람의 말이 들어맞으니 이제 의심할 여지가 없는 것이 아닌가. 이번 겨울 안으로는 절대 침입해 오지 않으리라 생각하고 있었는데, 예측이 빗나가 버려 입맛이 쓰기만 하였다. 부하들에 대한 체면도 말이 아니었다.

그런데 적군이 침입을 개시했다 하더라도 벌써 순안을 지나 이곳을 향해 진격해 오고 있다니, 어리둥절할 따름이었다. 의주의 백마산성에는 부윤 임경업이 철통같은 수비를 펴고 있는데, 어떻게 되어 벌써 순안까지 내려왔단 말인가. 그럼 그 백마산성이 벌써 함락되었단 말인가. 도무지 잘 믿어지지가 않는 이야기였다.

김자점은 철렁 가슴이 내려앉는 것을 어쩌지 못하였다. 그처럼 적군의 진격이 빠른 것을 보니, 군세가 대단하다는 것을 알 수가 있는 것이었다.

김자점은 곧 봉화를 올려 적군의 침입을 신호하게 하고, 장계를 적어서 파발마를 달리게 하였다.

청 태종 홍타시는 마침내 두 번째 조선 침공을 감행한 것이다. 이번에는 친정*(親征, 임금이 몸소 징벌함)이었다. 스스로 군사를 이끌고 나선 것이다.

병자년 12월 1일, 홍타시는 청군과 몽고군, 그리고 한인으로 편성된 이십만 혼성대군을 심양에 집결시켰고, 이튿날 여러 왕과 패륵을 거느리고 출발하였다.

9일에 압록강을 건넌 홍타시는 선봉장 마부태에게 곧바로 한양을 향해 진격해 들어가도록 명하였다.

의주의 백마산성에는 임경업이 강력한 수비를 펴고 있다는 것을 그들도 알고 있었다. 그래서 마부태는 야음을 틈타 백마산성을 피해서 일로 남진하였다.

가히 파죽지세였다.

김자점의 장계가 들어온 것은 12일 오후였다. 그제야 비로소 청군의 침입을 안 조정은 발칵 뒤집혔다. 청군 선봉대가 이미 순안을 넘어섰다니, 야단이 아닐 수 없었다. 적이 이처럼 신속하게 쳐들어올 줄은 예기치 못했던 것이다.

이튿날은 개성 유수로부터 장계가 들어왔는데, 청군이 이미 개성을 통과했다는 것이었다.

어제 순안을 넘어섰다는 장계를 받았을 때는 그래도 아직 마음의 여유가 있었으나, 개성을 통과했다니 도무지 어떻게 된 영문인지 알 수가 없었다. 벌써 개성을 통과하다니, 개성은 한양에서 하룻길이 아닌가 말이다.

조정은 벌집 쑤셔놓은 상태가 되고 말았다.

강화도로 급히 천도하기로 결정이 내려졌고, 영의정 김유의 아들인 판윤 김경징을 강도검찰사로, 부제학 이민구를 부사로 임명하였다.

그리고 원임대신인 윤방과 김상용으로 하여금 묘사*(廟社, 종묘와 사직)의 신주를 받들고, 세자비 강 씨, 원손, 제2자 봉림대군, 제3자 인평대군을 배호하여 급히 강화도로 들어가도록 하였다.

유도대장으로는 심기원을 임명하였다.

강화도 수비의 중책은 강화 유수인 장신으로 하여금 수사대장을 겸하게 하여 그에게 맡겼다.

인조도 강화로 들어갈 준비를 서둘렀다.

2

청군의 선봉대가 개성을 넘어섰다는 장계를 받고 곧 도감장관 이흥락으로 하여금 정예 기병 팔십 명을 이끌고 나가서 적을 막게 하였다. 말하자면 결사대인 셈이었다.

그들에게 인조는 어사주를 내리면서,

"나라의 운명이 그대들에게 달려 있다고 해도 지나친 말이 아니로구나. 적군의 선봉을 꺾고 못 꺾는 데 따라 전세가 크게 달라지는 법이니라. 아무쪼록 용감히 나가 싸워서 청나라 선봉장의 목을 베어 오도록 하여라."

하고 간곡하게 당부하였다.

이흥락은 비장한 표정을 지으며,

"상감마마, 부디 마음을 놓으시옵소서. 저희 팔십 기가 어떠한 일이 있어도 적군의 선봉을 꺾고야 말겠나이다. 적 선봉장의 목을 베지 않고는 돌아오지 않겠나이다."

하고 머리를 조아렸다.

그리고 어사주를 두 손으로 받들고 벌컥벌컥 들이켰다.

부하인 팔십 명의 기병들도 모두 어사주를 들이키며 죽음을 두려워하지 않을 것을 맹세하고 있었다.

그런데 그들은 어사주뿐 아니라, 친지들이 주는 전별주까지 마다하지 않고 넙죽넙죽 받아 마셨다. 결사대로 나가는 셈이어서 흥분에 겨웠던 것이다.

그들 팔십 기병이 한양 도성을 박차고 나설 때에는 열기가 대단하였다. 모두 얼굴이 불그레 상기되어 냅다 고함을 내지르는 것이 어떠한 강적도 단번에 박살을 내버릴 것 같은 기세였다.

그들은 이홍락을 선두로 맹렬한 기세로 적군을 찾아 달려 나갔다. 그러나 차츰 대열이 어지러워지기 시작하였다. 술이 취해오기 시작했던 것이다.

선두에서 부하들을 이끌고 달리는 대장 이홍락부터가 숨이 차며 가슴이 펄럭거렸고, 눈앞이 흐려지는 듯하였다. 끔벅끔벅 눈을 감았다 떴다 하며 정신을 가다듬으려 애를 썼으나 허사였다.

그러나 가까스로 부하들을 이끌고 고양에 있는 창릉 근처까지 갔다. 창릉 건너편에 적의 선봉대가 와닿아 있었던 것이다.

이홍락은 식은땀을 줄줄 흘리며 부하들을 돌아보았다. 그의 얼굴은 술기가 올라 마치 곧 터질 홍시처럼 되어 있었다. 눈은 어느덧 초점이 흐릿하였다.

부하들 역시 거의 마찬가지였다. 아직도 입으로는 곧장 꽉꽉 고함을 지르기도 했으나, 몸뚱이들이 말 위에서 흐느적기렸다.

그렇다고 물러설 수도 없는 일이었다. 어디서 술이 깰 때까지 쉴 수도 없는 노릇이었다. 이미 적의 선봉대와 맞닥뜨렸으니 말이다.

이홍락은 애써 정신을 가다듬으며 소리쳤다.

"적의 선봉대가 저기 보인다. 자아 전열을 정비해라—"

그러나 팔십 기병은 우왕좌왕할 뿐, 좀처럼 전열이 가다듬어지지가 않았다. 마치 말들까지 술에 취한 듯한 느낌이었다.

이런 광경을 적의 선봉대 쪽에서 먼저 보고, 그쪽에서 선수를 쳐 일제히 진격해오기 시작하였다.

"와—"

"야—"

"우아—"

함성과 함께 말발굽 소리가 온통 진동하였다.

그 바람에 이쪽에서는 놀란 말들이 겁을 집어먹고 머리를 하늘로 쳐들며 히히힝 히히힝…… 코를 불기도 했고, 비실비실 뒷걸음질을 치기도 하였다.

"저놈들이 먼저 온다—"

"우리도 나가자—"

"나가자—"

이쪽에서도 제각기 떠들어댔다. 그러나 우왕좌왕하고 있을 뿐, 아무도 선뜻 앞으로 달려 나가지를 않았다.

"돌격— 저놈들을 죽여라—"

그래도 대장 이홍락이 정신을 가다듬고 냅다 앞으로 달려 나가기 시작하였다. 뽑아든 칼이 햇빛을 받아 번쩍거렸다.

그제야 모두,

"죽여라—"

"오랑캐 놈들을 죽여라—"

"와—"

하고 진격해 나갔다.

화살이 날고, 칼과 창이 번뜩이고, 고함소리, 말발굽 소리……온통 창릉 건너편 벌판이 순식간에 수라장으로 변하였다. 피아가 마구 뒤섞여 치고, 베고, 찌르고…… 그야말로 목불인견의 싸움이었다.

이홍락은 두 눈을 뒤집어 까고, 이리 뛰고 저리 뛰며 마구 칼을 휘둘렀다. 술에 취했는지 어쨌는지도 알 수 없을 지경이었다.

그러나 그도 마침내 적병의 창에 옆구리를 찔려,

"으악—"

처절한 비명소리와 함께 말에서 떨어지고 말았다.

결과는 뻔하였다. 결국 팔십 기병이 거의 전멸하다시피 되고 말았다. 수적으로 열세였을 뿐 아니라, 술들에 취해 있었기 때문에 더욱 해볼 수가 없었던 것이다.

몇몇 달아난 기병들에 의해서 참패의 소식이 전해지자, 조정은 더욱 암담한 분위기에 휩싸여 갈팡질팡이었다.

"이제 도리가 없나이다. 한시를 지체하지 마시고 속히 강화로 들어가심이 현명한 줄로 아뢰옵니다."

영의정 김유는 인조 앞에 엎드려 이홍락이 이끌고 나간 팔십 기병이 적의 선봉을 꺾지 못하고 참패했다는 소식을 올리고, 지체 없이 곧 강화도로 피신할 것을 권하였다.

인조는 잠시 말없이 침통한 표정을 짓고 있었다.

인조는 아무리 생각해도 잘 이해가 가지 않는 대목이 있었던 것이다. 청나라가 침입해 오리라는 것은 이미 각오를 한 바이며, 이쪽에서도 척화 선전의 결정을 내려 전쟁 준비를 서둘러 온 것이 아닌가.

그런데 어떻게 해서 압록강을 건넌 청나라 군사가 이처럼 속히 한양까지 쳐들어 올 수가 있단 말인가. 중도에 있는 우리의 수비진은 도대체 무엇을 한 것일까. 의주에 있는 백마산성의 임경업은 어떻게 되었으며, 정방산성의 도원수 김자점은 도대체 무엇을 하고 있었단 말인가.

우리의 군사들은 모두 바지저고리들이란 말인가. 허수아비들이란 말인가.

청나라의 침입을 알리는 장계가 들어옴과 거의 동시에 적군이 눈앞에 나타나다니, 정말 어이가 없고, 기가 막힐 따름이었다. 이런 넋 빠진 신하들을 믿고 척화니 정벌이니 하고 떠들어댄 일을 생각하니 우습고 부끄럽기만 하였다.

그제야 비로소 인조는 입으로만 텅텅 큰소리를 쳐대던 척화파

신하들이 못마땅하게 여겨졌다. 그들의 허세에 귀를 기울인 것이 은근히 후회가 되기도 하였다.

지금 앞에 엎드려 강화로 속히 피신할 것을 말하고 있는 영의정 김유 역시 한때 큰소리를 쳐대던 척화파에 속하는 사람이었다. 그러나 김유는 나중에 슬그머니 주화론에 동조를 하였다. 그 까닭은 자기의 일신에 미칠지도 모르는 문책을 두려워해서였다.

영의정 김유는 전란이 일어났을 때 군무를 총괄하는 직책인 체찰사를 겸임하게 되자 임금에게, 오랑캐들이 만약 깊이 한양 도성까지 쳐들어오게 된다면 도원수와 부원수를 비롯해서 평안·황해 양 도의 감사에게 노륙(孥戮.)의 법을 적용시키도록 청하였다. 노륙의 법이란 처자도 죄에 연좌시켜 처벌하는 것이었다.

그러자 임금은 일이 그렇게 되면 그들뿐 아니라, 체찰사 자신도 중벌을 면치 못하리라고 엄한 교시를 내렸다.

전란이 일어나서 오랑캐들이 한양 도성까지 쳐들어오게 되어 김유 자신도 중벌을 면치 못하게 되자, 그때부터 슬그머니 척화를 버리고, 주화론 쪽으로 돌아섰던 것이다. 그렇다고 청나라와 화의를 강구하는 일에 적극적으로 나서지도 않았다.

말하자면 우유부단한 사람이었다.

인조는 그런 김유를 가만히 바라보고 있노라니 화가 치밀고, 원망스러운 생각이 들어 견딜 수가 없었다. 그래서 하얀 이마에 주름을 접으며 냅다 쏘아붙이듯 말하였다.

"강화로 들어가기만 하면 만사가 해결이란 말인가?"

"……"

"도대체 어찌하여 나라꼴이 이 지경이 됐는지 알 수가 없군. 우리 군사들은 모두 무엇을 하고 있기에 적이 벌써 한양까지 당도했단 말인가."

"황공하와 몸 둘 바를 모르겠나이다."

인조의 노기에 김유는 정말 황공해서 어찌할 바를 모르고 머리를 조아려대기만 하였다.

"의주의 임경업은 무얼 하고 있으며, 도원수 김자점은 무얼 하고 있기에……."

"글쎄 말입니다."

"에잇! 분통이 터져 견딜 수가 없구나."

인조는 자리를 박차고 일어섰다.

"전하, 노여움을 진정하십시오. 기왕 일이 이렇게 된 것, 후일 크게 문책하시고, 당장은 지체 마시고 속히 강화로 피신하심이 마땅한 줄 아뢰나이다."

"아― 나라가 왜 이 지경인고―"

인조는 멀뚱히 허공을 바라보며 탄식을 하였다.

그러나 도리가 없었다. 정말 발등에 불이 떨어졌으니, 난을 피해 강화로 들어가는 수밖에.

인조를 실은 대가(大駕)가 궁궐을 나선 것은 오후였다. 장안의 거리는 피란을 가는 사람들로 어수선하였다.

인조의 대가가 지나갈 때 백성들은 그 경황 중에도 길가에 엎드렸고, 개중에는 임금의 피신을 슬피 여겨 오열을 터뜨리는 사람도 적지 않았다.

대가는 남대문을 나서 강화도로 향하는 길을 달렸다. 그러나 얼마 가지 못해서 대가는 멈추어 서지 않을 수 없었다. 이미 길이 적군에 의해서 차단되어 있었던 것이다.

청나라의 선봉장인 마부태가 수백 기(騎)를 이끌고 이미 홍제원에 이르러 있었고, 그 일대(一隊)는 양천에서 한강을 차단하여 마포 건너편의 양철평(良鐵坪)에 진을 치고, 강화도로 가는 길을 끊어놓은 것이었다.

대가는 되돌아 성 안으로 들어오는 수밖에 없었다. 강화도로 가는 길까지 이미 막혀 버렸으니 기가 찰 노릇이었다.

인조는 남대문 문루 위에 잠시 머물면서 한숨을 쉬었다.

한양에서 강화도까지는 이틀 길이었다. 그러니까 강화로 가는 길이 차단되지 않아 그대로 출발을 했다 하더라도 무사히 강화까지 갈 수가 있었을는지 의문이었다. 적이 알고 추격해 오면 꼼짝없이 붙잡히게 마련이었다.

별안간 홍수가 넘쳐오듯 적군이 밀어닥쳤기 때문에 일은 걷잡을 수 없이 되고 말았다. 임금이 강화도로 들어가지도 못하게 되었으니 정말 낭패가 아닐 수 없었다.

그렇다고 방비가 허술한 한양 도성 안에 그대로 머물러 있을 수도 없는 노릇이었다.

장안은 이미 수라장이었다. 적군에게 길이 차단되어 임금이 강화도로 가지 못하고 남대문 위에 어거(御居)하고 있다는 소문이 퍼지자 장안은 걷잡을 수 없이 술렁거렸고, 백성들의 울부짖는 소리가 거리에 넘쳤다.

남대문 문루 위에 망연히 앉아 있는 인조에게 김유는,

"우선 남한산성으로 들어가심이 마땅한 줄 아뢰옵니다."
하고 남한산성으로 피신할 것을 권하였다.

"지금으로서는 그러는 수밖에 도리가 없는 줄 압니다."

"소관도 그렇게 생각하옵니다."

곁에 있던 대관들이 모두 남한산성으로 들어가는 것을 찬동하였다.

그때 이조판서 최명길이 입을 열었다.

"소관이 가서 청나라 선봉장을 만나볼까 합니다. 무슨 연유로 이렇게 쳐들어왔는지 그 까닭을 물으면서 시각을 지체시킬 것이오니, 조속히 남한산성으로 들어가시도록 하옵소서. 남한산성도 지척이 아니니, 지체 마시고 곧 출발하심이 현명한 줄 아옵니다."

그제야 인조는,

"음—"

무거운 신음소리와 함께 자리에서 일어났다.

최명길은 그해 봄, 폭풍우가 몰아치고, 해를 꿰뚫을 듯이 흰 무지개가 섰던 그 무렵에는 판윤이었다. 그러다가 김경징이 그의 뒤를 이어 판윤이 되고, 최명길은 이조판서가 되었던 것이다.

최명길은 동중추부사 이경직과 함께 적의 선봉장을 만나러 가고, 인조는 소현세자와 백관을 이끌고 수구문으로 빠져나가 곧장 남한산성을 향해 달렸다.

4

홍제원 고갯마루에 진을 친 마부태는 기분이 매우 좋았다. 압록강을 건넌 지 불과 사오 일 만에 한양까지 쳐들어올 수 있었으니 말이다.

중도에 있는 산성들을 피해 오기는 했지만, 이처럼 무방비 상태일 줄은 미처 몰랐던 것이다.

봄철에 사신으로 왔을 때 당한 굴욕을 곧 풀 수 있으리라 생각하니 절로 콧구멍이 벌름거렸다. 이미 절반 정도는 설욕을 한 거나 다를 바 없었다. 이처럼 허를 찔러 조선 왕으로 하여금 강화로 도피하는 길까지 막아 버렸으니 말이다.

후속부대가 도착하기를 기다리며 쉬고 있는데, 부하 무장 하나가 급히 말을 달려 앞으로 와서 보고를 하였다.

"조선의 대신 최명길이란 자가 원수님을 만나 뵙겠다며 찾아오고 있습니다."

그 말에 마부태는,

"최명길이라면 우리와 화친을 도모하는 대신이로구나. 그자가 온다면 만나주지."

하고 빙그레 웃었다.

최명길과 이경직은 술과 고기를 가득 실은 수레와 함께 도착하였다.

최명길은 술과 고기를 풀어서 청나라 군사들로 하여금 잔치를 벌이게 만들고는 마부태와 마주앉았다. 물론 마부태 앞에도 주안상을 걸쭉하게 차려 내었다.

마부태는 매우 만족스러운 얼굴이었다. 침공해 온 사람을 주효*(酒肴, 술과 안주)로써 맞이해 주니, 기분이 좋을 수밖에 없었다. 마치 벌써 조선의 대신으로부터 항복을 받는 듯한 느낌이기도 하였다.

그래서 마부태는 거드름을 피우며,

"최 대감, 봄에 만났는데, 또 만나게 됐구려."

하고 술잔을 들어올렸다.

군사를 이끌고 침입해 들어온 적군의 장수 앞에 주안상을 차려 놓고 마주 앉으니, 최명길은 속에서 신물이 올라오는 듯하였다. 더구나 이마가 훌렁 벗어진 마부태가 히들히들 웃으며 거드름을 피우는 꼬락서니라니…… 울화가 치밀어 견딜 수가 없었다.

그러나 도리가 없었다. 약소한 나라의 대신이 된 게 슬플 따름이었다.

그리고 지금은 그런 사사로운 기분에 집착해 있을 계제가 아니었다. 어떻게 해서든지 적장의 비위를 맞추어서 조금이라도 시간을 벌어, 임금이 무사히 남한산성으로 들어가서 수비 태세를 강화할 수 있도록 하는 일이 중하였다.

그리고 단숨에 이렇게 한양까지 깊숙이 쳐들어온 연유가 무엇인지, 그 침략의 의도를 똑똑히 알고 싶었다.

최명길은 차분히 가라앉은 목소리로 물었다.

"청나라가 별안간 군사를 일으켜 이렇게 진공해 올 줄은 정말 몰랐소이다. 도대체 어떻게 된 연유인지요?"

그러자 마부태는 벌컥벌컥 들이켜던 술잔을 잠시 멈추며, 그걸 몰라서 묻느냐는 듯이 멀뚱히 최명길을 바라보았다.

"아니, 우리가 왜 쳐들어왔는지 그 까닭을 모르겠단 말이오?"

"너무 갑작스런 일이라서 그저 얼떨떨할 따름이외다."

"지난봄에 나를 잡아 죽이려 한 당신네 처사를 최 대감은 모르오?"

"장군을 잡아 죽이려 하다니…… 천부당만부당한 말씀이오."

"이제 와서 시치미를 떼지 마시오. 물론 최 대감 당신은 나를 죽이려 하지 않았을 것이오. 최 대감이 우리와 우의를 도모한다는 것은 잘 알고 있는 터요. 그러나 김상헌인가 하는 그자를 중심으로 유생들이 적극적으로 척화를 내세우며 내가 가지고 왔던 국서를 거절하고, 나를 잡아 죽이려 했다는 것을 누가 모를 줄 아오?"

"지나친 억측이외다. 물론 우리 조정에 척화파가 있고, 주화파가 있는 것은 사실이오. 그러나 귀국과 정묘년에 맺은 형제지맹을 깨어 버리자는 결정이 난 일도 없으며, 황제에 취임하신 귀국의 태종께 존호를 올리지 않기로 결정이 내려진 바도 없었습니다. 다만 어떻게 할 것인가 논의를 하는 중이었는데…… 그만 장군께서 지레짐작을 하시고…… 그렇게 서둘러 귀국을 하신 겁니다."

"듣기 싫소. 다 변명에 불과하오. 그렇다면 왜 우리로 하여금 그 때 다리 위에 따로 장막을 마련해서 거기서 제사를 지내게 했단 말이오? 전각이 비좁아서 그렇다지만, 그게 말이 되오? 형제지맹을 지킨다면 형의 나라 사신에게 그런 예의를 할 수가 있소? 그것 한 가지만 보아도 다 짐작할 수가 있는 일이오."

"……."

"그리고 그날 후원에서 조총 소리가 연달아 일어났었는데, 그 것도 수상하지 않소. 왜 하필 우리가 제사를 지내고 있는 그 시각에 멀지도 않은 곳에서 총을 쏘느냐 말이오. 우리에게 겁을 주려는 수작이 아니고 무어요?"

"그것은 우연의 일치였을 뿐입니다."

"우연의 일치라니요?"

"장군께서 제사를 지내실 그 시각에 마침 도감포수가 후원에서 사사로이 총 쏘는 연습을 했던 것입니다. 누가 시켜서 한 일이 절대 아니었습니다. 도감포수는 국상 날에 조포를 쏘게 되어 있지 않습니까. 그래서 그 연습을 했었던 것뿐입니다."

"그럼, 우리가 제사를 지내고 있는 장막 뒤에 무장한 군사를 몰래 세워두었던 것은 무엇 때문이오? 그것도 우연이란 말이오?"

"그것도 일부러 무슨 속셈이 있어서 그랬던 게 결코 아닙니다. 그들은 궁궐을 지키는 금군입니다. 늘 그렇게 무장을 하고 있죠. 장군께서 제사를 올리고 있기 때문에 그 장막 뒤에서 호위를 하고 있었던 것뿐입니다."

그러자 옆에 앉은 이경직도,

"그렇습니다. 정말입니다."

하고 거들었다.

그제야 마부태는 약간 의심이 풀리는 듯하였으나, 그러나 곧,

"무슨 소리!"

콧방귀를 팽 뀌며 웃었다.

"우리가 귀국하는 길에 당신네 임금이 팔도의 감사 앞으로 보

내는 유문을 빼앗았단 말이오. 그 유문에 선전의 불가피함을 역설하고, 모병과 군비의 강화, 군량의 조달을 명령하고 있었소. 그런데도 더 할 말이 있소?"

"……."

"그래서 그 유문을 우리 황제폐하께 갖다 보이고, 조선 정벌의 결정을 내렸던 것이오. 당신네 나라에서 우리의 뜻을 거역하고, 전쟁 준비를 서두는데, 그것을 알고 우리가 가만히 있을 수가 있겠소?"

"……."

그쯤 되자, 최명길은 사실 더 뭐라고 변명할 여지가 없었다.

그 이상 더 자꾸 변명을 한다는 것은 비굴함을 보이는 것밖에 아무것도 아니었다. 그래서 그는 앞에 놓인 술잔을 가만히 들어 올려 한 모금 쭉 마셨다.

마부태는 그제야 더 변명을 늘어놓지 못하는 최명길이 자기 앞에 굴복을 한 듯해서 매우 기분이 흡족하였다. 그 역시 술잔을 들어 벌컥벌컥 들이켰다.

이경직은 어깨를 떨구고 힘없이 앉아만 있었다. 술도 입에 댈 생각이 없는 모양이었다.

술과 고기로 잔치를 벌인 청나라 군사들의 떠들어대는 소리가 들려오고 있었다.

술잔을 놓은 최명길은 침착하게 다시 입을 열었다.

"기왕지사를 이제 와서 자꾸 운위한들 무슨 소용이 있겠습니까. 일이 이미 이렇게 벌어지고 말았는데, 귀국이 한양까지 단숨에 깊숙이 쳐들어온 의도는 나변*(어느 곳 또는 어디)에 있는지요?"

"그야 말할 것도 없이 당신네 니리를 굴복시키기 위함이죠."

"……."

"당신네 나라가 먼저 우리에게 맞섰으니, 우리가 당신네 나라를 앞질러 치는 것은 당연한 일이 아니오. 지금이라도 당신네 나라가 우리 황제폐하에게 존호를 올리고, 군신지의로써 대하기로 맹세를 하면 우리는 물러갈 것이오."

"그게 정말입니까?"

최명길은 귀가 번쩍 뜨이는 듯하였다.

"정말이오. 우리는 다만 당신네 나라를 우리의 신하의 나라로 삼으려는 생각뿐이오. 당신네 나라를 우리가 점령해서 우리 것으로 만들어 버릴 의향은 없소."

"그렇다면 조약을 새로 고쳐 맺으면 되겠소이다그려."

"그렇소. 군신지의를 바탕으로 조약을 새로 체결하면 되오. 그것이 우리의 목적이오."

"잘 알겠소이다."

최명길은 겉으로 표정에 나타내지는 않았으나, 속으로 한 가닥 희망이 비치는 듯한 느낌이었다.

청나라가 한양까지 깊숙이 쳐들어온 것을 처음 알았을 때는 일이 다 틀려 버렸다는 절망감에 사로잡혔었다. 어쩌면 이번에 나라가 송두리째 무너져 버릴 것이 아닌가 생각되었다.

주육을 싣고 이곳을 찾아올 때도 심정은 마찬가지였다.

그런데 마부태의 입에서 조약을 고쳐 맺으면 물러갈 의향이라는 말이 나온 것이 아닌가. 뜻밖의 일이었다. 그렇다면 나라의 존립 자체는 지탱할 수가 있다는 이야기가 아닌가.

최명길은 손이 절로 또 술잔으로 갔다. 이번에는 술 넘어가는 소리가 제법 꿀꿀꿀 하였다. 아까보다는 눈에 띄게 기운이 나 보였다.

최명길은 그렇다면 앞으로 자기의 임무가 막중하겠구나 하는 생각을 하고 있었다. 청나라를 배척하는 사람들을 설득해서 어떻게 해서든지 나라를 파탄에서 구해야 될 책임이 자기의 양 어깨에 걸려 있다고 해도 과언이 아니지 않는가 말이다.

마부태는 묻지도 않는 말을 화기 있게 지껄여 댔다.

"우리 청나라 황제폐하는 뜻이 아주 크신 어른이오. 결코 당신네 나라 같은 약소국을 집어삼키려는 그런 생각을 먹고 있지는 않소. 다만 신하의 나라로서 우리 폐하를 섬기기만 하면 되는 것이오. 우리 황제폐하의 포부는 명나라를 정복하는 일이오. 명나라를 쳐서 멸망시켜 중국대륙에 대청제국을 건설하는 것이 목적이오. 그 목적을 실현하기 위해서는 먼저 주변의 작은 나라들을 신하의 나라로 다스려 두지 않을 수 없는 것이오."

"……."

"그러니까 우리 황제폐하가 당도하시거든 그 뜻을 받들어 군신지의를 맺도록 하는 것이 현명할 거요."

"귀국의 임금께서 친히 원정을 오시는 겁니까?"

"임금이라니요. 황제폐하라고 부르시오. 우리 황제폐하께서 친히 원정을 나서셨소. 곧 이곳에 도착하실 거요."

"음—"

"만일 당신네가 우리 황제폐하의 뜻을 받들지 않고, 끝까지 대

적할 경우에는 당신네 나라는 영원히 멸망하고 말 거요. 우리가
집어삼켜 버린던 그 말이오. 그리니 잘 알아서 하시오."

"……."

"최 대감은 우리와 화친을 도모하려고 애를 쓴다는 것을 잘 알
고 있소. 그 뜻을 굽히지 않고, 반대파들을 설득해서 우리와 조약
을 고쳐 맺도록 하시오. 대세는 이미 기울어졌소. 우리와 당신네
나라 사이의 대세를 말하는 것이 아니오. 우리 청나라와 명나라
와의 세력 관계를 말하는 것이오."

"……."

"이미 명나라는 기울어져 가는 허울만 큰 나라요. 반면에 우리
청나라는 새로 일어나는 맹호 같은 거대한 세력이오. 감히 명나
라도 맞설 수 없소. 그런 대세를 판단 못하고 아직도 명나라에
연연하고 있는 당신네 나라의 척화파라는 사람들 그저 한심할
따름이오."

"……."

최명길은 말없이 듣고만 있었다. 마부태의 말이 틀린 말이 아
니라고 생각되었다. 지당한 말이었다. 그런데도 그 말이 어쩐지
썩 유쾌하게 받아들여지는 것은 아니었다. 옳은 말이라는 생각
이 들면서도 입맛이 떨떠름하고, 속이 씁쓰름하였다.

약소국의 처지가 그저 안타깝고 처량하기만 한 것이었다.

마부태와 헤어져 돌아오는 최명길은 그러나 좌우간 찾아갈 때
보다는 가벼운 기분이었다. 나라를 파멸에서 구하고, 만백성을
도탄에서 건져낼 수 있는 일루의 희망이 비쳤으니 말이다.

남한산성을 가는 들길엔 눈이 얼어붙어서 미끄러웠고, 섣달 중

순의 차가운 바람이 휘몰아치고 있었다.

5

세자와 백관을 이끌고 남한산성으로 들어간 인조는 심정이 몹시 암담하였다. 일이 이처럼 경황없이 될 줄은 차마 몰랐던 것이다.

위급하면 강화로 들어가려니 하고 생각하고 있었는데, 그 일이 틀려 버리다니, 난감한 일이 아닐 수 없었다.

강화도는 섬이어서 한양 도성이 위태로운 지경이 되면 으레 그곳으로 천도하는 것으로 되어 있었다. 그리고 강화로 들어가면 대체로 안심이었다. 거기까지 적군의 발길이 미치지는 못했던 것이다. 십 년 전, 정묘호란 때도 그랬던 것이다.

그런데 이번에는 그 강화로 들어가지도 못하고, 생각지도 않았던 남한산성의 신세를 지게 되었으니, 처량한 심정이 아닐 수 없었다.

남한산성은 튼튼한 성채이기는 하였다. 그러나 이곳에서 과연 얼마나 오래 버틸 수가 있을 것인지 의문이었다. 지리적으로나 여러 모로 아무래도 불리하다고 판단한 영의정 김유는 인조에게 청원하였다.

"이곳 남한산성은 오래 머물러 계실 곳이 못 되는 줄로 압니다. 여러 모로 불리합니다. 곧 적의 대군에게 포위될 게 뻔하지 않습니까. 성이 포위되면 독 안에 든 쥐 신세와 다를 게 무엇이겠습니까. 그러니 오늘밤만 이곳에서 지내시고, 내일 새벽 일찍 어둠을 틈타시 깅화로 향하심이 마땅한 줄 아뢰옵니다."

그러자 병조판서 겸 팔도부제찰사인 이성구도 그에 찬동하였다.

"그것이 마땅한 줄로 압니다. 강화로 가는 길이 차단되었으니, 제물포로 가서서 그곳에서 배로 강화도로 들어가심이 안심일 것입니다."

"……"

인조는 그저 하얀 이마에 주름을 접고 수심이 어린 얼굴로 말없이 듣고만 있었다.

적의 선봉장을 만나고 최명길과 이경직이 남한산성으로 들어오자, 어전에 대관들이 거의 모였다.

최명길은 인조 앞에 부복하고 아뢰었다.

"삼가 전하께 아뢰나이다. 청나라 선봉장으로 온 것은 마부태였습니다. 지난봄 국상 때 사신으로 왔다가 소동을 피우며 돌아간 그 장수 말입니다."

마부태가 선봉장으로 왔다는 말에 인조는 얼굴빛이 약간 달라지는 듯하였다. 그렇다면 그자가 아주 단단히 복수를 하려고 이를 악물고 있을 게 아닌가 생각하니 슬그머니 기분이 나쁘기만 하였다.

"그런데 이야기를 나누어보니 크게 염려할 것은 없을 듯싶었습니다."

"염려할 것이 없다니……. 그게 무슨 소린가?"

"마부태의 말에 의하면 이번 침공의 목적이 조약을 고쳐 맺는

데 있다는 것입니다.”

“조약을 고쳐 맺는 데 있어?”

“예, 그렇습니다. 우리가 자기네 요구에 순순히 응해서 조약을 고쳐 맺으면 군사를 거두어 돌아갈 것이지만, 만약 그렇지 않을 경우에는…….”

“…….”

“나라를 송두리째…….”

“나라를 송두리째 어쩐다던가?”

인조는 별안간 기분이 매우 언짢은 모양이었다. 벌컥 화를 내었다.

그래서 최명길은 더 말을 못하고, 입을 다물어 버렸다.

“고이얀 오랑캐 놈 같으니라구. 우리나라를 무얼로 생각하고…….”

“…….”

“아— 분한지고…….”

인조는 정말 분해서 못 견디겠는 듯한 표정이었다.

그러자 예조판서 김상헌이 침통한 표정으로 입을 열었다.

“전하, 황송하기 이를 데 없나이다. 모두가 저희 신하들의 못난 탓이오니, 노여움을 거두시옵소서. 지금이라도 늦지 않습니다. 우리를 얕잡아보는 오랑캐 놈들과 끝내 맞서서 그들을 무찌르는 길이 있을 뿐입니다. 너무 상심 마시옵소서.”

그러나 인조는 그 말이 조금도 위로가 되는 것 같지 않았다. 노상 입으로 척화, 척화 하면서 큰소리를 쳐댔지만, 도대체 일이 이 지경이 되도록 무엇들을 했단 말인가.

강화도로 못 들어가고, 남한산성에 갇힌 몸이 되었는데, 지금이라도 늦지 않다니……. 그래도 곧 죽어도 큰소리를 치는 것이 얄밉기도 하고, 측은하기도 하고, 좌우간 기분이 지랄같기만 하였다.

그래서 인조는 신경질적으로 내뱉었다.

"다 믿을 수가 없어. 마부탠가 뭔가 그 오랑캐 놈이 조약을 고쳐 맺기 위해서 쳐들어왔다는 말도 믿을 수가 없고, 지금이라도 늦지 않았다는 말도 믿을 수가 없고…… 다 믿을 수가 없어. 그저 원통하고 분할 따름이야. 음—"

"……"

"될 대로 되겠지. 될 대로 되겠지……."

인조가 이처럼 절망적이고 자포자기적인 말을 서슴없이 뇌까리자, 늘어앉은 대관들은 하나같이 머리를 깊이 떨구고 침통해하고 있었다.

인조로서는 좀처럼 드문 일이었다. 좀처럼 신하들 앞에서 그런 상심한 빛을 나타내 보이는 일이 없었는데, 오늘은 충격이 보통 컸던 게 아닌 모양이었다.

6

그날 밤 사그락사그락 싸락눈이 내렸다.

인조는 잠자리에 들었으나, 좀처럼 잠이 오질 않았다. 심란하고 처량한 생각에 이리 뒤척 저리 뒤척 하였다.

앞으로 일을 어떻게 했으면 좋을지 잘 결단이 서지가 않았다.

밤이 깊어가고 있었다.

인조는 소변이 마려워서 자리에서 일어났다. 한쪽에 야호*(夜壺, 방에서 오줌을 누기 위하여 만들어놓은 물건)가 놓여 있었다.

인조는 야호에다가 볼일을 보았다. 그리고 주섬주섬 옷을 주워 입었다. 아무래도 잠이 오지 않아 밤공기나 좀 쐴까 해서였다.

수어장대(守禦將臺)의 뜰에 내려서니 하얀 싸락눈이 얼굴에 와 닿는다.

"눈이 오는구나."

인조는 혼자 중얼거리며 하늘을 쳐다보았다.

밤공기는 차가웠다.

어디선지 피리 소리가 들려왔다. 저쪽 동성(東城) 망월대 쪽인 듯하였다.

싸락눈이 내리는 밤, 멀리서 들려오는 피리 소리는 단장의 정취를 자아내었다. 더구나 남한산성에서 첫 밤을 맞이한 인조의 적막한 심정 위에 그 피리 소리 가락은 애절하게 물결치는 것이었다.

인조는 그 피리 소리에 이끌리듯 싸락눈을 맞으며 수어장대의 뜰을 가로질러 담 쪽으로 걸음을 옮겨갔다.

동성을 지키는 군사가 부는 피리 소리에 틀림없었다.

저 피리 부는 군사는 지금 어떤 심정일까…… 인조는 문득 그런 생각을 해보았다. 나라가 이 지경이 된 것을 한탄하면서 피리를 불고 있는 것일까. 아니면 고향에 두고 온 처자 생각에 가슴이 아픈 것일까.

어느 쪽이었든 좌우간 애끊는 심정이 아닐 수 없을 것이다.

낳어질 듯 이어지고, 자지러지다가 다시 구성지게 휘늘어지며 흘러오는 피리 소리……. 정말 보통 솜씨가 아닌 것이었다.

인조는 머리 위에 싸락눈이 얹히는 것도 잊은 듯 지그시 눈을 감고 그 피리 소리에 젖어들고 있었다.

그때,

"부왕마마."

하면서 가만가만 다가오는 사람이 있었다. 소현세자였다.

"눈이 내리고, 밤공기가 찬데, 여기서 뭘 하고 계십니까?"

"……."

"감기 드실까 걱정 되옵니다. 부왕마마."

그제야 인조는 소현세자를 돌아보며,

"아직 안 잤느냐?"

하고 입을 뗐었다.

"잠이 잘 오질 않는군요."

"음—"

아들까지 잠을 못 이루는 이 밤이 괴롭기만 한 듯 인조는 무거운 신음소리를 하였다.

"누가 피리를 불고 있군요."

"글쎄……."

소현세자도 잠시 그 단장의 피리 소리에 넋을 잃은 듯 말이 없다가, 나직이 휴— 하고 한숨을 내쉬었다.

"부왕마마."

"왜?"

"내일 새벽 일찍 강화로 들어가도록 하심이 어떨까요?"

"……."

"그렇게 하시는 것이 현명한 일인 줄 압니다."

"네 생각도 그러냐?"

"예."

"음― 그렇다면 그렇게 하도록 하지. 아무래도 이곳은 불안해. 오래 지탱할 수 있을 것 같지가 않아."

"지당한 말씀입니다."

"그런데 강화까지 무사히 갈 수 있을지 의문이구나."

"새벽에 일찍 어둠을 타고 출발하시면 적이 눈치채지 못할 것입니다. 염려 마시고, 추운데 그만 들어가셔서 주무시지요."

"오냐, 너도 들어가서 어서 자거라."

"저는 지금 영의정한테 가서 내일 새벽 일찍 강화로 떠난다는 것을 통고하고 오겠습니다."

"그러도록 해라. 그렇다면 오늘밤 중으로 준비를 해야 할 터인데……."

"다 알아서 하겠사오니, 아무 염려 마시고 푹 주무시도록 하십시오."

"되도록이면 비밀히 일을 진행시키도록 해라. 성 안에 있는 군사들의 사기에 관한 문제일 테니까."

"예, 잘 알겠습니다."

소현세자는 영의정 김유의 숙소를 찾아 내려가고, 인조는 잠자리로 돌아왔다.

이부자리 속으로 들었으나, 여전히 잠은 잘 오지 않았다. 아직도 피리 소리가 인조의 귓전에 애절하게 울려오는 듯하였다.

7

인시(寅時). 아직 사방은 깜깜하였다.

눈은 멎어 있었다.

인조는 말을 타고 산성을 나섰다. 세자와 백관이 뒤를 따르고, 노복들이 줄을 이었다.

서문을 나선 일행은 산비탈 길을 서서히 내려가기 시작하였다. 본래 얼어붙어 있는 땅인데다가 간밤에 싸락눈이 내려서 길이 여간 미끄럽지가 않았다.

말이 히힝 히힝…… 코를 불면서 곧잘 버티어 서곤 하였다. 어떤 말은 그만 발을 헛디뎌서 쭉 미끄러지며 키키킹! 비명을 질렀다.

말뿐 아니라, 사람도 마찬가지였다. 그냥 걷는데도 곧잘 쭉쭉 미끄러져 애를 먹었다.

날이라도 밝으면 좀 낫겠는데, 깜깜한 어둠 속이라 영 말이 아니었다.

임금을 태운 말이라고 해서 별다를 까닭이 없었다. 양쪽에 마부가 두 사람이나 붙어서 조심조심 몰았으나 별수 없었다.

잠시 내려가다가 그만 한쪽 발이 쭉 미끄러지면서 말이 휘청 앞으로 엎어지려 하였다. 두 마부가 있는 힘을 다해 지탱을 했기 망정이지, 그렇지 않았더라면 인조가 보기 좋게 말에서 굴러 떨어져 앞으로 처박힐 뻔하였다.

가까스로 낙마를 면한 인조는,

"안 되겠구나. 도저히 이래 가지고는 갈 수가 없어."

하면서 말에서 내리려 하였다.

　그러자 뒤따르던 영의정 김유가 황급히,

"전하, 내리시려 하십니까? 내리시면 안 됩니다."

하고 만류를 하였다.

"위태위태해서 도저히 안 되겠어. 오히려 내려서 걷는 편이 낫겠어."

"걸으시다니요. 걸어서 어떻게 가시려고…… 안 됩니다."

"아니, 괜찮아. 한 번 걸어보겠어."

　그러면서 인조는 기어이 말에서 내려 버렸다.

　임금이 말에서 내려 걷는데, 신하가 말에 몸을 싣고 있을 수는 없는 노릇이었다. 김유도 하는 수 없이 말에서 내렸고, 뒤이어 모두 어찌된 영문인지 싶으며 차례차례 말에서 내렸다.

　그 바람에 미끄러지고 자빠져서 온통 야단이었다. 이래 가지고는 강화도는 고사하고, 산성의 비탈을 무사히 다 내려설 수 있을 것 같지도 않았다.

　아니나 다를까, 잠시 조심조심 더듬어 길을 내려가던 인조가,

"윽!"

하면서 벌렁 엉덩방아를 찧고 말았다. 쭉 미끄러지면서 그 자리에 덥석 주저앉고 만 것이다.

　옆에서 호위를 하던 무장이 얼른 부축을 하려 했으나 이미 늦었고, 그만 그 무장마저 쭉 미끄러졌다.

　김유가 황급히 인조에게로 다가들어,

"전하, 다치시지나 않으셨습니까."

하면서 부축해 일으키려 하였다.

그러나 인조는 얼른 일어나지를 못하였다.

임금이 땅바닥에 엉덩방아를 찧었으니, 이건 보통 일이 아니었다. 깜깜한 어둠 속이었으니 망정이지, 밝은 대낮이었더라면 정말 크나큰 치욕이 아닐 수 없었다. 세상에 이럴 수가 있는가 말이다.

일국의 임금이 어둠을 틈타 적군 몰래 산성을 빠져나가다가 비탈에 미끄러져 맨땅에 엉덩방아를 찧다니……. 아무리 어둠 속이라고는 하지만, 참으로 부끄러운 광경이었다.

잠시 후, 인조는 가까스로 몸을 일으켰다. 그러나 엉덩이뼈가 아파서 도저히 더 걸음을 떼놓을 수가 없었다.

김유가 권하였다.

"전하, 황공할 따름이외다. 다시 말에 오르심이 옳을 것 같습니다."

그러자 인조는,

"안 되겠어. 도저히 안 되겠어."

하고 고개를 가로 내저었다.

"그러시면……."

"도리가 없지. 음—"

인조는 무거운 신음소리와 함께 돌아섰다. 도로 산성으로 돌아가는 수밖에 도리가 없는 것이다. 도저히 이래 가지고는 강화도는커녕 산성 비탈을 내려갈 수 있을 것 같지가 않은 것이다.

인조가 돌아서자, 즉시 도로 입성하라는 명령이 하달되었다.

행렬은 다시 비탈길을 미끄러지고 자빠지며 기다시피해서 산성을 향해 오르기 시작하였다.

어느덧 동녘 하늘이 희끄무레 밝아 오르고 있었다.

제3장

1

수어장대는 남한산성의 최고봉인 일장산 정상에 자리잡고 있었다. 남한산성의 수어사가 군병을 지휘하는 곳이었다.

그곳이 임시로 인조의 침전이 되었고, 집정전이 되었다.

인조는 강화로 들어가는 것이 거의 불가능한 일로 판단되자, 남한산성에서 항전을 하기로 마음을 먹었다. 강화도에 비해서 여러 모로 불리했으나 달리 어쩔 도리가 없었던 것이다.

먼저 전열을 가다듬었다. 훈련대장 신경진으로 하여금 동성 망월대를 지키게 하고, 총융사 구굉에게 남성을 지키게 했으며, 어영대장 이서에게는 북성을 수비케 하고, 어영부사 원두표를 부장으로 삼았다. 그리고 수어사 이시백에게는 서성의 수비를 맡겼고, 이직을 부장으로 삼았다.

그 밖에 여주목사 한필원, 이천부사 조명욱, 지평현감 박환, 그리고 파주목사 기종헌이 약간의 군사를 거느리고 산성에 들어와 합세하였다.

남한산성의 총 군사 수효는 일만 이천여 명이었다. 그 밖에 문무음관이 모두 이백여 명이었고, 종실과 삼의사가 이백여 명, 그리고 관원이 이끌고 온 노복이 삼백여 명이었다.

그러니까 도합 일만 삼천 명가량이 남한산성에 집결했던 것이다.

군량을 비롯해서 양식을 맡아 관리하는 관향사에 임명된 나만갑이 창고를 조사해보니, 쌀과 잡곡이 도합 일만 사천삼백 석이었고, 장*('간장'의 준말)이 이백이십 단지 있었다.

그것은 일만 삼천 명의 오십여 일분 식량밖에 되지가 않았다.

그것이나마 성 안에 비축되어 있었던 것은 남한 수어사였던 이서의 공이었다. 이서는 유사시에 대비해서 많은 군량을 성 안에 비축하는 것을 잊지 않았던 것이다.

그러나 그가 병으로 벼슬이 갈리자, 광주목사는 산성으로 곡식을 운반해 가는 것이 민폐가 된다고 해서 강변에다가 갑사창(甲士倉)이라는 군량 보관용 창고를 세우고, 그곳에 보관했고, 또 읍리(邑里)의 창고에 나누어 보관하기도 했는데, 결국 전란이 일어나자 모조리 적군의 수중에 들어가고 만 것이다.

성 안에는 곡물과 장 외에도 소금, 무명, 그 밖의 여러 가지 필요한 잡물들이 비축되어 있었는데, 모두가 이서의 현명함 때문이었다. 만약 이서가 그 정도나마 비축해놓지 않았더라면 창졸간에 산성으로 몰려 들어와서 어쩔 뻔했겠는가 말이다.

그러나 앞으로 이 성 안에서 오십여 일밖에 견딜 수가 없다는 결론이었다. 오십여 일 동안에 승전이야, 패전이냐, 혹은 항복이냐…… 무슨 결판이 나도 나야 할 판이었다.

2

이튿날, 그러니까 인조가 남한산성에서 이틀 밤을 새우고, 사흘째로 접어든 날이었다. 정확하게 말하면 음력 12월 16일이었다.

아침식사를 끝냈을 무렵, 적군의 군사가 수없이 몰려들기 시작하였다. 얼룩덜룩한 깃발들을 앞세우고 무더기 무더기로 꾸역꾸역 몰려드는 것을 보니, 선봉대를 비롯해서 후속부대들도 이제 도착하여 함께 남한산성을 포위하려고 드는 모양이었다.

온 들녘이 울긋불긋한 사람의 떼거리로 물든 듯하였다.

그것을 본 산성의 군졸들은 눈이 휘둥그레졌다. 적병의 수효가 너무나도 엄청나 보이기 때문에 얼떨떨할 수밖에 없었다. 그러면서도 가슴이 뛰고, 절로 주먹이 쥐어지기도 하였다.

청나라 군사들이 구름떼처럼 몰려드는 것을 마침 동성 망월대에서 본 독전어사 유백증은 굵고 검은 눈썹을 꿈틀거리며,

"이놈들이 드디어 시작이로구나."

하고 중얼거렸다.

그리고 옆에 칼을 짚고 서 있는 동성 수비대장 신경진에게 말하였다.

"이제 후군이 도착한 모양이오. 이 산성을 포위하려고 몰려드

는 게 분명하지요?"

"그린 것 같소이다."

신경진은 칼을 짚은 두 손에 뿌듯이 힘을 주었다.

"적의 선봉장 마부태의 말이 조약을 고쳐 맺으려 왔다더니……
그게 다 우리를 속이려는 농간이었던 게 분명하오. 후군이 도착
할 때까지 시간을 벌기 위해서 그런 속임수를 썼던 것이오."

"음—"

"그런데 그런 줄을 모르고 최명길은 그자의 말을 곧이곧대로
받아들여서 상감께 아뢰어 우리들로 하여금 마음을 놓게 했으
니, 그 얼마나 가증할 노릇이오. 결과적으로 적을 크게 이롭게 했
다고밖에 볼 수가 없소. 안 그렇소? 신 대장."

"그렇소이다."

"최명길 그자의 하는 짓은 매사가 그렇단 말이오. 분통이 터져
서 도무지 옆에서 보고 있을 수가 없소."

"……."

"그자가 좀 현명한 자 같으면 마부태를 만나러 갔을 때 이미 그
런 점을 꿰뚫어 보았을 것이오. 그들 선봉대는 겨울 빙판길을 급
히 오느라 지칠 대로 지쳐 있었을 게 뻔하지 않소. 그 수효도 많
지 않았을 것이고……. 그런 점을 와서 보고를 해서, 지금 곧 기
습을 하면 그들을 능히 전멸시킬 수 있을 것이라는 의견을 내놓
진 않고, 하나부터 열까지 그들의 뜻을 좇아 화의만을 도모하려
고 들다니, 도대체 그런 역적 놈이 어디 있단 말이오. 안 그렇소?
신 대장. 그게 이적행위가 아니고 뭐란 말이오. 결국 전멸시킬 수
있었던 선봉대를 그대로 놓아두게 한 결과가 되지 않았느냐 말

이오."

"음——"

"그놈이 오랑캐의 앞잡이가 아닌가 하는 생각이 들 때도 있소. 노상 오랑캐 편만 들려고 하니 말이오. 아마 그놈은 쓸개를 잊어버리고 달고 나오질 않은 모양이오."

"허허허……."

신경진은 웃음이 나와 버렸다.

"안 그렇소? 신 대장. 내 말이 틀렸소? 쓸개를 달고 있는 놈 같으면 글쎄 그 야만인 같은 오랑캐 놈들에게 굽신굽신 할 수가 있단 말이오?"

유백증은 그렇게 한바탕 최명길을 매도해대고 나니 좀 울화가 가라앉는 모양이었다.

구름떼처럼 몰려드는 청나라 군사들을 바라보며,

"일은 정말 보통 일이 아니로구나. 최명길은 이 광경을 보고 지금 심정이 여하할까……."

하고 혼자 중얼거렸다.

그리고 말에 올라 망월대를 내려갔다. 유백증은 곧바로 수어장대를 향해 가는 것이었다.

수어장대의 뜰에는 인조를 비롯해서 영의정 김유, 우의정 이홍주, 좌의정 홍서봉 그리고 동양위(東陽尉)인 신익성이 서서 청나라 군사들의 움직임을 바라보고 있었다.

인조의 얼굴에는 별다른 표정이 없었다. 표정이 없다기보다도 표정을 잃어버린 듯한 그런 얼굴이었다. 핏기가 없는 새하얀 얼굴로 먼 들녘의 울긋불긋한 청나라 군사들의 움직임을 가만히 바라보고 있을 따름이었다.

그 곁에 신 김유는 온통 이맛살을 찌푸리고 심각한 표정을 짓고 있었고, 우의정 이홍주와 좌의정 홍서봉도 긴장된 얼굴로 말이 없었다.

선조(宣祖)의 부마인 신익성은 칼자루를 불끈 거머쥐고 곧장 얼굴로 핏기가 치솟는 듯 약간 충혈된 듯한 눈으로 적정을 노려보고 있었다.

아무도 뭐라고 입을 열려는 사람이 없었다. 약간 긴장된 듯한 그런 침묵이 조용히 흐르고 있었다.

그때, 빠까빡 빠까빡…… 말발굽 소리와 함께 유백증이 나타났다.

말에서 내린 유백증은 인조에게 읍을 하고 나서,

"전하, 적이 산성을 포위하려고 몰려드는 듯합니다. 후군이 당도한 게 분명합니다."

하고 입을 열었다.

인조는 아무 말이 없었다.

그러자 김유가,

"각 성문의 수비는 튼튼하던가요?"

하고 물었다.

"예, 모두 만반의 태세를 갖추고 있습니다. 염려 마십시오."

"우리 군사들의 사기는 어떻소?"

"적군의 수효가 너무 많은 것 같아서 좀 놀라고들 있는 것은 사실입니다만, 크게 걱정할 것은 없는 줄 압니다. 사기가 오르도록 고무를 해야지요."

그리고 유백증은,

"그런데 마부태란 놈이 괘씸하기 짝이 없습니다."

하고 슬그머니 화제를 돌렸다. 임금 앞에서 직접 울화통을 터뜨리고 싶었던 것이다.

"우리와 조약을 고쳐 맺기 위해서 왔노라고 했다지 않습니까. 최명길이 만나보고 와서 그렇게 말하지 않았습니까. 그게 다 우리를 속이려는 술책이었습니다. 보십시오. 저 군사가 다 마부태가 이끌고 온 선봉대가 아닌 게 분명하지 않습니까. 후군이 도래하기를 기다리기 위해서 우리를 그렇게 속임수로 안심시켰던 것입니다."

"……"

"그 속임수에 넘어간 책임을 최명길이 마땅히 져야 될 줄 압니다. 그때 이경직도 동행했으니까, 그에게도 응분의 책임을 지워야 될 것입니다."

유백증은 본시 바른 말을 잘 하는 강직한 사람이었다. 옳지 않다고 생각되는 일에 대해서는 상대가 누구이든 상관없이 마구 퍼부어대는 것이었다. 티끌만큼도 사정을 두지 않았다. 그래서 조신들은 모두 그를 두려워하는 터였다.

유백증의 입에서 최명길과 이경직을 문책해야 된다는 말이 나오자, 모두 긴장을 하고, 인조를 바라보았다.

그러나 인조는 그저 묵묵히 듣고만 있었다.

"만일 그때, 최명길이 마부태의 그 속임수에 넘어가질 않고, 선봉대의 적정을 잘 살폈더라면, 불과 얼마 안 되는 그 선봉대를 기습하여 일거에 전멸시킬 수가 있었을 것입니다. 그들은 얼어

붙은 먼 길을 오느라고 지칠 대로 지쳐 있었을 게 뻔하지 않습니까.”

그러자 신익성이,

“맞습니다. 좋은 기회를 놓치게 한 잘못이 큽니다.”

하고 맞장구를 쳤다.

신익성이 자기에게 동조를 하자, 유백증은 힘을 얻은 듯 더욱 열을 올렸다.

“그런데 최명길은 그들에게 오히려 술과 고기를 풍성히 대접하여 그들로 하여금 기운을 돋우게 해주었습니다. 그게 도대체 무슨 수작입니까. 자기 나라를 짓밟으려고 쳐들어온 적군을 찾아가서 술과 고기를 대접하다니…… 언어도단입니다. 도대체 그는 누구 편입니까. 그런 자를 우리 편이라고 할 수가 있습니까.”

“맞습니다. 그런 자는 적군과 다를 바가 없습니다. 적군에게 술과 고기를 대접하다니…… 그것은 용서받을 수 없는 이적행위입니다. 전하, 그런 이적행위를 문책하지 않고 그냥 둔다는 것은 사기에 관한 문제인 줄 압니다. 깊이 통촉하옵소서.”

신익성의 말에 인조는 그저 두 눈을 끔벅끔벅할 뿐, 아무 반응이 없었다.

그러자 이맛살을 찌푸리고 심각한 표정으로 듣고 있던 영의정 김유가 입을 열었다.

“매사에 그렇게 단순하게 생각해서는 안 되는 것이오. 최명길 판서가 마부태를 찾아간 것은 어디까지나 선봉대의 행동을 늦추게 하여 전하께서 무사히 남한산성으로 들어오실 수 있도록 하기 위해서였던 것이오. 그들이 고와서 술과 고기를 갖다가 대접한 줄 아오? 그렇게라도 해서 시각을 지체시켜야 되었던 것 아니오. 이미 강화로 가는 길도 차단되고, 만일 전하께서 이 산성으로도 못 들어오시게 된다면 그야말로 큰 낭패가 아니었소. 그런 전후 사정을 생각함 없이 덮어놓고 이적행위니 문책이니 하고 떠들어 대지 마오. 경솔하오."

그러자 유백증은 굵고 검은 눈썹을 불끈 치세웠다.

"김 대감께서는 최명길을 두둔하시는구료. 최명길 같은 역적을 두둔하시다니, 놀랄 뿐입니다."

"말조심하시오. 역적이라니…… 무슨 망발이오."

"아 글쎄, 생각해 보시오. 그자가 역적이 아니고 무엇인가……. 청나라 홍타시가 자칭 황제가 된 것을 알고서도 청나라와 화의를 도모하자는 것은 우리 전하로 하여금 홍타시의 신하가 되게 하려는 수작이 아니고 무엇이겠소. 군신지의로써 섬기라는 그자들의 요구를 그대로 받아들여야 된다고 주장하는 놈을 어찌 이 나라의 조신이라 할 수가 있단 말이오. 자기 나라를 남의 나라의 신하국으로 격하시키려는 놈이 역적이 아니고 무엇이오."

"……."

"적의 선봉대를 지체시켜서 전하께서 무사히 이 산성으로 드시게 하려고 술과 고기를 실어다가 대접했다고 하지만, 왜 그때 선봉대의 지쳐빠진 군세를 못 살폈단 말이오. 그것을 탐지해 와서 일거에 선봉대를 꺾었더라면 우리 군사들의 사기가 충천했을 것이며, 후군이 저렇게 구름떼처럼 몰려올 수도 없었을 게 아니오. 그런 책임을 묻는 게 어찌 경솔하다는 건가요?"

그 말을 받아 신익성이,

"최명길의 죄과는 목을 베어 마땅하다고 생각하오."

하고 내뱉었다.

그 말에 분위기는 바짝 긴장이 되었다.

좌의정 홍서봉이 인조를 힐끗 보면서 조심스럽게 입을 열었다.

"너무 흥분을 하지 마오. 적군이 저렇게 몰려오고 있는데, 자칫하면 자중지란이 될 것 같소."

우의정 이홍주도,

"옳은 말이오. 자중들 합시다."

하였다.

그제야 인조는,

"산성이 포위된 뒤의 대책이나 세우도록 하구려."

조용한 목소리로 말하고는 나직이 한숨을 쉬었다. 그리고 돌아서 수어장대 쪽으로 걸음을 옮겼다.

3

산성은 마침내 적군들에게 완전히 포위당하고 말았다.

마부태가 보낸 사자가 산성에 도착한 것은 해가 중천에 이르렀을 무렵이었다.

왕자와 대신을 보내어 화약을 맺을 의논을 하자는 전갈이었다. 만약 그렇지 않으면 총공세를 취해서 산성을 쑥밭으로 만들어 버린다는 것이었다.

중신들이 모두 어전에 모였다. 왕자와 대신을 마부태에게 보내느냐, 안 보내느냐 하는 문제로 한동안 논란이 있었다.

여기서도 물론 척화파와 주화파가 대립이 되었다. 그러나 이미 산성이 적군에게 포위당한 형편이니, 항전만을 고집할 수는 없었다. 항전과 동시에 화약을 모색하는 도리밖에 없는 것이었다.

그렇다고 마부태의 요구대로 순순히 왕자와 대신을 보낼 수는 없는 노릇이었다.

그래서 종실 사람인 능봉수(綾峯守)를 군(君)으로 올리고, 형조 판서 심집에게 대신의 거짓 직함을 주어 마부태의 진영으로 보냈다.

두 사람이 당도하자, 마부태는 묘한 눈길로 그들을 노려보았다.

마부태 앞에 앉은 두 사람은 긴장이 되지 않을 수 없었다. 마부태의 눈길이 하도 강렬해서 심집은 슬그머니 시선을 비키지 않을 수 없었다. 그러나 능봉수는 똑바로 마부태를 바라보고 있는 것이었다.

마부태가 불쑥 입을 열었다.

"왕자와 대신에 틀림없는가?"

"예, 틀림없습니다."

능봉수가 대답하였다. 그러나 심집은 아무 대답도 없이 얼굴을 약간 떨어뜨리고 앉아 있었다.

마부태가 심집의 그런 태도를 약간 미심쩍은 듯이 힐끗 바라보더니,

"보아하니 당신이 대신인 것 같은데, 우의정이오, 좌의정이요, 혹은 영의정이오?"

하고 물었다.

심집은 여전히 아무 대답 없이 묵묵히 앉아 있기만 하였다. 약간 숙이고 있는 얼굴에는 괴로운 듯한 표정이 역력하였다.

"얼굴을 드오. 왜 아무 대답이 없소?"

그제야 심집은 얼굴을 들었다. 그리고 힘겹게,

"저…… 실은……."

하고 입을 여는 것이었다. 그런데 천만뜻밖에도 심집의 입에서는 이런 말이 나왔다.

"나는 우의정도 아니고, 좌의정도 아니며, 영의정도 아닙니다. 나는 예순여섯이 되는 오늘날까지 평생토록 말에 신의를 지켜온 사람입니다. 한 번도 거짓말로 남을 속인 일이 없습니다. 나는 대신이 아닙니다. 내가 대신이라는 것은 거짓 직함입니다. 그리고 여기 있는 이 사람 능봉군도 왕자가 아닙니다. 그저 능봉수로, 종실 사람일 따름입니다."

그 말에 능봉수는 아연실색하지 않을 수가 없었다. 뭐 이런 반편이 같은 사람이 다 있는가 싶어 어처구니가 없었다.

그래서 능봉수는 그만,

"허허허……."

소리 내어 웃어 버렸다. 그리고 말하였다.

"아마 우리 심 대신께서 장군님 앞에 오니 정신이 깜빡 어떻게 된 모양입니다. 저는 왕자에 틀림이 없고, 이분은 대신이 틀림없습니다. 정말입니다. 믿어주십시오."

"음— 어느 쪽 말이 옳은지 다 아는 수가 있지."

마부태는 쭉 찢어진 눈으로 비시그레 웃었다. 그리고 곁에 있는 부하에게,

"그 두 볼모 가운데 아무나 한 사람 이리 데려오너라."

명하였다.

박노와 박난영 두 사람이었다. 이들은 몇 달 전에 사신으로 심양에 갔다가 돌아오지 못하고, 그곳에 억류되어 있었다. 그런데 이번에 마부태가 함께 데리고 온 것이었다.

먼저 박난영이 청나라 군사에게 이끌려 나타났다.

마부태는 박난영에게 물었다.

"이 두 사람을 아느냐?"

"예."

"이 사람은 왕자고, 이 사람은 대신에 틀림없느냐?"

박난영은 일이 심상치 않다는 것을 얼른 눈치 챘다. 가짜 왕자, 가짜 대신 행세를 하고 두 사람이 사신으로 왔다는 것을 재빨리 알 수가 있었다. 그래서 시치미를 뚝 떼고,

"예, 틀림없습니다."

하고 대답하였다.

그리고 한술 더 떠서 능봉수 앞으로 나아가 넙죽 엎드려 인사를 드리고는,

"상감마마께서도 옥체 안강하옵신지요?"

하고 임금님의 안부까지 물었다.

이어서 심집에게도 공손히 인사를 드리는 것이었다.

마부태는 고개를 기울였다. 박난영의 태도로 보아서 틀림없는 왕자와 대신인 듯하였다. 그런데 어째서 대신이라는 사람 자신의 입에서 그런 소리가 나왔느냐 말이다. 머리가 돈 사람이 아닌 이상……

아무래도 미심쩍어서 마부태는 자리에서 일어났다. 이번에는 좀 방법을 달리해 볼 생각인 것이었다.

나머지 볼모인 박노를 데려오게 하였다. 그러나 그를 직접 왕자와 대신 앞으로 데려오도록 하지 않고, 저만큼 떨어진 거리에 멈추어 서게 하였다. 그리고 자기가 그에게로 다가갔다.

"저기 두 사람을 아느냐?"

마부태가 묻자, 박노는 자세히 두 사람을 바라보았다. 하나는 능봉수였고, 한 사람은 형조판서 심집이라는 것을 알아볼 수가 있었다.

"예, 압니다."

"무슨 벼슬을 하는 사람인지도 물론 알겠지?"

"예."

"그럼, 어서 말해 봐라. 저 젊은 사람은 무슨 벼슬을 하는 사람이냐?"

"저 사람은 능봉수입니다. 종실 사람으로 종친부에 속해 있지요."

"음— 그래. 그렇다면 왕자는 아니겠구먼."

"왕자요? 아닙니다."

그렇게 대답하고 나서야 박노는 좀 이상하다는 느낌이 들었다. 그러나 육감적으로 그렇게 느껴졌을 뿐, 무엇이 어떻게 된 영문인지 도무지 알 수가 없었다.

"또 한 사람 늙은이는?"

"……"

박노는 어쩐지 대답이 주저되었다.

"무슨 벼슬자리에 있는 사람인가 말이야."

"형조판서 심집 대감입니다."

"음— 그렇다면 대신은 아니로구나."

마부태는 쭉 찢어진 두 눈에 회심의 미소를 띠었다. 그리고 곧 노기가 서린 표정으로 바뀌며,

"알았다. 물러가 있도록 해라."

박노를 물리쳤다.

"괘씸한 놈 같으니라구."

마부태는 박난영에게로 뚜벅뚜벅 다가가더니, 다짜고짜 그의 아랫배를 냅다 발길로 걷어찼다.

"으악!"

비명을 지르며 박난영은 뒤로 벌떡 엉덩방아를 찧었다.

"누구를 속이려고……이 괘씸한……."

마부태는 벌떡 넘어진 박난영을 마구 발길로 짓이겨댔다.

능봉수는 같이 얼어붙은 듯한 느낌이었다. 거짓말이 탄로 난 게 틀림없으니 말이다. 일이 이렇게 될 줄이야 누가 알았는가. 마부태의 진중에 두 사람이나 볼모가 있을 줄이야…….

잠시 후, 박난영이 축 늘어져 버리자,

"이놈을 끌고 가서 처리해 버려."

마부태는 서슴없이 내뱉었다.

축 늘어진 박난영을 군사가 질질 끌고 나가자, 다음 차례는 자기가 아닌가 해서 능봉수는 얼굴이 온통 사색이었다.

그러나 마부태는 잠시 서서 식식거리다가 털썩 자리에 앉았다. 그리고 두 사람을 무섭게 노려보며 말하였다.

"너희가 나를 속이려고 들다니 괘씸하기 짝이 없도다. 그런 속임수에 넘어갈 내가 아니다. 너희 나라는 십 년 전 정묘년에도 가짜 왕제를 보내어 화친을 맺으려고 한 일이 있었어. 너희 나라는 도무지 신의가 없는, 돼먹지 않은 나라야."

능봉수는 깊이 머리를 숙이고 숨을 죽이고 있었다. 사실 아무 할 말이 없었다.

사실을 고지식하게 털어놓은 심집 역시 기분이 개운한 것이 아니었다. 착잡한 심정으로 굳어져 앉아 있었다.

"이번 한 번은 눈감아 주겠어. 그러나 앞으로 만일 다시 그런 속임수로 나오면 그때는 용납하지 않겠어. 모조리 목을 베어버릴 테니까, 가서 그 뜻을 전하고, 진짜 왕자와 대신이 다시 오도록 하구려."

"……."

"알겠어? 모르겠어?"

마부태가 떵 울리자,

"예, 알겠습니다."

"예, 예."

두 사람은 황급히 대답을 하고는 자리에서 일어났다.

산성으로 돌아온 두 사람으로부터 보고를 들은 인조는 어처구니가 없었다. 심집이 그런 얼빠진 사람인 줄은 정말 몰랐던 것이다.

정직하고 고지식한 것도 분수가 있지, 그런 중대한 임무를 띠고 간 사람이 적장 앞에 사실을 홀랑 털어놓아 버리다니……. 그저 어이가 없고, 기가 막힐 따름이었다.

이런 위인이 어떻게 판서라는 중신의 자리에까지 오르게 되었는지, 생각할수록 기가 차고, 한심스럽기만 하였다. 하도 어처구니가 없어서 노기도 치솟지가 않았다. 오히려 웃음이 나오려고 하였다.

인조는 이런 나잇값도 못하는, 얼간이 같은 것을 지금까지 중신이라고 믿고 국사를 맡겨온 일을 생각하니 그저 입맛이 쓰기만 하였다. 그래서 입맛을 쩝쩝 다시고 나서,

"물러가오. 물러가오."

해버렸다.

꼴도 보기 싫었던 것이다. 점잖게 늙은 꼬락서니가 별안간 왈칵 구역질이 날 지경이었다.

그 대신 인조는 능봉수가 대견하였다. 그렇게 일이 탄로가 났는데 용케 목숨을 부지하여 돌아왔으니 말이다. 그리고 마부태에게 죽음을 당했다는 박난영의 일이 가슴 아프기만 하였다.

박노와 박난영이 적의 진중에 있을 줄이야 정말 몰랐던 것이다. 그런 줄 알았으면 그런 속임수를 쓰지 않았을 터인데 말이다. 죄 없는 박난영 하나만 희생이 된 셈이 아닌가.

결국 의논 끝에 이번에는 좌의정 홍서봉과 호조판서 김신국을 마부태에게 보내기로 하였다.

마부태의 진중으로 간 홍서봉과 김진국은 솔직하게 털어놓았다. 가짜 왕자와 대신을 보내어 미안하게 되었다는 사과를 먼저 하고서,

"사실 왕자를 보내고 싶었으나, 보낼 왕자가 없어서 그렇게 되었소이다."

김신국이 변명을 하였다.

"보낼 왕자가 없다니 무슨 소리요?"

마부태는 부루퉁한 표정을 지었다.

"봉림대군과 인평대군 두 분 가운데 한 분을 보내야 하는데, 두 분이 모두 강화도로 들어가셨기 때문에 어쩔 도리가 없었습니다."

"그게 정말이오?"

"예, 정말입니다."

"당신네는 하도 속임수를 잘 쓰고, 거짓말을 잘 해서 도무지 믿을 수가 없소."

그러자 홍서봉이 나섰다.

"정말입니다. 믿어주세요."

"임금도 강화도로 피하지 못했는데, 두 왕자만 피했단 말이오?"

"예, 종묘의 위패를 모시고 한 걸음 먼저 강화도로 들어가셨습니다."

"좋소. 그렇다고 믿기로 하지. 그러나 동궁은 있을 게 아니오. 동궁을 보내도록 하오."

"세자를 보내라고요?"

"그렇소. 세자는 임금과 함께 있을 게 아니오. 그래야 화의가 성립될 수 있을 것이오."

"……"

두 사람은 입이 다물어지고 말았다. 무어라고 말을 해야 좋을지 알 수가 없었다. 소현세자도 산성에 없다고 잡아 뗄 수는 없는 노릇이었다. 이미 그럴 계제가 아니었다.

"알겠소?"

"……."

"왜 대답이 없소? 세자를 보낼 수는 없다는 거요? 그렇다면 화의는 성립될 수가 없는 거요."

"……."

"화의가 성립되지 않으면 어떻게 되는지 아오? 산성은 이제 완전히 포위되었소. 우리의 군사는 아직 절반도 도착하지 않았소. 한양에 집결된 군사만도 이십만 대군이 될 것이오. 이십만 대군을 상대로 싸워서 이길 자신이 있소?"

"……."

"포위된 산성 속에서 얼마나 견딜 수 있을 것 같소? 이미 독 안에 든 쥐요. 싸우지 않고서도 당신네를 모조리 죽게 할 수가 있단 말이요. 굶어죽게 말이오. 알겠소?"

"……."

"그러니 알아서 하시오. 세자를 보내어 화약을 맺도록 하든지, 그렇지 않으면 싸워서 죽든지, 굶어서 죽든지, 마음대로 하구려. 헛헛허……."

마부태는 무엇이 그렇게 좋은지 훌렁 벗어진 번들번들한 이마를 뒤로 젖히며 껄껄껄 웃었다.

홍서봉과 김신국은 그저 아니꼽고 비참한 심정으로 돌아오는 수밖에 없었다.

세자를 보내야 된다는 말을 들은 인조는,

"당치도 않은 소리!"

하고 한마디로 잘라 버렸다.

4

그날 밤, 한양 도성은 아수라판이 되고 말았다. 청나라 군사들이 어둠을 타고 마구 약탈과 강간을 자행하기 시작했던 것이다.

굶주린 이리떼들처럼 오랑캐 군사들은 사정이 없었다. 이 집 저 집 닥치는 대로 마구 휩쓸고 다녔다. 혹시 말을 안 듣거나 거슬리는 자가 있으면 거침없이 칼과 창을 휘둘렀다. 노소를 가리지 않았다.

그리고 여자라는 여자는 모조리 녹아나는 판이었다. 먼 길을 오느라 굶주릴 대로 굶주린 오랑캐 군사들은 마치 짐승들 한가지였다. 닥치는 대로 그저 때려눕혀놓고 아무 데서나 마구 짓이겨 대는 것이었다.

여자들의 찢어지는 듯한 비명 소리가 개 짖는 소리와 함께 온통 한양의 밤을 뒤흔드는 듯하였다.

그것만이면 또 괜찮았다. 이 화적패들 같은 오랑캐 군사들이 나중에는 무슨 심술인지 여기저기 마구 불을 지르기 시작한 것이다.

집이 타고, 누각이 타고, 궁궐이 불붙기 시작하였다. 불길은 어두운 밤하늘을 온통 벌겋게 물들이면서 솟구쳐 올랐다.

먼 데서 보면 마치 한양 도성이 불바다가 된 듯한 느낌이었다.

남한산성에서 이 광경을 본 사람들은 모두 입이 딱 벌어지고 말았다.

"저런 죽일 놈들이 있나."

"한양성을 온통 불태워 버릴 모양인데……."

"이 일을 어떻게 해야 하지. 이 일을……."

"맙소사, 맙소사—"

"아이고—"

"이 천벌을 받을 오랑캐 놈들아—"

절로 울부짖는 소리가 튀어나오기도 했고, 분에 못 이겨 주먹을 쥐고 흔들며 이를 갈기도 하였다.

발을 구르다가 그 자리에 퍼지고 앉아서*('퍼질러 앉아'의 영천말) 울음을 터뜨리는 여인네도 있었다. 한양 도성 안에 집이 있는 사람인 모양이었다.

중신들 역시 비통한 심정을 어찌하지 못하였다.

인조도 수어장대 뜰에 나와 서서 그 불길을 바라보며 분노에 떨었고, 또 한숨을 쉬었다.

밤이 깊어서였다.

최명길은 영의정 김유의 침소로 찾아갔다.

"야심한데 웬일이요?"

김유가 자리에서 일어나 앉으며 물었다.

"상의할 말씀이 있어서 찾아왔소이다."

"앉으시오. 무슨 일인데……."

"저…… 다름이 아니라……."

최명길은 차근차근 말을 꺼내었다.

이미 대세는 어쩔 도리가 없으니, 상감을 설득해서 세자를 보내어 화의를 성립시키는 것이 마땅하다는 이야기였다.

오늘밤 눈으로 똑똑히 보지 않았느냐, 한양 도성이 저 지경이 되었으니 더 말할 게 뭐 있느냐, 죄 없는 만백성들의 고초를 하루 속히 덜게 하는 것이 국사를 맡은 우리들의 임무가 아니고 무엇이겠느냐, 하루를 지체하면 그만큼 피해를 더 입을 뿐 아무 얻는 바가 없지 않느냐, 싸워서 이길 자신이 없는 전쟁을 질질 끄는 것처럼 어리석은 일은 없다는 것이었다.

그러니 우리 뜻을 같이 하는 중신들이 함께 상감을 찾아가서 간곡히 설득을 하자는 결론이었다.

한양 도성의 불타는 광경을 보고 충격을 받아 잠이 안 오던 터이라, 김유도 그 말에 전적으로 동감이었다.

"최 대감의 의견을 나도 전적으로 좇겠소. 도리가 없구료. 백성을 도탄에서 구하는 길밖에……."

"옳은 말씀입니다. 한양 도성이 저 지경이 되었을 때야 딴 곳은 보나마나 뻔합니다. 그자들이 점령한 곳은 모조리 쑥밭이 되었을 것입니다. 두고두고 행패가 더 심할 것입니다. 이 나라 백성들이 가련할 따름입니다."

"음— 그럼 어떻게 한다?…… 밤이 야심하니, 내일 상감을 찾아뵙고……."

"아니올시다. 쇠뿔은 단김에 빼야 하는 것입니다."

"그럼, 이 밤중에?……."

"예, 그렇습니다. 제가 미리 다 동의를 얻어놓았습니다. 자, 어서……."

"음—"

김유는 도리가 없었다.

그리하여 그날 밤, 영의정 김유를 필두로, 좌의정 홍서봉, 이조판서 최명길, 호조판서 김신국, 병조판서 겸 팔도부체찰 이성구, 그리고 한여직·장유·윤휘·홍우 등 중신들이 인조를 찾아갔다.

  밤이 야심한데도 수어장대에 있는 인조의 침실에는 불이 켜져 있었다.

  인조는 한밤중에 찾아온 여러 중신들을 의아한 표정으로 맞았다.

  "야심한데 이렇게 찾아뵙고자 해서 송구스럽기 이를 데 없나이다."

  김유가 아뢰었다.

  "웬일들인가? 밤이 꽤 깊은 듯한데……."

  "간곡히 청원드릴 말씀이 있어서 이렇게 찾아들 왔습니다. 통촉하옵소서."

  "무슨 일인지 어서 말해보도록 하오."

  "다름이 아니오라……."

  그러나 김유는 선뜻 잘 말이 떨어지지가 않았다.

  분위기는 가볍게 긴장이 되었고, 사방은 호젓하기만 하였다. 이따금 산성의 소나무 가지를 스치며 지나가는 바람 소리가 들릴 뿐이었다.

  "나랏일이 너무 염려되어서 전하께 솔직하게 저희들의 의견을 말씀드리고자 이렇게 찾아왔습니다."

  "어서 말해 보오."

  "오늘 저녁 한양 도성이 불타는 것을 보셔서 아셨겠지만, 오랑캐 놈들의 행패가 이만저만이 아닌 듯합니다. 앞으로 날로 심해 져 가리라 사료됩니다. 한양 도성이 저 지경일 때야 다른 곳은 가히 짐작하고도 남음이 있으리라 생각합니다. 이 나라 백성들 이 가련할 따름이옵니다."

"음—"

"산성은 이미 물샐 틈 없이 포위되어 버렸습니다. 독 안에 든 쥐와 마찬가지 형세입니다. 게다가 적의 군사는 아직 절반도 도 착하지 않았다고 합니다. 한양에 집결할 군사가 이십 만이라고 하지 않습니까. 그 많은 군사를 상대로 싸워서 이길 자신은 거의 없습니다. 이기지 못할 것을 뻔히 알면서 싸움을 질질 끄는 것처 럼 어리석은 일은 없을 줄 압니다. 끌면 끌수록 무고한 백성들만 녹아날 따름입니다. 팔도가 온통 그들의 발굽 아래 쑥밭이 되고 말 것입니다. 그러니 하루라도 빨리 결단을 내리셔서 일을 원만 히 수습하심이 현명한 길이 아닌가 생각합니다."

"그럼, 영의정은 지금 당장 항복을 하자는 거요?"

"……."

김유는 얼른 뭐라고 말이 나오지가 않았다.

그러자 최명길이 입을 열었다.

"적장 마부태가 화약을 맺기를 원하고 있습니다. 그러니 때를 놓치지 마시고 일을 성사시킴이 마땅한 줄 압니다. 상대방에서 그렇게 나오지 않더라도 이쪽에서 화약을 맺자고 나가야 될 만 큼 이미 대세는 기울어졌습니다. 그런데 저쪽에서 원하는 화약 을 이쪽에서 응하지 않는다는 것은 결코 현명한 처사가 못 된다 고 생각합니다."

118

"그러나 저쪽에서 동궁을 보내기를 원하지 않소. 그런 무리한 요구가 어디 있단 말이요."

"전하, 생각하면 통탄해 마지않을 일이지요. 어쩌다가 우리나라가 이 지경이 되었는지, 그저 원통하고 슬플 따름입니다. 그러나 어찌합니까. 불이 발등에 떨어졌습니다. 발등에 떨어진 불을 끄고 보아야 되지 않습니까."

"그러니까 동궁을 보내라는 말이오?"

"그렇습니다. 전하."

최명길은 서슴없이 대답하였다. 그리고 침착하나 열기를 띤 어조로 말을 이어 나갔다.

"외람되고 송구스럽기 짝이 없사오나, 동궁을 보내지 않고서는 화의가 성립되지 않을 것 같사오니, 도리가 없는 일 아니겠습니까. 만약 그렇지 않고 싸움이 크게 벌어져서 산성이 함락되는 날이면 이 나라의 앞날이 어떻게 될지도 모르는 일입니다. 종묘사직이 송두리째 무너져 버릴지도 모릅니다. 실로 중대한 기로에 와 있다고 하겠습니다. 그렇게 생각할 때 큰 것을 건지기 위해서 작은 것을 희생하는 것이 마땅한 일이 아니겠습니까. 깊이 통촉하옵소서."

"음—"

인조의 얼굴에 괴로운 빛이 역력히 떠오르고 있었다. 잠시 가물거리는 불빛을 가만히 바라보고 있던 인조는,

"경들도 모두 생각이 같단 말이오?"

하고 중신들을 둘러보았다.

"신도 그렇게 생각하옵니다. 통촉하옵소서."

홍서봉이 무거운 목소리로 대답하였다.

그러자 다른 중신들도,

"그렇게 하심이 마땅한 줄 압니다."

"소관도 그렇게 생각하옵니다."

"소관 역시 마찬가집니다."

하고 모두 동의를 표시하였다.

그러나 인조의 얼굴은 더욱 굳어질 따름이었다. 좀처럼 결단이 내려지지 않을 뿐 아니라, 심정이 착잡하기만 한 모양이었다.

그런 기색을 엿본 최명길은 이대로 물러나서는 안 되겠다는 생각이 들었다. 그래서 지그시 아랫배에 힘을 주며 다시 입을 열었다.

"전하, 결단을 내려주십시오. 이 나라의 앞날과 백성들의 운명이 실로 전하의 마음먹기에 달려 있사옵니다. 일시적인 굴욕을 감수함으로써 나라는 멸망의 위기로부터 벗어나게 되고, 백성들은 고난의 구렁텅이로부터 헤어나게 됩니다. 그렇지 않고 명분과 감정에만 사로잡혀 일시적인 굴욕을 마다하고, 마침내 크게 일을 그르치고 말 경우, 망국의 한을 천추에 되씹어야 할지도 모릅니다. 전하, 부디 현명한 판단으로써 이 나라의 위기를 구해주시옵소서."

"……."

"나라를 멸망으로부터 건져내기 위해서 청나라 홍타시에게 일시적으로 칭신(稱臣)을 한들 그게 뭐 그리 대단한 일이겠습니까. 물론 나라의 수치요, 이루 말할 수 없는 굴욕입니다마는, 진정 마음으로부터 머리를 숙이는 것이 아니고, 국가의 존립을 위해서,

우리의 생존을 위해서 겉으로 꾸며서 그렇게 하는 것이니 크게 부끄러울 것이 없는 줄 압니다."

"……."

"전하, 홍타시를 황제로 높여주고, 군신지의를 맺으시어 이 난국을 타개하심이 현군의 길이라 굳게 믿는 바입니다. 깊이 통촉하시와 결단을 내리시옵소서."

그러자 인조는 불쑥,

"듣기 싫소!"

하고 내뱉었다. 그리고 약간 격앙된 어조로 말하였다.

"이조판서는 나에게 오랑캐 놈 홍타시의 신하가 되기를 바라는데, 그럴 수는 없소. 그자를 황제로 모시라니 생각만 해도 구역질이 나오. 그리고 화약을 맺기 위해서 동궁을 보내야 한다니 그게 될 말이오?"

중신들은 모두 고개를 떨구고 죽은 듯이 말이 없었다. 최명길 역시 이제 더 입을 열지 않기로 하고, 묵묵히 앉아 있었다.

"경들은 적을 맞아 싸울 궁리는 안 하고, 처음부터 항복할 생각만 하니 한심하오. 싸워보지도 않고 나라가 멸망한다느니, 종묘사직이 무너진다느니 그런 허약한 소리만 늘어놓으니 듣기만 매우 거북하오. 이기고 지고는 겨루어본 다음에야 알 게 아니오. 우리에게는 충성을 다하는 군사가 있고, 나라를 위해서 목숨을 아끼지 않는 백성들이 있지 않소. 팔도에서 지금 의병들이 일어나고 있을 것이며, 관군들도 작전을 개시하고 있을 게 아니오. 그러니 벌써부터 화약을 맺을 생각만 앞세우지 말고, 적을 무찌를 궁리도 하기 바라오."

"황공하옵기 이를 데 없나이다."

김유가 깊이 머리를 조아렸다.

"밤도 야심한데 이만 모두 물러가 잠을 청하도록 하구려. 경들의 의견을 전적으로 무시하는 것은 결코 아니오. 좀 두고 생각해볼 문제니까……."

가물거리는 불빛을 바라보며 인조는 하품을 하였다.

중신들은 모두 자리에서 일어났다.

이튿날 아침, 이 소식을 전해 들은 김상헌은 노발대발하였다.

곧바로 어전으로 달려가서 그런 주장을 한 조신들을 모조리 참수할 것을 청원하였다.

"그런 역적 같은 무리들을 그냥 내버려 두다니 언어도단입니다. 전하, 용단을 내리시옵소서."

"……."

그러나 인조는 침울한 표정일 뿐, 아무 말이 없었다.

5

북성의 수비대장인 이서가 병이 나자, 부장 원두표를 대신 대장으로 임명하였다. 그리고 황집을 부장으로 삼았다.

대장이 된 원두표는 팔 척 장신의 우람한 무장이었다. 수많은 적군을 눈앞에 두고 가만히 성채를 지키고만 있을 수는 없었다. 온몸이 근질근질한 것이었다.

적군이 덤벼오지 않으면 이쪽에서 나아가 치는 수밖에 없다고 생각하였다.

그렇게 마음먹고 있는 터인데, 귀에 들어오는 소리가, 많은 중신들이 임금께 항복하기를 권유했다는 이야기였다. 소현세자를 보내어 화약을 맺고, 오랑캐를 군주의 나라로 모시는 수밖에 없다고 청원을 했다는 것이다.

그 말을 들은 원두표는 온몸의 피가 거꾸로 치솟는 듯하였다. 마음대로 되는 일이라면 그런 역적 같은 무리들을 모조리 자기 손으로 목을 쳐 버렸으면 싶었다. 그런 쓸개도 충성심도 없는 허수아비 같은 무리들이 나라의 심장부에 들어앉아서 국사를 요리하고 있다는 사실이 어처구니가 없고 기가 차기만 하였다.

그래서 원두표는 마침내 자기 자신이 전단*(戰端, 전쟁을 벌이게 된 실마리)을 끊어서 적군의 간담을 서늘케 하고 산성의 모든 군사들의 사기를 드높이고, 문무백관들의 전의를 북돋우어 임금의 울적한 심정을 조금이라도 위로해 드려야겠다고 마음먹었다.

원두표는 정병 삼백삼십 명을 차출하였다. 그리고 자기 자신이 진두에 서서 북문을 나섰다. 적군이 포진하고 있는 한 모퉁이를 기습하기 위한 출전이었다.

삼백삼십 명의 정병들은 소나무 숲속으로 은신하며 흔적 없이 산성을 내려갔다. 때마침 바람이 불며 희끗희끗 눈발이 비치기 시작하였다. 기습을 감행하기에는 알맞은 날씨였다.

적군들은 바람과 눈발을 피해 움막 속에 웅크리고 앉아 있었다. 밖에서 망을 보는 군사들도 이런 날씨에 무슨 일이 있으리라고는 꿈에도 생각하지 않고, 모닥불을 피워놓고 불을 쬐며 시시덕거리기에만 여념이 없었다.

어떤 군사는 간밤에 마시다 남은 술병을 입에 대고 쭐쭐 빨며 아침부터 벌겋게 취해가고 있었고, 어떤 자는 새우처럼 오그라들어서 숫제 쿨쿨 잠을 자기도 하였다.

바람에 흩날리는 눈발 속으로 한 걸음 한 걸음 산성의 조선 군사들이 기습을 하기 위해 접근해 오고 있다는 사실을 아무도 눈치채지 못하고 있었다.

산성의 비탈을 다 내려선 원두표의 기습부대는 눈보라 속을 마구 포복하여 적군의 한 모퉁이로 접근해 갔다.

적군과의 거리가 얼마 안 되는 곳에 이르자, 원두표는 벌떡 팔척 장신을 일으켰다. 그리고 칼을 쑥 잡아 뽑으며 냅다 목이 터져라 하고 고함을 질러댔다.

"돌진이다! 마구 쳐죽여라! 죽여라!"

그러자 군사들은 일제히 일어나,

"와—"

"야—"

"죽이자—"

"죽이자—"

고함 소리와 함께 돌진해 갔다.

칼과 창이 눈발 속에 번뜩였고, 바람 소리와 함께 고함 소리가 온통 들녘을 뒤흔들었다.

난데없는 기습에 혼비백산한 청나라 군사들은 마구 달아나기에 정신이 없었다. 마치 메뚜기 떼들이 튀는 듯하였다.

"죽여라—"

"와—"

"야—"

도망가는 놈들을 뒤쫓아 가며 마구 찌르고 베었다. 삽시간에 들녘에 적군의 시체가 즐비하게 나뒹굴었다.

그러나 원두표는 곧 추격을 중지시키지 않을 수 없었다. 패주하는 적을 뒤쫓는다고 너무 깊숙이 나갔다가는 퇴로를 차단당할 염려가 있었다.

아니나 다를까, 저쪽 편에서 일단의 적군이 이쪽을 향해 진격해 오기 시작하였다. 그들은 마구 북을 치고, 호적(胡笛)을 불어댔다. 대군이었다. 도저히 삼백여 명으로써는 맞설 수가 없었다.

그래서 원두표는 재빨리 퇴각을 명하였다.

정병 삼백삼십 명은 기습도 빨랐지만, 퇴각도 빨랐다.

적의 시체는 눈 오는 들판에 수없이 나뒹굴었으나, 이쪽은 겨우 세 사람이 부상을 입었을 뿐이었다. 목숨을 잃은 군사는 한 명도 없었다.

통쾌한 전과였다.

원두표의 이 기습작전의 성공으로 산성의 분위기는 완전히 바뀌었다. 지금까지의 침울하고 맥 빠졌던 분위기가 별안간 뜨겁게 들떠올랐다.

오랑캐 놈들 숫자만 많았지, 실상 별것이 아니라는 생각에 군사들은 공연히 힘이 솟고, 자신이 생기는 듯하였다.

김상헌·유백증을 비롯한 척화파 조신들이 매우 기뻐하였다.

그러나 누구보다도 좋아한 것은 인조였다. 인조는 그 소식을 듣고,

"나라에는 언제나 충신이 있는 법……."

하면서 파안대소하였다.

마치 며칠을 두고 목줄기에 걸렸던 음식 찌꺼기가 쑥 내려가기라도 한 것처럼 가슴이 다 툭 트이고, 기분이 후련하기만 한 것이었다. 그래서 오래간만에 인조는 주안상을 차리게 하여 기분좋게 한잔 마셨다.

원두표 대장을 비롯해서 출전했던 군사들에게 술과 안주를 내려 치하한 것은 말할 필요도 없다.

6

북성의 수비대장 원두표가 기습작전을 펴서 크게 전과를 올리자, 이튿날 남성의 수비대장 구굉이 출전하였다.

그러나 어제의 상황과는 달랐다. 어제 기습을 받아 크게 피해를 입은 적군은 이제 경계 태세를 강화하게 되었던 것이다.

구굉은 적군 이십여 명을 살해하는 전과를 올렸다.

군관 이성익도 부하 군사를 거느리고 구굉을 뒤이어 진격해서 전공을 세웠다.

어제의 기습작전에 비하면 보잘것없는 전과였으나, 좌우간 산성은 환성과 열기로 들떴다.

적과 맞서 싸울 용기를 되찾은 군사들이 대견하기만 하여 인조는 얼굴에 희색이 만면하였다. 그리고 공을 세운 원두표·구굉·이성익 등 무장에게 정3품 통정대부 이상의 품계로 올리는 가자(加資)를 명하였다.

이틀 뒤에는 어영별장 이기영이 서성에서 출전하여 적 십여 명을 죽였고, 동성의 수비대장 신경진도 적 삼십여 명을 죽이는 전과를 올렸다.

첫날 원두표의 기습작전에서 적을 살해한 수효가 얼마나 되었는지 확실치 않았으나, 대략 이삼백 명은 되었을 것이다. 그러고 보면 며칠 동안의 싸움에서 적군을 삼사백 명가량 죽인 셈이다.

삼사백 명의 살해가 뭐 그리 대단한 것은 결코 아니다. 그러나 독 안에 든 쥐처럼 적군에게 포위되어 전의를 거의 잃어버리고 있던 터에 이렇게 들고 일어나 적을 무찌르게 되었으니, 결코 만만한 일이 아니었다.

항복을 하는 수밖에 도리가 없다, 하루라도 속히 그들 요구대로 화약을 맺어야 한다는 우울한 의견이 지배적이던 산성에 싸울 수 있다, 싸우면 이길 수 있다는 용기와 신념이 넘치게 되었으니 말이다.

그리고 또 놀라운 것은 적을 삼사백 명이나 살해했으면서도 이쪽 전사자는 불과 오륙 명밖에 되지 않은 사실이었다. 부상자도 칠팔 명밖에 생기질 않았다.

정말 뜻밖이라면 뜻밖의 일이었다.

그래서 크게 용기를 얻은 산성의 군사들은 며칠 뒤엔 동서남북 네 진영에서 일제히 출전을 하기에 이르렀다. 일대 작전을 전개하는 것이었다.

그날 인조는 독전*(督戰, 싸움을 감독하고 사기를 북돋워 줌)을 하기 위해서 스스로 북문에 가서 어거하였다.

바람은 차고 거세었다.

사방에서 진격을 알리는 북소리가 요란했고, 화살이 수없이 날았다. 그리고 이따금 조총 울리는 소리가 일어나기도 하였다.

적진에서도 얼룩덜룩한 오랑캐 깃발들이 나부끼며 호적 소리와 함께 납함*(吶喊, 여럿이 함께 큰소리를 지름)하는 소리가 온 들판을 진동시켰다.

마침내 여기저기서 맞붙어 싸우기 시작하였다.

임금께서 친히 북문에 나와 어거하여 독전을 한다는 사실을 알고 있는 군사들은 사기가 충천해서 물불을 가리지 않고 마구 덤벼 용감히 싸웠다. 막상 부딪혀 싸워보니 오랑캐라고 겁낼 게 하나도 없었다.

"죽여라—"

"찔러라—"

"야—"

"에잇!"

칼들이 섬광을 그었고, 창들이 햇빛을 받아 무섭게 번뜩였다.

"으악—"

"아으—"

"으흐흐흐……."

목이 꺾어지며 곤두박이는 자, 옆구리가 터지며 무너지는 자, 허옇게 잇바디를 물고 하늘을 향해 눈깔을 뒤집어 까다가 벌렁 넘어지는 자, 마구 도망치다가 데굴데굴 뒹구는 자, 쏟아지는 창자를 끌어안으며 주저앉는 자, 팔이 쌍둥 잘려나가 버리는 자, 다리가 뚝 부러지는 자…… 피가 마구 솟고, 살점이 마구 튀고…… 고함 소리, 비명 소리, 울부짖는 소리…… 그야말로 아비규환의 수라장이었다.

처참한 백병전이 전개된 것이었다.

그 광경을 멀리 북문에 어거하여 지켜보고 있는 인조의 이마에는 가느다란 식은땀이 한 줄기 흘러내리고 있었다. 북성 수비대장인 원두표는 그날도 말을 타고 진두에서 적병을 닥치는 대로 마구 베어 나갔다.

한참 이리 뛰고 저리 뛰며 칼을 휘두르고 있는데,

"너 이놈―"

우렁찬 고함 소리와 함께 적군의 장수 하나가 냅다 말을 달려 나왔다.

"창 받아라―"

무섭게 큰 창을 겨누면서 질주해 오는 것이 보통 솜씨가 아닌 듯하였다.

원두표는 재빨리 자세를 바로잡고 칼을 쥔 손에 불끈 힘을 주었다.

"나 양고리(楊古里)를 몰라보느냐― 양고리의 솜씨를 보여 줄 테다―"

얼른 보아도 온통 얼굴이 시꺼멀 정도로 수염투성이인 털보였다.

양고리는 마부태의 휘하 장수로, 누르하치의 사위였다. 그러니까 황제가 된 홍타시의 매부인 것이었다. 이름난 맹장이었다.

오랑캐의 맹장 털보와 조선의 맹장인 팔 척 장신의 원두표가 맞붙은 것이었다.

햇빛을 받아 번뜩이며 다가온 양고리의 창이 바람을 일으켜서 원두표를 향해 뻗었다. 원두표는 날쌔게 몸을 피하며 칼을 휘둘렀다.

창과 칼이 쨍그랑! 맞부딪치며 섬광이 튀었다.

저만큼 달려 나간 양고리가 말을 되돌려 질풍처럼 돌진해 오며,

"우아—"

냅다 목줄기를 뽑아 올렸다. 무서운 기세였다.

획! 창이 원두표의 맞바로 눈앞으로 날아들었다. 핑— 창이 일으키는 바람소리가 귓전을 때리는 듯하였다.

원두표는 재빨리 몸을 낮추며 찔끔 눈을 감았다. 그러면서도 냅다 칼로 창을 쳤다.

두 번째로 실패를 하자, 양고리는 약이 오르며 약간 초조해지는 듯하였다.

다른 군졸들은 잠시 싸움들을 멈추고 두 장수가 벌이는 일대 일의 결전을 손에 땀을 쥐고 보고 있었다. 제각기 자기네 장수가 이기기를 바라면서.

양고리의 세 번째 창도 잘 피해낸 원두표는 이번에는 자기가 칼을 냅다 휘두르며 공세로 나아갔다.

허공에 원두표의 칼날에서 번뜩이는 무지개가 획획 튀는 듯하였다. 무섭게 날쌘 칼 솜씨였다.

양고리는 창을 약간 치켜든 채 정신없이 뒤로 비칠비칠 물러나고 있었다. 양고리의 말부터가 겁을 집어먹은 듯 히힝 히힝…… 곧장 코를 불었고, 목줄기에 물기가 흐르고 있었다.

원두표의 말은 그게 아니었다. 허연 잇바디를 물며 김을 훅훅 내뿜었고, 냅다 땅을 차며 펄떡펄떡 뛰어오르곤 하였다.

비칠비칠 물러나던 양고리가 그만 창을 든 두 손을 벌떡 쳐들며,

"으악―"

비명을 올렸다.

원두표의 칼끝이 옆구리를 찍은 모양이었다. 핏줄기가 쭉 내뻗었다.

와― 원두표의 부하 군졸들이 일제히 함성을 올렸다.

양고리는 그러나 재빨리 정신을 가다듬어 냅다 말머리를 돌리더니, 쏜살같이 달아나기 시작하는 것이었다. 피를 마구 철철 흘리면서.

"달아난다. 잡아라―"

"와―"

"와―"

이쪽 군사들의 고함 소리가 온통 진동했고, 원두표는 말을 몰아 뒤쫓으려 하였다.

그때였다. 피융― 허공을 가르며 화살 한 개가 날았다.

그리고,

"윽!"

하면서 양고리는 그만 말에서 뚝 떨어지고 말았다.

땅바닥에 떨어져 데굴데굴 구르는 양고리를 냅다 달려가 원두표가 칼로 획획 휘저었다. 그리고 칼을 번쩍 쳐들었다.

번쩍 높이 쳐든 칼날 끝에 시꺼먼 덩어리가 한 개 푹 꽂혀 있는 것이 아닌가. 온통 털투성이인 양고리의 목이었다.

"야―"

"와―"

"하하하……."

"허허허……."

요란한 환호성과 함께 웃음이 터지기도 하였다.

그 광경을 멀리 북문에 앉아 바라본 인조는 기쁨을 못 이겨 파안대소하였다.

"장하도다. 장하도다."

정말 통쾌하고 후련한 것이었다.

그날 인조는 싸움에서 돌아온 군사들에게 술과 고기를 풀어 풍성한 잔치를 베풀었다. 원두표를 비롯해서 대장들에게는 인조가 손수 잔을 내리기도 하였다.

그날의 싸움에서 군사들은 꽤 많은 괵(䤋)을 얻었다. 괵이란 죽은 적군의 귀를 도려낸 것을 말한다. 적병을 죽인 표시로 그 귀를 베어가지고 오는 것이다.

그러니까 괵 열 개면 다섯 명의 적병을 죽였다는 증거가 되는 것이다. 그것으로 전공을 인정받아 상을 받기도 했고, 위계가 올라가기도 하였다.

그런데 오랑캐들의 군법에는 자기네 전사자의 시체를 거두는 것을 전공 제일로 삼고 있기 때문에 죽기가 무섭게 시체를 운반해 가기 마련이었다. 그래서 괵을 얻기가 매우 힘들었다.

괵을 가지고 오게 되면 그것을 여러 군사들이 수시로 볼 수 있는 자리에 매달아 놓는 것이었다.

그날 싸움에서는 꽤 많은 괵을 얻을 수 있었으므로, 군사들의 막사 주변 여기저기에 괵이 줄줄이 전시되었다. 마치 무슨 홍합 알맹이 같은 것을 실에 달아서 즐비하게 늘어놓은 것처럼 보였다.

그런데 그 괴들이 찬바람에 얼어서 나중에는 꼬들꼬들 오그라
들어 버리는 것이었다.

그 오그라든 꼬락서니가 재미있어서 싱거운 군졸들은,

"꼭 처녀 불알 같구나."

"처녀 불알 봤나? 저렇게 생겼더냐?"

"그래. 하하하……."

"허허허……."

하고 웃어대기도 하였다.

7

비가 쏟아지기 시작하였다. 쏟아져도 보통 쏟아지는 게 아니었
다. 마치 여름철의 소낙비처럼 좍좍 마구 퍼붓는 것이었다.

겨울에 소낙비가 쏟아지다니, 예삿일이 아니었다.

눈이 오는 것과는 달리, 모두 하늘을 쳐다보며 이맛살을 찌푸
렸다.

"웬 비가 이렇게…… 한겨울에……."

"괴이한 일인데……."

"좋은 징조는 아니지."

"아니고말고. 한겨울에 소낙비라니 말이 되나. 하늘도 노망을
한 모양이지."

어떤 불안감에 휩싸이기도 하였다.

난데없이 하늘이 캄캄해지며 소낙비가 퍼붓자, 누구보다도 당황한 것은 인조였다. 인조는 낯빛까지 야간 창백해지는 듯하였다.

이 겨울에 찬비가 이렇게 퍼붓다니, 놀랄 일이기도 했고, 또 크게 걱정이 되는 일이기도 하였다. 먹는 것도 충분치 못하고, 입은 것도 모두 어설프고, 잠자리 같은 것도 다 불편하기 짝이 없는 상태인데, 비가 억수로 퍼부으니 큰일이 아닐 수 없었다. 비 끝에 날씨가 추우면 모든 게 꽁꽁 얼어붙어 버릴 게 아닌가.

우선 무엇보다도 군사들의 건강이 염려되는 것이었다. 성첩을 지키느라 옷이 젖은 군사가 얼어 죽는 일이 생길지도 모르는 것이다. 그리고 비 끝에 심한 감기라도 퍼지면 큰일이 아닐 수 없었다.

한참 동안 퍼붓는 비를 멀뚱히 바라보고 있던 인조는,

"음—"

무거운 신음소리를 내면서 수어장대의 마루에서 토방으로 내려섰다. 그리고 돌계단을 뚜벅뚜벅 걸어 내려가는 것이 아닌가.

비가 억수로 퍼부어대는 뜰 한가운데 가서 서는 것이었다.

시신(侍臣)이 두 눈이 휘둥그레지며 얼른 우산을 들고 나가 받치려 하였다. 그러나 인조는 그것을 마다하고 물리쳤다.

그대로 비에 주룩주룩 흠뻑 젖으면서 하늘을 향해 두 손을 합장하고서 마치 무슨 주문이라도 외듯이 중얼거리기 시작하는 것이었다.

"하늘이시여, 이게 어찌된 일입니까? 이 때 아닌 겨울에 비가 웬 말이십니까? 거두어주소서. 노여움이 있으시더라도 너그럽게 용서하와 부디 비를 거두어주소서. 이 못난 조선 왕이 이렇게 비에 젖으면서 비나이다."

인조가 이렇게 하늘을 향해 비가 그치기를 비는 광경을 본 소현세자는 자기도 저벅저벅 빗속으로 들어섰다. 그리고 아바마마의 곁으로 다가가 한 걸음 비켜서서 함께 축원을 드리기 시작하였다.

비를 흠뻑 맞으며 국왕과 세자가 나란히 서서 합장을 하며 하늘을 향해 축원을 드리는 모습은 보는 사람들의 눈시울을 뜨겁게 하였다.

인조는 얼굴에 줄줄 퍼부어지는 빗줄기를 아랑곳없이 지그시 눈을 감고 곧장 중얼거렸다.

"오늘 나라가 이 지경이 된 것이 다 이 못난 우리 부자의 탓이오니, 너그럽게 용서하시고, 노여움을 거두어주소서. 이 성 안에 있는 군사들과 백성들이야 무슨 죄가 있습니까. 하늘이시어, 재앙을 내리시려거든 우리 부자에게 국한하시고, 무고한 백성들은 부디 살리시옵소서. 비나이다― 어려운 지경에 놓인 이 약소한 나라를 가엽게 여기시와 부디 비를 거두어 주소서. 비나이다―"

빗물과 함께 인조의 얼굴에는 뜨거운 눈물이 흘러내리고 있었다.

얼마 후, 참 희한한 일이었다. 그처럼 마구 퍼부어대던 빗줄기가 점점 가늘어지더니, 마침내 깨끗하게 걷혀 버리는 것이 아닌가. 기적 같은 사실이 아닐 수 없었다. 임금 부자의 간곡한 축원이 정말로 하늘에 닿은 모양이었다.

그리고 밤에는 하늘이 말끔히 걷히고, 별이 총총하였다. 날씨도 그다지 춥지가 않았다.

그 사실을 전해 들은 성 안의 모든 군사들과 백성들, 그리고 백관들은 임금님의 지극한 정성에 절로 머리가 수그러지고, 가슴이 벅차오르기만 하였다.

하늘이 임금의 축원을 받아들여서 기적을 내렸으니, 앞으로 일이 크게 길하게 돌아갈지도 모른다는 희망에 부풀기도 하였다.

8

그동안 몇 차례의 싸움에서 적병을 꽤 무찔렀으나, 그것은 전체적으로 볼 때는 극히 미미한 전과에 불과하였다. 황소의 몸뚱어리에 바늘로 약간 상처를 낸 정도라고나 할까. 대세에는 아무 영향도 미치지 못할 그런 것에 불과하였다.

적병의 수효는 날로 늘어가는 듯, 산성 주위의 들녘이 온통 그들의 깃발과 진터로 뒤덮이는 듯하였다. 20만 대군이 한양에 집결한다더니, 속속 그렇게 모여들고 있는 모양이었다.

적의 군세가 그처럼 날로 늘어나는 데 반해서, 이쪽은 산성에 갇혀 모든 것이 날로 줄어들기만 하였다. 군사의 수효도 조금씩 줄어들고, 식량도 줄어들고, 화살이나 총알 같은 것도 줄어들었다. 늘어나는 게 있다면 불안과 초조뿐이었다.

그러니까 한때의 승전도 지내놓고 보면 다 물거품 같은 것에 불과하였다. 대세를 역전시킬 만한 어떤 큰 변화가 기적처럼 일어나기 전에는 그저 앞이 암담할 따름이었다.

팔도에서 밀물처럼 군사가 일어나 한양으로 노도처럼 진격해 오기를 은근히 고대하고 있었으나, 그런 기색은 동서남북 어느 방향에도 보이지 않았다. 원군에 대한 기대도 무너지고, 의기소침한 나날이 계속되었다.

그런 어느 날, 청나라의 역관인 정명수가 성문 밖에 당도하였다. 마부태가 보낸 사자였다. 화약 맺는 일을 추진하자는 것이었다.

인조는 그 보고를 받고, 영의정 김유에게 물었다.

"마부태가 다시 사자를 보내어 화약 맺는 일을 추진하자고 하는 모양인데, 경은 어떻게 생각하오? 어떻게 하는 것이 좋겠소?"

"사자가 왔으니 성문을 열고, 중신을 내보내시어 답을 하도록 하심이 마땅한 줄 압니다."

김유의 말을 듣고, 그때 마침 그 자리에 있던 관향사인 나만갑이 입을 열었다.

"성을 지키는 동안은 성문을 함부로 열어서는 안 될 줄 압니다. 적에게 성문을 연다는 것은 곧 이쪽의 가슴을 헤쳐 보이는 것과 다름이 없습니다. 그러니까 성문 위에서 물음에 대답하는 것이 옳은 일인 줄 압니다. 그리고 전하께서 화의에 동의하시면 군사들에게 미치는 영향이 클 것입니다. 지금 군사들의 사기가 앙양되어 있는 편인데, 화의한다는 소문이 돌면 전의가 해이되고, 사기가 시들어버릴 것입니다. 그 점 깊이 통촉하옵소서."

그러자 인조는 고개를 끄덕이었다.

나만갑의 진언이 받아들여져서 중신 한 사람이 성문 위에 올라가 청나라 사자 정명수를 맞았다.

중신은 정명수를 내려다보며 거만스런 어조로 물었다.

"그대는 무슨 용건으로 찾아왔소?"

"마부태 장군의 전갈을 하러 왔소이다."

"무슨 전갈이오? 말해보오."

"언제까지나 이렇게 성 안에 갇혀 있을 게 아니라, 속히 화약을 맺도록 하는 것이 좋겠다는 전갈이외다. 동궁과 대신을 보내어 속히 화약을 맺는 의논을 시작하자는 것입니다."

"듣기 싫소!"

중신은 버럭 고함을 내질렀다.

"동궁을 보내다니, 될 말이 아니오. 썩 돌아가시오. 돌아가서 마부태에게 전하시오. 우리 조선국은 당신네 청국을 군주의 나라로 받들 수 없다고……. 옛날에 맺은 맹약 그대로 형제지국으로 우의를 돈독히 할 의향에는 변함이 없으나, 군신지의로써 섬겨야 하는 새로운 맹약을 맺을 생각은 추호도 없다고 말하시오."

"……."

"알겠소? 알았으면 어서 돌아가시오."

"……."

청나라 사자는 말없이 돌아서는 것이었다. 어쩐지 풀이 죽어 보였다.

그 광경을 지켜본, 성문을 수비하는 군사들은 기가 나서 싱글벙글하였다. 청나라 사자 앞에 버티고 서서 떵떵 큰소리를 치는 자기네 중신이 그저 믿음직하기만 한 것이었다.

이틀 뒤, 그 사자가 다시 찾아왔다. 굳이 동궁이 아니라도 좋으니, 왕자와 대신을 보내어 화약을 맺기로 하자는 것이었다. 마부태가 한 걸음 양보를 한 셈이었다.

　그러나 인조는 이번에도 그것을 받아들이지 않았다. 그저께와 마찬가지로 중신으로 하여금 성문 위에서 대답하도록 하고, 사자를 쫓아 버렸다.

　마부태의 사자를 두 번이나 거절해서 성문 밖에서 쫓아 버리고 나자, 인조는 슬그머니 걱정이 안 되는 게 아니었다. 마부태가 화가 나서 총공격으로 나올지도 모르는 것이다.

　그래서 성채를 지키는 모든 군사들에게 경계를 철저히 하도록 특별 명령을 내렸다.

　날씨가 몹시 추워졌다. 지독한 추위가 몰아치자, 인조는 어쩐지 의기가 더 소침해지는 듯하였다. 동사하는 군졸이 생기지 않을까, 동상자가 속출하지 않을까 걱정이 되기도 했고, 우선 인조 자신부터가 추워서 오들오들 떨릴 지경이었다.

　어설픈 산성의 임시 거소에서 시원찮은 불기운으로 혹한을 견디자니 처량한 생각에 가슴이 메기도 하였다.

　인조뿐 아니라, 다른 중신들도 거의 마찬가지 심정이었다.

　이렇게 추운 때를 틈타서 만일 적군이 총공격을 개시한다면 큰일이라는 생각이 들기도 하였다. 북방의 오랑캐들은 추위에는 강한 터이니 말이다.

　더구나 마부태의 사자를 두 번에 걸쳐 거절해서 돌려보낸 터이라, 불안하기만 하였다.

　그래서 묘당의 중신들 사이에 마부태에게 사신을 보내야 한다는 의견이 대두되었다. 비국(備局)에서도 역시 사신을 보내는 것이 현명하다는 의견이었다.

어전회의가 열렸다.

관향사인 나만갑은 반대의사를 개진하였다.

"전일(前日) 마부태가 사자를 보내어 화의를 청했을 때는 두 차례나 그에 응하지 않다가, 이제 와서 아무 까닭도 없이 사신을 보낸다면 마부태는 반드시 우리 쪽이 심한 추위 때문에 군사들이 얼고 굶주려서 형세가 절박해졌기 때문에 할 수 없이 사신을 보낸 것이라 생각할 것입니다. 적에게 우리의 약함을 보여서는 안 될 줄 압니다. 통촉하옵소서."

나만갑의 의견에 두어 사람이 동조했을 뿐, 다른 중신들은 모두 사신을 보내야 한다는 주장을 지지하였다.

인조는 이렇게 말하였다.

"우리는 언제나 화의로 해서 그자들에게 기만을 당하고 있는 것 같소. 이번에 사신을 보내는 것도 관향사의 말과 같이 그들에게 우리의 약점을 보이는 것밖에 안 되오. 동궁을 보낼 수는 없는 일이고, 그렇다고 다른 왕자가 있는 것도 아니니, 부득이 중신이 가는 수밖에 없는데, 그렇게 되면 또 욕을 당할 게 뻔한 일이오. 그러나 경들의 다수 의견이 그러하니 따르도록 하겠소."

그러자 최명길이 의견을 덧붙였다.

"사신을 보내되, 아무 까닭 없이 불쑥 찾아가면 이쪽의 약점을 보이는 것이 되고, 또 동궁이나 왕자가 동행하지 않으면 일이 성립될 까닭도 없으니, 이렇게 함이 어떠하오리까?"

"어서 말해 보오."

"세시(歲時)가 가까워오고 있습니다. 며칠 후면 설입니다. 명절을 당하여 옛 정리를 잊지 않는다는 뜻으로, 다시 말하면 지금까지의 형제지국의 맹약을 그대로 지킨다는 표시로 술과 소를 선물로 가지고 감이 어떨까 생각합니다. 그래야 찾아가는 이유가 서지 않겠습니까."

"그것 좋은 생각이오. 그렇게 하도록 합시다. 작은 은합에다가 과일도 담아 가지고 가서, 옛 정리를 보이면서 대화를 통해서 저쪽 기색을 살피도록 하는 것이 좋겠소."

인조의 얼굴에 웃음이 떠올랐다. 그러나 기분이 좋아서 활짝 웃는 밝은 웃음이 아니라, 서글프고 쓸쓸한 그런 엷은 웃음이었다.

이튿날 호조판서 김신국과 동중추부사 이경직이 술과 소, 그리고 과일을 담은 은합을 가지고 오랑캐 진영을 찾아갔다.

마부태는 뜻밖에 찾아온 사신을 좀 의아한 표정으로 맞았다. 화의를 맺자고 자기가 두 번이나 사자를 보냈을 때는 거절을 하더니, 난데없이 불쑥 사신이 오다니, 어찌된 영문인가 싶은 모양이었다.

마부태와 마주앉은 김신국과 이경직이 먼저 자기들의 신분을 밝혔다. 그러니까 마부태가 요구하는 왕자도 아니고, 대신도 아니라는 사실을 먼저 알려서, 화의를 맺기 위한 교섭 차 온 사신이 아니라는 것을 간접적으로 전한 것이다.

마부태의 표정이 굳어지는 듯하였다.

그래서 김신국은 되도록 정중하고 부드러운 어조로 말하였다.

"새해가 가까워오고 있지 않습니까. 며칠 후면 설입니다. 그래서 선물을 가지고 왔지요. 옛날에 맺은 형제지국의 정리를 잊을 수가 없는 것이지요. 술과 소와 그리고 우리 국왕께서 특별히 보내신 과일을 가지고 왔사오니, 기꺼이 받아주시면 고맙겠습니다."

"……."

마부태는 말없이 두 사람을 바라보고 있었다.

옛날에 맺은 형제지국의 정리를 잊을 수가 없어 선물을 가지고 왔다니, 얼른 들으면 고마운 일 같으나, 실은 그게 아니라는 생각이 들자, 마부태는 속으로 요것들 봐라 싶었다. 그렇다면 군신지의로써 섬기기는 싫다는 뜻이 아닌가. 즉 화약을 고쳐 맺을 생각은 없다는 의미가 아닌가 말이다.

마부태는 흥! 하면서 비시그레 싸늘한 웃음을 흘렸다. 그리고 냅다,

"필요 없소!"

하고 내뱉었다.

김신국과 이경직은 당황하였다.

당황하는 두 사신을 위압하듯 마부태는 훌렁 벗어진 번들번들한 이마를 뒤로 젖히면서 거드름을 피웠다.

"형제지국의 정리를 잊을 수 없다니…… 그런 소리는 이제 듣기 싫소. 이제 형제지국이 아니라는 것을 모르오? 우리 청 태종께서는 황제의 지위에 오르셨소. 황제와 일개 소국의 왕이 어떻게 형제가 될 수 있단 말이오, 안 그렇소?"

"……."

"군신지의로써 우리 황제폐하를 섬겨야 하오. 그렇지 않고는 일이 끝나지 않소. 알겠소?"

"……."

"왜 대답이 없소? 그러니까 돌아가서 왕자와 대신을 보내어 화약을 고쳐 맺도록 하오. 굳이 동궁을 보내야 된다고 고집하지는 않겠소. 이쪽에서 양보까지 해서 권할 때에 응하는 것이 현명한 일일 것이오. 자꾸 버티다가 나중에 큰 코를 다친 다음 후회를 하지 말고……."

"……."

"가지고 온 술과 소, 그리고 과일을 도로 가지고 가오. 형제지국의 정리로 가지고 온 것은 받을 수가 없소. 그리고 우리는 매일같이 소를 잡아 술을 마시고 있소. 당신네 조선 땅의 술과 소는 이제 모조리 우리 것이나 다름이 없소. 그러니 우리 걱정일랑 말고, 산성에 갇혀서 굶주림과 추위에 떨고 있는 당신네 군사들에게나 갖다 먹이도록 하오."

마부태의 그 말은 참으로 뼈아프고 모욕적인 말이 아닐 수 없었다.

김신국의 입에서는 절로,

"음—"

무거운 신음소리가 흘러 나왔다.

이경직도 나직이 한숨을 토하고 있었다.

선물로 가지고 간 술과 소, 그리고 은합에 담은 과일까지 도로 가지고 돌아오는 김신국과 이경직은 걸음이 한없이 무겁기만 하였다. 이런 모독이 어디 있으랴 싶었다. 임금에게 뭐라고 보고를 해야 좋을지, 그저 암담하고 처량하기만 하였다.

모가지에 휘감겨 오는 바람결이 몹시 차기만 해서 두 사람은 곧장 목을 움츠렸다.

9

성 안에 술사(術士) 한 사람이 있었다. 부운거사라는 노인인데, 이 술사가 어느 날 아침,

"오늘은 일진이 싸워도 길하고, 화의를 도모해도 길한 날이로구나."

하고 말하였다.

적에게 싸움을 걸어도 이롭고, 반대로 화의를 도모해도 일이 순조로울 것이라는 것이었다.

그 말을 들은 영의정 김유는 그렇다면 한편으로는 화의를 청하고, 한편으로는 적과 대진하는 두 갈래 길을 동시에 취하려고 하였다.

그러자 관향사인 나만갑이 입을 열었다.

"싸우려면 싸우고, 화의를 도모하려면 도모할 일이지, 같은 날에 화의와 싸움을 어떻게 병행한단 말입니까. 우스운 일입니다. 같은 한 사람이 한꺼번에 노래를 부르고, 울고 할 수는 없는 노릇이 아닙니까."

"......."

그 말에 김유는 좀 쑥스러운 듯 말없이 고개를 끄덕거렸다.

그렇다면 오늘은 자기가 직접 군사를 지휘해서 좋은 전과를 올려보리라 마음먹었다. 어느 쪽이든지 길한 날이라고 하니, 싸워서 좋은 전과를 올리는 편이 자기의 체면을 높이는 일이 되리라

생각했던 것이다. 팔도체찰사라는 군사에 관한 총책임까지 겸하고 있는 몸이니 말이다.

그래서 김유는 친히 휘하의 장병을 거느리고 북성으로 가서 독전하였다.

성 밑에는 계곡이 감돌고 있었고, 곳곳에 적의 군사들이 매복해 있었다.

성채에서 포성이 울리기 시작하였다. 그러자 적의 군사들은 일제히 퇴각하기 시작하였다.

그런데 조금 후에 보니, 몇몇 군졸들과 마소 등은 그대로 그 자리에 남겨두지 않았는가.

"어찌된 일이지? 저자들은 왜 물러가질 않는 거지?"

"글쎄……."

"속히 군사들을 내려 보내어 저자들을 사로잡고, 마소 등을 노획하는 것이 좋겠는데……."

"절호의 기회 같군. 퇴각하는 적군을 뒤쫓아 가서 무찌를 수도 있고……."

성 위에서 내려다보며 수군거리는 말들이었다.

그 말을 들은 김유는 앞뒤를 헤아리지 않고, 성을 내려가 적을 공격하도록 명령을 내렸다.

그러나 적군이 저렇게 쉽사리 퇴각을 하는 것도 이상하고, 또 퇴각하면서 몇몇 군졸과 마소 등을 남겨놓은 것도 수상해서, 군사들은 서로 머뭇거리기만 할 뿐, 잘 내려가질 않았다. 아무래도 이쪽을 유인하려는 술책인 것만 같이 여겨지는 것이다. 적의 함정으로 빠져 들어가는 것만 같아 두렵기만 한 것이었다.

체부(體府)의 병방비장 유호가 김유에게로 다가섰다.

"대감님, 군졸들을 저대로 가만히 놓아두어서는 일이 안 되겠습니다. 도무지 머뭇거리기만 할 뿐, 진격해 내려갈 생각들을 않습니다. 독전하는 무장을 보내어 머뭇거리는 자를 가차 없이 목 베도록 하는 것이 좋겠습니다. 그러면 감히 안 내려가는 자가 없을 것입니다."

"좋아, 그렇게 하도록 해. 당장 자네가 그 임무를 맡아서 머뭇거리는 놈은 가차 없이 목을 베라구."

"예잇!"

유호는 시퍼런 칼을 빼들고 이리저리 뛰며 냅다 고함을 질렀다.

"빨리 내려가지 않는 놈은 이 칼로 단번에 목을 친다. 빨리 내려가! 빨리!"

그러면서 닥치는 대로 마구 칼을 휘둘러 댔다.

겁에 질린 군졸들은 내려가면 반드시 함정에 빠진다는 것을 알면서도 도리 없이 쏟아져 내려갔다.

별장 신성립은 이번 싸움에서 틀림없이 죽게 되리라는 것을 예감하고, 산성에 남아 있는 동료들에게,

"나는 가네. 모두들 잘 있게. 그리고 내 가족들을 잘 부탁하네."

하고 마지막 비장한 말을 남기기도 하였다.

쏟아져 내려간 군사들이 몇몇 남아 있는 적병과 마소를 노획했으나, 어찌된 영문인지 아무 일도 일어나지가 않았다. 틀림없이 무슨 함정일 것 같았는데, 그렇지도 않은 모양이었다.

그러나 얼마 후, 군사들이 모두 산을 내려온 뒤에야,

"와—"

"야—"

요란한 납함 소리와 함께 여기저기서 벌떼처럼 적군들이 나타났다. 매복해 있던 오랑캐들이 사방에서 쏟아져 나오고, 물러갔던 군사들까지 다시 모여들어 조선 군사들을 온통 포위해서 공격하기 시작하였다.

조총이 울리고, 화살이 날고, 칼과 창이 번뜩이고…… 삽시간에 온통 수라장으로 바뀌었다.

적의 계략에 떨어져 포위를 당한 쪽이 견디어낼 까닭이 없었다. 더구나 개전할 때에 군사들에게 조총의 화약을 미리 많이 나누어 주면 낭비할 염려가 있다고 해서 조금씩만 공급해 주었으므로 화약이 떨어져서 화약을 청구하는 소리가 사방에서 요란하였다. 그러나 그런 수라장판에서 제대로 화약 공급이 될 턱이 만무하였다.

결국 조총을 든 군졸들은 빈 총통만으로 부딪쳐 싸우다가 죽어갔고, 칼과 창을 든 다른 군사들 역시 기진맥진하여 가파른 산비탈을 기어올라 산성으로 도망치지도 못하고 그 자리에서 무더기로 쓰러져 갔다.

그 광경을 본 김유는 낯빛이 창백해져 가지고 급히 초관(哨官)에게 퇴각하라는 신호기를 흔들도록 명하였다.

초관이 냅다 신호기를 흔들어 댔다.

그러나 별 소용이 없었다. 성 위와 성 밑의 거리가 꽤 되는데다가, 수목에 가려서 잘 보이지 않을 뿐 아니라, 적에게 지금 한참 육박을 당하여 무너져가고 있는 터이니 말이다.

결국 군사들은 거의 전멸하다시피 되고 말았다.

개중에는 끝까지 용감하게 싸워서 수많은 적들을 죽이고, 살아서 산성으로 돌아온 사람도 없지 않았다. 조양이라는 무장은 몸에 화살을 아홉 개나 맞고도 쓰러지지 않고 살아서 돌아왔다. 그야말로 불사신과도 같은 무장이었다.

이렇게 그날의 싸움은 큰 패배로 끝나고 말았다. 부운거산가 뭔가 하는 술사의 말이 보기 좋게 빗나가 버린 것이었다.

영의정이면서 군사의 총책임을 맡고 있는 팔도체찰사이기도 한 김유 스스로가 독전을 해서 패한 싸움이기 때문에 누구에게 책임을 물을 수도 없는 처지였다.

그러나 김유는 자기의 체면을 유지하기 위해서, 또 화가 치밀기도 해서 가만히 있을 수가 없었다. 북성의 수비대장인 원두표에게 화살을 돌렸다.

왜 우리 군사가 패전하는 것을 보고서도 구원하려 하지 않았느냐고 트집을 잡았다. 고의로 원군을 내려 보내지 않은 게 틀림없으니, 그 소위가 괘씸하고, 결과적으로 이적행위라는 것이었다. 그러니 극형에 처함이 마땅하다는 것이었다.

원두표는 억울하였다. 그가 원군을 내려 보내지 않은 것은 결코 고의가 아니었다. 형세로 보아 도저히 승산이 없었던 것이다. 이길 자신이 전무한 싸움자리에 군사를 투입하는 것처럼 어리석은 일은 없는 것이다. 그것은 자살행위에 불과한 것이다.

그는 일전에 지휘관으로서 그것을 잘 알고 있었다. 그런데 그것이 이적행위라니 어이가 없었다.

원두표에게 극형을 내리다니 될 말이 아니라고, 그를 극구 옹호하고 나선 것은 좌의정 홍서봉이었다. 홍서봉은,

"총책임자가 일을 그르치고서, 그 밑 사람에게 책임을 전가한다는 것은 있을 수 없는 일이오. 원두표를 극형에 처하다니 말이 아니외다. 그는 전일에 적을 크게 무찌른 공신이란 말이오."

이렇게 거침없이 말하였다.

그 말에 김유는 할 말이 없어지고 말았다.

이번 싸움에서 전사한 군사가 삼백 명을 넘었다. 그러나 김유는 임금에게 사실대로 보고하기를 꺼렸다. 유호를 시켜 전사자는 사십 명이라고 허위보고를 하였다.

이처럼 김유의 하는 일이 모두 정당하질 못하니, 부하들이 속으로 욕을 했고, 복종하려고 들질 않았다.

이날의 싸움에서 별장 신성립, 지학해, 이원길 등이 전사하였다.

김유는 밤에 잠자리에 누워서,

"옳지, 내일은 그 녀석을 주리를 틀어야겠구나."

하고 중얼거렸다.

싸워도 길하고, 화의를 도모해도 길하다고 말한, 부운거산가 뭔가 그놈을 조져야겠다는 것이었다.

10

산성을 포위한 청나라 군사의 수효는 날로 불어나고 있었으나, 팔도의 조선 군사들은 무엇을 하고 있는지, 원군의 소식은 전혀 없었다.

그런데 어느 날, 남한산성에서 마주 보이는 광주의 검천산성의 봉화대에서 연기가 나부껴 올랐다.

충청감사 정세연이 휘하의 군사들을 거느리고 검천산성으로 들어온 것이었다.

그 사실을 안 인조는 가슴이 벅차오르는 듯하였다. 각 도에 감사와 병사들이 한결같이 아무 소식이 없는데, 오직 그 혼자만이 근왕*(勤王, 임금을 위하여 충성을 다함)을 하러 원군을 이끌고 왔으니 말이다.

인조뿐 아니라, 모든 중신들이 정세연의 충절을 높이 샀다.

오랑캐 군사들이 한양 도성을 불태우고, 임금이 피신해 들어간 남한산성을 포위했다는 소식을 접한 정세연은 눈물을 흘리며 목숨을 나라에 바치기로 맹세하고, 원군을 이끌고 한양으로 진격해 왔던 것이다.

그러나 한양에 집결하여 남한산성을 포위한 적군의 수효가 엄청나게 많아 어쩔 도리가 없어, 광주에 있는 검천산성으로 들어가 싸우기로 한 것이었다.

산성에 포진하여 적군을 기습해서 전과를 올리기도 했으나, 수적으로 비교가 안 될 뿐 아니라, 병기에 있어서도 열세여서 결국은 적군에게 전멸을 당하는 비운을 맞고 말았다.

정세연은 구사일생으로 목숨을 건지기는 하였다. 그 충절은 가상하였으나, 결과는 보잘것없이 끝나고 말았던 것이다.

유도대장인 심기원으로부터 장계가 들어왔는데, 호조참의 남선과 어영별장 이정길과 함께 군사 삼백칠십여 명을 거느리고 경기감사 서경우의 집 근처에 주둔하고 있는 적군 사오백 명을 야간 기습하여 거의 전원을 죽였다는 것이었다.

그 장계를 받은 인조는 크게 기뻐하며 심기원을 도원수로 삼았고, 남선·이정길에게는 가자(加資)를 명하였다.

그런데 뒷날 알고 보니, 그 장계는 새빨간 거짓말이었다. 심기원은 남선과 공모하여 그와 같은 허위 장계를 올리고는, 호조에 있는 물건들을 모조리 운반해 가지고서 삼각산으로 들어갔다. 그러나 추격해 온 적군에게 쫓겨 물건을 다 그대로 놓아 둔 채 광릉으로 도망을 쳤다. 광릉도 안심이 안 되자, 이번에는 양주군에 있는 미원이라는 깊은 산골로 들어가 숨어서 적의 눈을 피하였다. 군사들 역시 모두 따라서 그곳으로 들어가 피신했을 뿐, 적군과 싸우질 않았다.

심기원뿐 아니라, 남선을 비롯해서 예조정랑 전극항, 직장 최문한, 호조좌랑 임선백 등이 모두 비슷한 자들이었다. 그들은 남한산성에 들어온 직후, 한양 도성으로 도로 복귀하기를 자청하여 뜻이 이루어지자, 곧 산성을 빠져나갔던 것이다. 남한산성에 머물러 있는 것을 곧 죽음을 자초하는 것으로 판단하고, 빠져나갈 구실을 찾았던 것이다.

남선과 임선백은 산성을 빠져나와 사방으로 도망 다녀서 목숨을 부지했으나, 전극항과 최문한은 적에게 잡혀 죽음을 당하였다.

정세연 같은 충신에 비하면 참으로 한심스러운 자들이라 하겠다.

그래서 관향사 나만갑은 입시할 때마다 인조께,

"전하의 충성스러운 신하로는 오직 정세연이 있을 뿐입니다. 그 밖의 무장들은 전하의 위급함을 앉아서 보기만 하고, 근왕(勤

王)할 뜻이 없습니다. 마땅히 군법으로 다스려야 할 일인 줄 압니다. 난이 안정된 다음에 처벌을 의논하려 하면 이런저런 말이 많아서 다스리기 어렵게 될 것입니다. 그러니 지금 당장 사죄(死罪)로 내정해 두었다가, 난이 안정되면 곧 모두 목을 베어 버려야 합니다."

하고 진언하였다.

그러나 인조는 가타부타 아무 대답이 없었다.

11

해가 바뀌었다.

정축년 정월 초하루. 설날이다.

수어장대의 뜰 남쪽 편에 서 있는 나뭇가지에 까치가 한 마리 날아와 깍깍깍 깍깍깍…… 울었다.

인조를 비롯해서 모든 중신들의 얼굴에 밝은 빛이 떠올랐다. 설날 아침에 까치가 찾아와 울다니, 길조(吉兆)가 아닐 수 없다. 더구나 뜰 남쪽에 서 있는 나뭇가지에 와서 말이다.

집의 남쪽에 있는 나뭇가지에 둥우리를 튼 까치를 남작(南鵲)이라 해서 사람들은 매우 길한 징조로 여기는 것이다. 비록 둥우리를 튼 것은 아니지만, 남쪽 나뭇가지에 와서 울었다는 것만으로도 충분히 길조가 아닐 수 없는 것이다.

정월 초하룻날 까치가 와서 울었으니, 아마 사태가 순조롭게 잘 풀려나갈 모양이라고 생각하며, 인조는 가벼운 한숨 같은 안

도의 숨을 내쉬었고, 다른 중신들 역시 한 가닥 희망에 젖는 듯하였다.

그런데 까치가 울고서 어디론지 날아간 다음, 얼마 안 있어 사방이 서서히 어두워지기 시작하는 것이 아닌가.

참 이상한 일이었다. 구름 한 점 없이 맑은 날씨인데, 어찌된 영문인지 마치 무슨 불빛이 조금씩 조금씩 약해지듯 그렇게 어두워지는 것이었다. 커다란 그늘이 내리덮이며 차츰 짙어지는 듯한 느낌이기도 하였다.

"아니, 이게 어찌된 일이지?"

"갑자기 왜 이렇게 어두워지는 거지?"

"구름도 한 점 없는데……."

사람들은 저마다 놀라, 밖으로 뛰어나가 하늘을 우러러보았다.

해가 조금씩 조금씩 작아지고 있는 것이 아닌가.

"아니, 저런!"

"저게 무슨 일이지?"

"해가 점점 작아지네. 아이고ㅡ"

모두들 눈이 휘둥그레졌고, 입이 딱 벌어졌다. 어떤 사람은 무서움에 질려 와들와들 떨기도 하였다.

수어장대의 뜰로 내려선 인조도 안색이 창백해졌다.

곁에 선 시신이 나직한 목소리로 말하였다.

"일식이라는 것인 모양입니다. 염려하실 것은 없는 줄 압니다."

"일식이라…… 음ㅡ"

인조는 절로 무거운 신음소리가 흘러 나왔다.

일식이라는 것이 있다는 말은 들었지만, 실제로 해가 저렇게 작아지며 천지가 어두워지는 것을 직접 눈으로 보기는 처음이어서, 어쩐지 무슨 개벽이라도 하는 것이 아닌가, 무슨 이변이라도 생기는 것이 아닌가 싶어 두렵고 불안하기만 하였다.

그리고 어느 모로나 길조라고 할 수 없는 일식이 왜 하필 오늘, 정월 초하룻날 일어나는 것인지, 그 점도 매우 기분이 안 좋았다.

조금 전에 까치가 울었을 때는 밝았던 마음이 어느덧 칙칙한 어둠에 싸인 듯 울적하기만 하였다.

좌우간 국난을 당하니, 천지조화도 괴상하게 돌아가는구나 싶으며, 인조는 말로만 들은 그 일식을 계속 지켜보고 있었다.

반달만 했던 해가 어느덧 초승달만 하게 이지러지며 사방은 마치 한밤중처럼 어두워졌다. 그리고 잠시 후에는 그 초승달 같은 부분마저 완전히 사라져 버리는 것이 아닌가.

천지는 깜깜한 암흑이 되고 말았다.

아무리 어두운 밤이라 해도 이처럼 깜깜할 수는 없을 것이다. 한 걸음 앞도 볼 수가 없는, 칠흑 같은 어둠 속에서 인조는 숨이 답답해지는 것을 느끼며,

"으음—"

하고 신음소리를 토하였다.

이대로 영영 세상이 다시 밝아오지 않는다면 어떻게 될까 하는 생각이 들자, 등골이 으스스해지는 것이었다.

그러나 인조는 차라리 그렇게 되어 버렸으면 싶기도 하였다. 차라리 그렇게 되어 버리면 만사가 끝나는 것이 아닌가. 이기고 지는 것도 없고, 굴욕적인 화약을 맺을 필요도 없으며, 그렇다고 승산 없는 싸움을 계속할 필요도 없는 것이 아닌가 말이다. 종묘

사직이니, 이 나라 만백성이니 뭐니…… 괴롭고 짐스러운 모든 것이 무로 돌아가 버릴 게 아닌가.

"아— 차라리 차라리……."

그렇게 되어 버렸으면 싶으며 혼자 중얼거리고 있는데, 눈앞이 다시 조금씩 밝아오기 시작하였다. 해가 초승달처럼 빼꼼히 다시 나타난 것이다.

참 묘한 조화가 아닐 수 없었다. 초승달 같던 해가 반달처럼 부풀어 오르고, 마침내 둥근 해로 돌아가 천지를 온통 활짝 눈부시게 드러내놓는 것이 아닌가.

암흑천지가 되었을 때는 없어진 듯 보이지 않던 적군의 무리가 또다시 그 모습을 온 들녘에 질펀하게 드러내자, 인조는 잠깐 잊었던 현실로 되돌아온 듯 다시 무거운 압박감에 짓눌리는 기분이었다.

적군들 역시 일식에 놀랐는지 온 들녘을 빽빽이 뒤덮은 무리들이 온통 술렁술렁 물결처럼 움직이고 있었다.

어제 그러니까 섣달그믐날, 아침부터 저녁까지 광진·마포·헌릉의 세 방향에서 적군의 행렬이 끊일 사이 없이 계속되더니, 오늘은 산성 둘레의 온 들녘이 적군으로 빽빽이 묻히고 만 것이다. 눈이 내린 지 얼마 안 되고, 날씨가 차서 아직 녹질 않고 그대로 있는 터인데, 흰 눈이 거의 보이지 않을 정도로 온통 사람과 깃발과 막사와 그리고 말들로 뒤덮여 버린 것이었다.

그 수효가 얼마나 되는 것인지, 짐작도 할 수 없을 정도로 엄청났다. 마치 사람의 바다를 보는 듯한 느낌이었다. 이십만 군사가 한양 땅으로 집결한다더니, 아마 이십만이 다 모여든 모양이었다.

그 엄청난 적군들을 바라보며 인조는 속으로 이제 일은 끝난 거나 다름없다고 생각하였다. 저렇게 많은 적군을 상대로 싸워서 이길 방도는 백에 하나도 있을 수가 없는 것이다.

별안간 일식이 일어나 천지가 깜깜해졌듯이, 무슨 그런 자연의 조화가 일어나서 적군에게만 큰 재난 같은 것이 퍼부어진다면 모르지만, 그렇지 않고 사람의 힘으로는 이제 불가능한 일이라 여겨졌다.

인조의 가슴속은 절망과 체념으로 무겁게 가라앉는 듯하였다.

그래도 오늘이 설날이라고, 광주목사 허위가 떡을 꽤 많이 만들어서 인조께 바쳤다.

그러나 인조는 한두 개 맛을 보았을 뿐, 그것을 모조리 백관들에게 나누어주었다.

백관들은 떡을 먹는데 어쩐지 목이 메어 잘 넘어가질 않았고, 개중에는 눈물을 흘리는 사람도 있었다.

설날이라 그냥 가만히 있을 수가 없어서 호조판서 김신국과 동중추부사 이경직이 적진으로 마부태를 찾아갔다. 세시의 예를 표해서 여전히 형제지국의 정의를 저버리지 않고 있다는 것을 보이고 그쪽 형세도 좀 살피기 위해서였다.

이미 몇 차례 찾아가 대면을 한 구면이어서 마부태는 부드러운 얼굴로 대해주었다.

그러나 그는 이렇게 말하였다.

"우리 황제폐하께서 어제 당도하셨소. 앞으로의 일은 우리 황제폐하의 의향에 달려 있소. 우리는 황제폐하의 명령에 따를 뿐이오. 지금 폐하께서는 산성의 형세를 살피시며 부대를 순시하고 계시오. 그러니 돌아갔다가 내일 다시 오도록 하구려.”

청 태종 홍타시가 마침내 도착했다는 말에 김신국과 이경직은 이제 올 것이 왔구나 하는 생각과 함께 어떤 위압을 느끼며 이상스레 긴장이 되는 것이었다.

홍타시가 왔다는 보고를 받자, 인조 역시 가슴이 덜컥하는 느낌이었다. 그러나 인조는 고개를 두어 번 끄덕거리고는 조용한 어조로 물었다.

“언제 왔다 하오?”

“어제 도착했다고 합니다.”

“만나보았소?”

“만나보지 못했습니다. 산성의 형세를 살피며 부대를 순시하고 있다는 것입니다. 그러니 내일 다시 오라는 것이었습니다.”

“음― 산성의 형세를 살핀다……?”

인조는 또 고개를 두어 번 가만가만 끄덕거렸다. 낯빛이 어쩐지 새하얘지는 듯하였다.

오후에 동성 밖에서 은은히 대포 소리가 울렸다. 그리고 황일산(黃日傘)과 용대기(龍大旗)가 서서히 움직이고 있었다. 홍타시의 순시 행차에 틀림없었다.

황금빛으로 번쩍이는 커다란 황일산은 홍타시를 받치고 있는 양산일 것이고, 앞서 움직이고 있는 커다란 두 개의 용대기는 황제를 표시하는 깃발일 것이다. 그리고 대포 소리는 예포인 것이다.

그 광경을 바라보는 산성 사람들은 어떤 가벼운 두려움에 휩싸이는 듯하였다.

12

이튿날, 좌의정 홍서봉, 호조판서 김신국, 동중추부사 이경직, 세 사람이 청 태종 홍타시를 만나러 갔다.

홍타시는 마부태와는 사뭇 달랐다. 우선 보기에 그 위엄부터가 전연 딴판이었다. 홍타시는 황금 빛깔의 옷을 입고 있었다. 번들번들 윤이 흐르는 것이 황제의 복장 같았다.

그리고 수염을 기르고 있었다. 코밑에서 여덟팔자로 쭉 뻗어 올라간 수염이 홍타시의 위엄을 한층 돋우는 듯하였다.

마부태와의 면담 때와는 달리, 세 사람은 홍타시로부터 멀리 떨어진 곳에 엎드려 배알을 하였다.

세 사람의 사신이 차례차례 관등과 성명을 알리고, 좌의정 홍서봉이 대표로 찾아온 연유를 말하였다.

"조선 국왕 인조 왕을 대신하여 좌의정 홍서봉이 대청국 관온인성 황제께 말씀드리겠습니다. 우리 조선국은 대청국을 정묘년에 맺은 맹약대로 형제지국으로 받들고 있고, 그 우의를 조금도 소홀히 하고 있질 않습니다. 그런데 무슨 연유로 별안간 대군으로 이렇듯 침공해 오셨는지, 어안이 벙벙할 따름입니다. 관온인성 황제께서 이렇게 친히 군사를 이끌고 오실 줄이야 정말 뜻밖의 일이옵니다. 무슨 연유로 이렇게 군사를 일으키셨는지 알고자 하오며, 또 앞으로 어찌하면 좋은지, 그 방도를 하교해 주시기 바라옵니다."

그러나 묵묵히 듣고 있던 홍타시는 아무 말이 없었다.

옆에 대령하고 있던 시신이 누런 두루마리를 가지고 와서 세 사람의 앞에 놓여 있는 상 위에 올려놓으며,

"조유*(詔諭, 임금의 명령을 적은 문서)이니, 네 번 절을 올리고, 받들고 가도록 하오."

하고 말하였다.

세 사람은 나란히 서서 큰절을 네 번 올렸다. 그리고 그것을 받들고 그곳을 물러나왔다.

말로써 의사를 교환하는 것이 아니라, 문서로써 전달하는 것이었다. 나라와 나라 사이의 교섭이니, 아무리 싸움터라고는 하지만, 제대로 격식을 갖추는 셈이었다.

홍타시의 칙서는 다음과 같았다.

대청국 관온인성 황제는 조선 국왕에게 조서를 내려 유시*(諭示, 타일러 가르침)하는 바이다.

우리나라 군사가 과거에 동쪽 올량합(兀良哈)을 쳤을 때, 너희 나라는 군사를 일으켜 우리를 공격했었다. 그 뒤 또 명나라를 도와서 우리에게 해를 끼치기도 하였다.

그러나 우리는 이웃과 우호 관계를 도모하기 위해서 이를 마음에 두지 않았었다.

그런데 짐이 요동을 점령하게 되자, 너희는 다시 우리에게 적대 행위를 감행하여 우리 백성을 붙들어서는 명나라에 바치기도 하였다.

짐이 노여움을 참지 못해 정묘년에 군사를 일으켜 너희 나

라를 친 것은 실로 그 때문이었다.

그러니 강대하다고 해서 약한 나라를 업신여겨 이유 없이 침공했다고는 결코 할 수가 없는 것이다.

이번 역시 마찬가지다.

너는 무엇 때문에 너희 변방 장수들에게 '사세가 부득이하여 임시로 오랑캐들의 무리한 요구를 받아들여 화약을 맺었었으나, 이제는 정의로써 결단할 때이니, 경은 충의의 인사로 하여금 지략을 다하게 하고, 용감한 자로 하여금 적을 정벌하는 대열에 따르게 하라'는 등의 유시를 했는가.

이제 짐이 대군을 이끌고 싸우러 왔다. 너는 왜 지모 있는 자로 하여금 계책을 다하게 하고, 용감한 자로 하여금 싸우는 대열에 나서게 해서 친히 일전을 시도하지 않는가. 짐은 결코 힘의 강대함을 믿고서 치려는 것이 아니다.

너희가 도리어 약소한 국력이면서도 우리의 변경을 소란스럽게 하고, 우리의 영토를 침범하여 인삼을 캐고, 사냥을 했으니, 무슨 까닭인가.

그리고 짐의 백성들 가운데 도망자가 생기면 너희가 이를 받아들여서 명나라에 바쳤으며, 또 명나라 장수 공유덕과 경중명 두 사람이 짐에게로 귀순코자 해서 짐의 군사가 그들을 맞이하러 갔을 때에 너희 군사들이 총을 쏘며 방해를 하였는데, 그것은 또 무슨 까닭인가.

이번 병화의 단서는 실로 너희 나라에 있는 것이다.

짐의 아우와 조카 등 여러 왕들이 네게 글을 보냈으나, 너는 받아들이질 않았다. 지난 정묘년에 네가 섬으로 도망쳐

들어가서 화친을 애걸할 당시 바로 그들 앞으로 글을 보내지 않았던가. 짐의 아우나 조카들이 어찌 너만 못하단 말인가.

그리고 몽고의 여러 왕들이 네게 글을 보냈는데도 너는 여전히 거절하고, 이를 받아들이지 않았었지. 그들은 당당한 원나라 황제의 후손인데, 어찌 또 너만 못하랴.

원나라 때, 너희 조선은 공물을 바치기를 게을리하지 않았었다. 원나라뿐 아니라, 요(遼)나라 금(金)나라에 대해서도 해마다 공물을 바치고, 신(臣)이라 일컬었었다. 예로부터 너희 나라는 북면*(北面, 북쪽을 향함)하여 남의 나라를 섬겨 평안을 보전하지 않은 때가 있었단 말인가.

그런데 오늘날 우리에 대하여는 어찌 이렇게 오만해졌단 말인가. 짐의 아우와 조카들이 보낸 글을 거절해서 받지 않은 것은 너의 어리석음과 교만이 극도에 이른 탓이다.

짐이 너희 나라를 아우의 나라로 너그럽게 대해주었는데도 너는 갈수록 배역하여 스스로 원수를 만들고, 백성들을 도탄으로 몰아넣었다. 도성과 궁궐을 버리고 산성으로 도망쳐 들어가서 설사 목숨을 연장하여 천년을 산다 한들 그게 무슨 값어치가 있겠는가.

정묘년의 치욕을 씻으려고 어리석게도 평온을 깨뜨리고, 스스로 재앙을 불러서 후세에 웃음거리가 되고 있다.

지금의 이 치욕은 또 어떻게 씻을 작정인가.

정말로 정묘년의 치욕을 씻으려 한다면 왜 산성 안에 목을 움츠리고 들어앉아 있기만 하는가. 비굴하게 성안에 몸을 숨기어 목숨의 연장을 바라고 있겠지만, 짐이 그대로 너를 가만히 버려둘 것 같은가.

짐의 나라 여러 왕과 문무의 신하들이 짐에게 황제의 칭호를 올렸다. 너는 이 말을 듣고, '어찌 우리가 차마 들을 수 있는 말인가' 했다는데, 이는 또 무슨 까닭인가.

황제의 칭호를 누리고 안 누리고는 네게 달려 있는 것이 아니다. 하늘이 도우면 일개 필부도 천자가 될 수 있고, 하늘이 재앙을 내리면 천자도 한 지아비가 되고 마는 것이니, 네가 한 말은 방자하고 망령스럽기 이를 데 없다.

그리고 정묘년의 맹약을 저버리고, 성곽을 수축했으며, 우리의 사신을 접대하는 예의가 매우 소홀했다. 또 우리의 사신을 계교를 써서 사로잡으려 했음은 무슨 까닭이었던가. 명나라는 부모의 나라로 섬기면서 우리를 헤치려 꾀했음은 무슨 까닭인가.

이상은 특히 죄목이 큰 것만을 들었을 뿐이고, 그 밖의 사소한 것들은 이루 다 열거하기가 어렵다.

이제 짐이 대군을 이끌고 와서 너희 강토를 짓밟으려 하는데, 네가 부모님처럼 섬기는 명나라가 앞으로 어떻게 너희를 구해주려는지 보고 싶구나. 자식의 위급함이 경각에 달려 있으니, 부모 된 자가 어찌 구원하지 않을 수 있겠는가. 그러나 구원해주고 싶은 마음은 태산 같겠지만, 실제로 그 일이 그렇게 쉬울까. 두고 볼 일이로다.

만일 명나라가 너희를 구원하지 못하면 네가 스스로 무고한 백성들을 불바다 속으로 몰아넣은 셈이니, 만백성들이 어찌 너를 탓하지 않으랴.

할 말이 있거든 서슴지 말고 소상히 아뢰어라.

숭덕 2년 정월 2일

　홍타시의 칙서를 받아 읽은 인조는 곧 중신들을 모이게 해서 회의를 개최하였다.

　먼저 이경직이 그 칙서를 낭독하여 모든 중신들에게 알렸다.

　낭독이 끝나자, 대뜸 김상헌이 입을 열었다. 얼굴이 벌겋게 상기되어 있었다.

"거만하기 짝이 없는 글이요. 분해서 견딜 수가 없소. 전하, 그 글을 군사들에게 널리 알려서 분노를 자아내게 하여 일전을 시도하심이 마땅한 줄 아옵니다."

　그러자 홍서봉이 말하였다.

"글의 첫머리에 조서를 써서 유시한다고 썼습니다. 무례하기 짝이 없습니다. 그러나 우리의 처지가 이러하니 도리가 있습니까. 분함을 참고, 답서를 보냄이 현명한 일인 줄 압니다."

"옳은 말씀이요. 답서를 보내는 수밖에 없습니다."

　영의정 김유도 동조를 하였다.

　김상헌은,

"답서를 뭐라고 써서 보낸단 말입니까. 답서를 보낸다는 것은 곧 그 글을 받아들이는 것이 되는데, 그렇다면 오랑캐 우두머리 홍타시를 황제로 모신다는 뜻이 아니고 뭣이겠소."

하고 한층 격한 어조로 내뱉었다.

　그 말에 대해 홍서봉은,

"황제라 하지 말고 제형(帝兄)이라는 말을 쓰면 어떻겠소."
하였다.

그러자 모두 웃음이 나와 버렸다.

가만히 듣고만 있던 최명길도 씩 웃고 나서 입을 열었다.

"황제라 하든 제형이라 하든 그런 것이 문제가 아니라고 생각합니다. 문제는 우리가 화친의 길을 택하느냐, 그렇지 않으면 싸우는 길을 택하느냐 하는 것입니다. 싸워서 이길 자신만 있다면 싸우는 길이 가장 떳떳하고 옳은 길입니다. 그러나 삼척동자에게 물어봐도 이미 판세는 뻔합니다. 싸운다는 것은 곧 자멸일 뿐입니다. 진다는 것을 뻔히 알면서 싸움의 길을 택한다는 것은 어리석기 짝이 없는 일입니다. 불을 보고 뛰어드는 날타리*('날벌레'의 전북 방언)나 하루살이와 다를 게 뭣이겠습니까. 그러니 화친의 길을 택하는 도리밖에 없습니다. 화친의 길을 택해서 이 나라를 멸망으로부터 건지고, 만백성을 도탄에서 구출해내는 것이 국사를 맡은 사람들이 마땅히 해야 할 일이 아니겠습니까. 그러니 한때의 굴욕을 참고, 화친의 길을 택하도록 합시다. 오랑캐의 우두머리를 황제로 모신다는 것은 구역질이 나고, 참을 수 없는 모욕이지만, 먼 앞날을 위해서 오늘의 일시적인 치욕을 참는 수밖에 도리가 없습니다."

"닥치시오!"

김상헌이 버럭 고함을 질렀다.

"오랑캐 우두머리를 황제로 모셔야 한다니, 그렇다면 우리 임금님께서 홍타시의 신하가 되라는 말이 아니오. 그런 무엄한 말이 어디 있소. 전하, 이런 무엄하기 짝이 없는 주장을 그대로 가만히 들고만 계십니까. 중벌로써 다스려야 마땅한 줄 아옵니다."

"……."

그러나 인조는 그저 묵묵히 앉아 듣고만 있었다.

김상헌은 계속 늘어놓았다.

"최명길 대감은 말마다 화친을 들먹거리는데…… 왜 싸워보지도 않고 미리 진다고 단정을 하는지, 그 속셈을 알 수가 없소. 이기고 지고는 겨루어본 연후에 알 수 있는 것이 아니오. 왜 미리부터 겁을 먹고, 항복하기만을 주장하는 거요. 적에게 항복하는 것이 그렇게도 좋소?"

"항복하는 것을 좋아할 사람이 누가 있겠소. 일이 이 지경이 되도록 한 것은 누구요? 왜 척화를 그토록 내세우면서 적의 이십만 대군이 한양 땅으로 물밀 듯 쳐들어오도록 만들었소. 왜 미리 방비에 만전을 기하지 못했느냐 말이오? 입으로만 척화를 떠들었을 뿐, 실제로 한 일이 뭐요? 말로만 척화가 되는 것이오? 말해 보시오."

"……."

그 말에 김상헌은 얼굴만 붉으락푸르락할 뿐, 얼른 뭐라고 대답이 나오지가 않았다.

최명길은 계속하였다.

"명나라에 대한 의리도 좋고, 척화도 좋지만, 말로만 그렇게 되는 것이 아니오. 문제는 힘이오. 무력이 뒷받침이 되어야 하는 것이오. 이기고 지고는 겨루어본 연후에 알 수 있다고 하지만, 글쎄 좀 생각해 보시오. 산성을 둘러싸고 있는 적군의 수효는 이십만이오. 산성 안에 갇힌 우리 군사는 불과 만 명 남짓밖에 안 되오.

이십 대 일이란 말이오. 그리고 무기나 식량, 기타 모든 것이 우리는 한정되어 있소. 어떻게 해서 이길 수가 있다는 것이오. 도내체 핏대만 세울 것이 아니라, 알아들을 수 있게 말을 해보시오."

"……."

"지방에서 원군이 올 낌새도 보이지가 않고, 더구나 명나라의 원군을 기대한다는 것은 어리석은 꿈에 불과하오. 이미 명나라는 원군을 보낼 만한 힘이 없는 나라요. 청나라의 침범으로부터 자기 나라를 지키기에도 급급한 형편인데, 무슨 재주로 남의 나라의 위급을 구하러 나선단 말이오. 다 틀린 일입니다. 그런 사실을 잘 알기 때문에 홍타시가 글 끝 대목에다가 명나라가 어떻게 너희를 구해주는가 보고 싶다고 쓰질 않았소. 그게 다 빈정거리는 소리가 아니고 뭐요."

"글쎄, 그런 빈정거리는 소리까지 듣고 참으란 말이오? 최 대감, 당신은 쓸개도 없소?"

"쓸개가 있고 없고가 문제가 아니오. 쓸개가 있으니 어떻게 하란 말이오? 당장 칼을 뽑아 들고 쫓아 나서란 말입니까. 옛날 한신은 무뢰한의 다리 가랑이 밑으로 기어나간 일도 있지 않소. 앞날을 위해서, 종묘사직을 위해서, 만백성을 위해서 한 번 홍타시의 가랑이 밑으로 기어서 통과하는 셈 치자는 것입니다. 어떻습니까?"

"난 싫소! 그런 오랑캐 우두머리 녀석의 가랑이 밑으로 기다니, 될 말이 아니오. 차라리 죽음을 택하는 편이 떳떳하오."

"……."

"최 대감의 말은 우리 중신들뿐 아니라, 임금님께서도 그놈의 가랑이 밑으로 통과해야 된다는 말이 아니오. 그런 무엄한 말이 천하에 어디가 있소. 나는 반대요! 반대요!"

김상헌은 냅다 고함을 지르고는 자리에서 벌떡 일어났다. 그리고 퇴장을 해버리는 것이었다.

김상헌이 퇴장을 하자, 그를 따르는 척화파의 중신들 몇몇 역시 일어나 퇴장을 하였다.

그러니까 어전에는 최명길을 비롯한 주화파와 중간 위치에 있는 중신들만이 남았다.

병조판서이며 팔도부체찰사인 이성구가 말하였다.

"전하, 답서를 보내지 않을 수는 없는 노릇인 줄 압니다. 그러니 세 대신에게 맡기심이 가한 줄 압니다."

그러자 김유는,

"세 대신보다 답서는 역시 최명길 대감과 대제학 장유, 이식 세 사람으로 하여금 쓰도록 하심이 마땅한 줄 아뢰옵니다."

하고 이견을 제시하였다.

그러자 인조는 잘 알았다는 듯이 고개를 끄덕이고는 입을 열었다.

"홍타시의 글이 왔는데, 그에 대한 답서를 안 보낼 수가 없는 일이요. 답서를 보내기로 하겠소. 답서는 역시 문장에 능한 최명길·장유·이식, 세 사람이 쓰는 것이 좋겠소. 그리고 명심할 것은 아직 화친의 길을 택하기로 최후의 결정을 한 것은 아니니, 지나치게 저자세를 취하지 말고, 되도록이면 좋은 조건으로 일이 타결되도록 추진해주기 바라오. 형세의 돌아감을 보아서 화친이든 결전이든 최후의 결단을 내릴 것이니까……. 알겠소?"

"예, 알겠습니다."

최명길이 머리를 숙이며 대답하였다.

다른 중신들도 따라서 모두 머리를 숙였다.

그날 밤, 최명길은 밤이 이슥토록 촛불 앞에 정좌를 하고서 답서를 썼다.

쓰다가 말고 붓을 놓고, 최명길은 수건으로 눈구석을 찍어내곤 하였다. 이런 치욕적인 글을 써야 하는 나라의 처지가 한스러워 비감이 가슴에 물결치며 눈시울이 뜨거워지곤 했던 것이다.

이튿날 최명길과 장유·이식, 세 사람이 쓴 답서를 영의정 김유가 읽어보고서 최명길의 것이 가장 공손하고 적절한 듯해서 그것을 채택하여 인조께 윤가를 얻으러 어전으로 나아갔다.

최명길도 함께였다.

김유와 최명길이 인조 앞에 엎드려 답서를 올리려 할 때, 김상헌이 들어섰다. 김상헌은 약간 상기된 얼굴로 김유에게 서슴없이 말하였다.

"오랑캐에게 항복하는 글을 짓게 하다니, 도대체 영의정으로서 취할 태도인가요?"

이번에는 최명길을 향해,

"최 대감, 당신은 평소에 글 잘 짓는 선비로 이름이 나 있소. 그렇다고 그 솜씨로 오랑캐 우두머리를 황제로 떠받드는 그런 치욕적인 글을 짓는단 말이요? 그런 글을 쓰기 위해서 문장 공부를 했더란 말이요? 어디 그 잘 지은 글 나도 좀 읽어봅시다."

하고는 김유가 가지고 있는 답서를 빼앗다시피 해서 눈으로 훑어 내려가기 시작하였다.

그것을 읽어 내려가던 김상헌은 그만 종이를 쥔 손이 부들부들 떨리기 시작하였다. 펼쳐지는 두루마리도 펄럭펄럭거렸다.

"에잇! 더럽고 구역질이 나서 읽을 수가 없구나!"

김상헌은 더부룩한 수염까지 부들부들 떨었다. 그리고 그만 냅다 그 답서를 갈기갈기 찢어 버리는 것이었다.

"이게 무슨 짓이오? 어전이오. 무엄하기 짝이 없구려."

김유가 나무랐다.

그러자 김상헌은 인조 앞에 쓰러지듯 엎드리며 울부짖듯이 말하였다.

"전하, 이 무엄한 신하의 목을 치옵소서. 저런 답서를 보내는 것을 두 눈으로 보고서 하늘 아래 살아 있다는 것이 부끄러울 따름입니다. 전하, 오랑캐 우두머리를 황제로 모시다니…… 아— 이게 도대체 무슨 해괴망측한 일입니까. 신하 신 자 하나만 없을 뿐, 전하께서 홍타시의 신하가 된 거나 다름이 없는 글이옵니다. 저런 글을 보내다니, 당치도 않은 일입니다. 안 됩니다. 안 됩니다."

"진정하구려."

인조가 무겁게 입을 열었다.

"내가 답서를 보내기로 한 거요. 그러나 아직 화친의 길을 택하기로 결정을 내린 것은 아니오. 저쪽에서 글이 왔으니, 이쪽에서 그에 대한 답서를 보내는 것은 당연한 일이 아니겠소. 그래서 우리가 받아들일 수 있는 조건이면 화약을 맺는 것이고, 그렇지 않으면 결전의 길로 나아가는 것이오. 그러니 너무 흥분하지 말고, 형세의 돌아감을 기다려보는 것이 현명한 일 아니겠소."

"전하, 망극하오이다."

김상헌은 머리를 조아리며 어깨를 들먹였다. 나직이 오열하는 소리가 흘러나왔다.

김상헌이 인조 앞에서 오열하고 있을 때, 최명길은 찢어져 흩어진 답서를 주섬주섬 주워 모으고 있었다. 침통한 표정이긴 했으나, 찢어진 종이를 주워 모으는 최명길의 손길은 침착하기만 하였다.

최명길은 그 답서를 다시 썼고, 인조는 그 답서를 홍서봉·김신국·이경직 세 사람이 가지고 홍타시를 찾아가 전하도록 하였다.

그 답서의 내용은 다음과 같았다.

조선 국왕은 삼가 대청국 광온인성 황제께 글을 올립니다.

우리 작은 나라가 대국에 죄를 범하여 스스로 병화(兵禍)를 재촉해서 외로운 산성에 갇힌 몸이 되었음을 심히 부끄럽게 생각합니다.

사신을 보내어 글을 올려서 구구한 회포를 말씀드리려 했사오나, 병화(兵火) 때문에 뜻을 이룰 수가 없었습니다. 어제 황제께서 이 궁벽하고 누추한 땅에 몸소 임하셨다는 말을 듣고 반신반의하오며, 기쁨과 두려움이 마음속에서 교차되고 있습니다.

이제 대국에서 지난날의 맹약을 잊지 않으시고, 밝혀 가르치시고 나무라시는 말씀을 내리시어 스스로 죄를 알게 해주시니, 이는 실로 우리 작은 나라가 뜻을 펼 수 있는 기회라 생각합니다.

우리 작은 나라가 정묘년 화약을 맺은 이후로 십여 년을 내려오면서 정의를 지키고 예절을 다했음은 대국이 알고 계실 뿐 아니라, 하늘이 굽어 살피시는 바입니다.

그러하오나, 반면 사리에 어두워서 여러 가지 일에 소홀함이 없지도 않았습니다. 변방의 백성들이 경계를 넘어 들어가서 인삼을 캐 온 일이라든지, 공유덕과 경중명의 건은 비록 우리 조정의 본의는 아니었지만, 의혹을 면할 수는 없게 되었습니다. 그러하오나 대국의 너그러우신 도량으로 오랫동안 포용하시는 은덕을 입어 왔습니다.

지난해 봄에 있었던 일에 대해서는 참으로 그 잘못을 변명할 길이 없습니다. 우리 조정의 중신들이 식견이 얕고, 고루해서 부질없는 명분을 지킨다는 것이 마침내 대국의 사신으로 하여금 성내어 지름길로 돌아가게 했던 것입니다. 그때 사신의 귀환을 만류하려고 뒤쫓아 갔던 사람들이 모두들 대군이 반드시 이를 것이라 하여 크게 두려워했습니다.

일이 이렇게 되자, 우리는 근심을 면치 못하여 변방을 지키는 신하들에게 경계를 게을리하지 말기를 하달했는데, 글을 맡은 신하의 문사*(文辭, 문장에 나타난 말)가 도리에 어긋나서 본의 아니게 대국의 노여움을 촉발시켰던 것입니다.

일이 신하에게서 비롯되었다고 해서 어찌 감히 나는 모른다고 할 수 있겠습니까. 모든 책임은 본인에게 있다는 것을 잘 알고 있습니다.

사신을 사로잡아 두려 했다는 말씀에 대해서는 실로 터무니없는 일이오니, 부디 믿으시와 의심과 노여움을 풀어 주시옵소서.

명나라는 우리의 부모의 나라입니다. 그러하오나, 대국의 군사가 여러 번 산해관 안으로 들어갔지만, 우리는 일찍이 화살 하나도 대국을 향해서 겨냥한 일이 없었습니다. 대국을 해칠 뜻이 우리에게는 추호도 없었습니다. 그런데 형제의 맹약을 소중히 여기지 않았다고 할 수가 있습니까.

그러하오나, 우리의 정성과 신의가 신임을 얻지 못하여 대국의 의심을 사게 된 것입니다.

지난날의 일은 우리가 이미 잘못을 충분히 알았습니다. 죄가 있으면 이를 치시고, 죄를 알고 뉘우치면 이를 용서하심이 하늘의 뜻을 받들어서 만물을 포용하시는 대국의 도량인가 합니다.

정묘년에 하늘에 맹세한 언약을 생각하시고, 우리 작은 나라의 백성을 불쌍히 여기시어, 우리로 하여금 잘못을 고쳐 새로워지는 길을 열어주신다면 새로운 마음으로 이제부터 대국을 더욱 충실히 좇아 섬기겠습니다.

만일 대국에서 용서하기를 원치 않으시고, 끝내 무력을 행사하신다면, 우리는 사세가 궁박하여 스스로 죽음을 기약할 따름이겠습니다.

감히 흉금을 털어 놓으며 삼가 지시를 기다리겠습니다.

 남병사*(南兵使, 남병영의 병마절도사) 서우신의 심복 군사가 한밤중에 장계를 가지고 산성으로 들어왔다. 낮에는 은신하고, 밤으로만 걸어서 비로소 산성으로 들어올 수가 있었다는 것이었다. 놀랍고 반가운 일이었다.

 장계에는 병사가 함경감사 민성휘와 함께 기병·보병을 합쳐 1만3천 명을 이끌고 이미 원수 심기원이 있는 곳에 이르고 있으니, 며칠 안으로 출전할 것이라는 것과 북병사(北兵使)도 4천 기병을 이끌고 곧 원수가 있는 곳에 도착할 것이라는 내용이 적혀 있었다.

 장계를 받아 본 인조는 매우 기뻐하였다. 그동안 아무 소식이 없던 지방에서의 원군이 이제 움직이는 모양이니 조금은 마음이 든든한 일이 아닐 수 없었다.

 그런데 서우신의 장계가 들어오고 얼마 안 있어서 이번에는 전라병사 김준룡의 군관이 장계를 가지고 도착한 것이 아닌가.

 인조를 비롯해서 여러 중신들의 얼굴에 어쩌면 무슨 길이 열릴지도 모른다는 한 가닥 희망의 빛이 떠오르기도 하였다.

 김준룡의 장계에는 만여 명의 군사를 이끌고 경기도 광주군에 있는 광교산에 와서 머물고 있으며, 전라감사 이시방도 군사를 거느리고 이미 직산에 도착했다는 내용이 적혀 있었다.

 이튿날은 또 세 군데서 장계가 들어왔다.

 평안병사 유임, 부원수 신경원이 장계를 보냈는데, 오랑캐 기병 오천여 기가 창성과 삭주 두 고을을 휩쓸었는데, 그 두 곳의 부사의 생사는 알 길이 없다는 것과 적군은 부원수가 머물고 있는 영변을 포위했다는 깃이었다.

강원감사 조정호가 보낸 장계에는 검단산에 포진했던 군사가 적군과 싸워서 패했다는 것과, 남은 군사를 수습해서 가평에서 민성휘의 군사와 합세하여 진군하겠다는 내용이 적혀 있었다.

그리고 함경감사 민성휘의 장계는 금화에 이르렀는데, 서우신이 곧 도착할 것이니, 군세를 합쳐서 전진하겠다는 내용이었다.

크게 기뻐할 소식도 못 되었지만, 좌우간 팔도의 군사들이 바야흐로 출전하기 시작했다는 것을 알 수 있어 인조와 중신들은 소침했던 의기가 되살아나는 듯 가슴이 부풀기도 하였다.

다음 날도 역시 세 군데서 장계가 들어왔다. 그동안 뜸했던 장계가 연사흘 계속해서 들어오니, 전국(戰國)이 이제 본격적으로 무르익는 듯한 느낌을 주었다.

김자점이 장계를 보내왔는데, 지난 달 스무날 동선(洞仙)의 적병을 깨뜨린 뒤, 원수부의 군사 삼천, 황해병사의 군사 이천을 거느리고 병사 이석달과 함께 진군했으며, 곡산군수 이위국도 군사 오백을 이끌고 이미 광릉에 도착했다는 것이었다.

전라감사 이시방의 장계에는 진군해서 양지에 이르렀는데, 먼저 이천 병력은 광교산의 병사가 있는 곳으로 보내어 가세케 했고, 무장 세 사람으로 하여금 정병 이백을 이끌고 앞으로 나아가 길목에서 기회를 보아 적군을 무찌르게 했으며, 중 각성을 승장(僧將)으로 삼아 도내의 승군(僧軍) 천 명을 며칠 안으로 도착토록 했고, 경상감사 심연과 연락을 취하여 군세를 합쳐서 전진하겠다는 내용이 적혀 있었다.

174

전라병사 김준룡의 장계가 또 들어왔는데 광교산에서 계속 적진의 동향을 살피고 있는 중인데, 형세를 보아서 전진하겠다는 것이었다.

이렇게 연사흘 잇달아 장계가 들어오더니, 그 후 어찌된 영문인지 일체의 장계가 끊어져 버렸다.

산성의 포위망이 한층 엄중해진 모양이었다.

14

홍타시에게 답서를 보낸 지가 벌써 열흘 가까이 되었는데도 아무런 소식이 없어서 최명길이 다시 글을 써서 홍서봉 · 윤휘와 함께 오랑캐 진영으로 가서 전하였다.

두 번째 보낸 국서의 내용은 다음과 같았다.

전일 소방*(小邦, 국력이 약하거나 국토가 작은 나라)의 재신*(宰臣, 제상)이 황제께 글을 바쳤을 때, 장차 이에 대한 하명이 계실 것이라 하였기에 소방의 군신은 목을 늘이고 좋은 소식이 있기를 손꼽아 기다렸습니다.

그러하오나, 어느덧 열흘이 되었는데 아직 이렇다 아무런 답이 없으시기에, 할 수 없이 다시 호소하는 바이오니, 황제께서는 굽어 살피시옵소서.

소방은 지난날 대국의 은혜를 입어 형제의 의를 맺어 천지신명께 고했던 것입니다. 비록 강역*(疆域, 영토의 구역)은 다르나, 정의만은 틈이 없어서 스스로 더 없는 복으로 여겨왔습니다.

어찌 맹약 때 서로 나누어 마신 그릇의 피가 채 마르기도 전에 의심과 오해가 겹쳐서 마침내 이런 위급한 지경에 이르러 또 다시 천하의 웃음거리가 될 줄을 알았겠습니까.

그 원인을 헤아려보니, 실로 천성이 유약하여 신하들이 잘못하는 줄 알면서도 사리에 어두워 살필 줄 몰라 오늘날 이 지경이 된 것입니다. 자신을 책할 뿐, 달리 무슨 할 말이 있겠습니까.

다만 생각해보니, 형이 아우를 대하는 데 있어서 허물이 있으면 꾸짖고 나무라는 것은 극히 당연한 일이지만, 그 나무라는 것이 너무 심해서 정도가 지나치면 이는 도리어 형제의 의리에 어긋날 것이오니, 하늘이 또한 괴이하게 여길 바가 아니겠습니까.

소방은 궁벽한 바닷가에 위치하여 오직 시서(詩書)만 일삼아서 병사(兵事)를 익히지 않았습니다. 약자가 강자에게 복종하고, 소로써 대를 섬기는 것은 마땅한 이치인 것입니다. 어찌 감히 대국과 더불어 겨룰 수 있겠습니까.

그러나 대대로 명나라의 후한 은혜를 받아서 명분이 일찍이 정해져 있었고, 또 임진년 왜군의 침입으로 소방의 운명이 경각에 이르렀을 때, 신종황제께서 천하의 병력을 동원하여 민생을 불길 속에서 건져 주셨으니, 소방 사람들이 지금에 이르기까지도 그 은혜를 가슴에 새기고 있습니다. 차라리 대국에 죄를 지을지언정, 차마 명나라를 저버리지 못하는 것은 다름 아니옵고 그 은혜가 하도 깊고 두터워서 사람들의 마음을 크게 감동시켰기 때문입니다.

남에게 은혜를 베푸는 일은 한 가지 길만이 아닌 줄 압니다. 그 백성을 살리고, 그 나라의 위태로움을 구해주는 데 있어서, 병력을 동원해서 적을 함께 무찔러 환란에서 구해주는 것이나, 또 이끌고 온 군사를 회군시켜서 생존을 도모케 해주는 것이나 그 형태는 비록 다르다 하더라도 은혜를 베푸는 것은 마찬가지라고 생각합니다.

지난날 소방의 처사가 도리에 어긋나 대국의 지적을 받은 일이 한두 번이 아니었으나, 그대로 깨닫지 못하와 마침내 이렇게 대국의 군사를 초래케 됐습니다만, 군신 부자가 오랫동안 외로운 성 안에 들어 있으니 그 절박함이 매우 심합니다.

이러한 때에 대국에서 생각을 돌리시어 쾌히 허물을 용서해 주시고, 스스로 새로워질 수 있는 길을 열어 주셔서 종묘사직을 보존하게 되고, 길이 대국을 받들 수 있게 된다면 소방의 군신은 은혜를 폐부에 새겨 자손만대에 이르기까지 영원히 잊지 않을 것입니다. 그리고 천하의 백성들이 이 말을 들으면 대국의 넓은 도량과 높은 위신에 머리를 숙이지 않는 자가 없을 것입니다.

이는 대국의 한 번 결단으로써 큰 은혜를 우리 소방에 심는 것이옵고, 나아가서는 거룩한 명성을 사방 여러 나라에 펴는 일이 됩니다.

그렇게 하지 않으시고, 한때의 울분을 씻으시려 하여 병력을 기울여 형제의 의를 손상시키고, 스스로 새로워지는 길을 막으시이 천하 나라들의 기대를 끊어 버리신다면 이는 대국으로서 장구한 계책이 아닐 것만 같습니다.

황제의 높고 밝으심으로써 어찌 이를 생각하지 않으시는 것입니까.

가을에 말라죽고, 봄에 나는 것은 천지자연의 법칙입니다. 약자를 불쌍히 여기고, 망하는 자를 살리는 것은 패왕의 길입니다. 이제 황제께서는 바야흐로 영명 위무의 지략을 가지시고 사방의 나라들을 무마하여 따르게 하시고 계십니다. 새로이 황제의 존호로서 '관온인성' 넉 자를 위에 붙였음은 장차 천지자연의 법칙을 좇아 패왕의 업을 이룩하시려는 뜻일 것입니다.

아무쪼록 소방의 지난날의 잘못을 너그럽게 용서하시고, 포용해 주시는 아량을 베풀어 주옵소서.

또 다시 구구한 회포를 진달(陳達)하였사오니, 하명해 주시기 바랍니다.

며칠 뒤, 오랑캐 진영으로부터 황제의 칙서가 내려졌으니, 와서 받아 가라는 전갈이 왔다. 글을 자기들이 갖다 주는 것이 아니라, 와서 받아 가라는 것이었다.

도리가 없었다. 홍서봉·최명길·윤휘, 세 사람이 가서 홍타시의 글을 받아가지고 왔다.

그 내용은 다음과 같았다.

관온인성 황제는 조선 국왕에게 조유한다.

보낸 글에 이르기를 '그 나무라는 것이 너무 심해서 정도가 지나치면 이는 도리어 형제의 의리에 어긋날 것이오니, 하늘이 또한 괴이하게 여길 바가 아니겠습니까' 하였는데, 짐이 정묘년의 맹약을 소중히 여겨 일찍이 너희 나라에서 약속을 어겼을 때도 여러 번 글을 보내어 타일러 깨닫도록 했었다.

그런데 너는 하늘을 두려워하지 않고, 백성이 도탄에 빠질 것도 생각하지 않은 채 먼저 맹약을 저버렸다. 너의 변방 신하에게 보낸 글을 짐의 부하가 빼앗게 되어 비로소 너희 나라가 우리와 싸울 뜻임을 알았다.

짐이 네가 봄가을로 보내는 사신과 그 밖의 너희 나라 상인을 때할 때마다 '너희 나라가 이처럼 버릇이 없으니 내가 곧 치러 가겠다. 돌아가거든 너희 왕을 비롯해서 평민에 이르기까지 모두에게 알려라' 하고 분명히 말해 보내었으니, 결코 속임수를 써서 군사를 일으킨 것은 아니다.

짐은 네가 맹약을 저버렸기 때문에 스스로 하늘을 두려워할 줄 알았다. 실제로 네가 맹약을 저버렸기 때문에 하늘이 재앙을 내린 것이다. 너는 어찌하여 도리어 아무 상관도 없는 사람처럼 아직도 '하늘'이라는 글자를 서슴없이 사용하여 말을 꾸며 대려 하느냐.

또 말하기를 '소방은 궁벽한 바닷가에 위치하여 오직 시서만 일삼아서 병사를 익히지 않았습니다' 하였다. 지나간 기미년, 너희가 까닭 없이 우리의 지경을 침범해 왔기에 짐은 너희가 병사에 밝은 줄로 생각하였다. 이번에 또 말썽을 일으키기에 짐은 너희의 군사가 더욱 정련되었을 것으로 알았다. 누가 아직도 병사를 익히지 않았을 것으로 생각하겠는가.

말로는 시서만을 일삼는다고 하지만, 너희 나라는 본디 싸우기를 좋아하는 것이다.

또 이르기를 '임진년에 왜군의 침입으로 소방의 운명이 경각에 이르렀을 때, 신종황제께서 천하의 병력을 동원하여 민생을 불길 속에서 건져 주었다'고 하였다. 천하란 무한히 큰 것이고, 또 천하에는 나라가 수없이 많다. 너희의 위난을 구원한 것은 오직 명나라뿐이다. 어떻게 천하의 모든 나라 군사가 이르렀다고 말할 수 있는가.

명나라와 너희 나라는 속임수가 많은 나라다. 이제 산성에 갇힌 몸이 되어 운명이 경각에 달려 있으면서도, 아직도 부끄러운 줄 모르고 이 같은 부질없는 말을 꺼내고 있으니 한심한 생각이 든다.

또 이르기를 '한때의 울분을 씻으시려 하여 병력을 기울여 형제의 의를 손상시키고, 스스로 새로워지는 길을 막으시어 천하 나라들의 기대를 끊어 버리신다면 이는 대국으로서 장구한 계책이 아닐 것만 같습니다. 황제의 높고 밝으심으로써 어찌 이를 생각하지 않으시는 것입니까' 하였다.

그러나 너는 형제의 좋은 정의를 깨뜨리려고 싸우기를 꾀하지 않았느냐. 군사를 훈련시키고, 성곽을 수축했으며, 도로를 수리하고, 수레를 만들었다. 군기를 비축하여 짐이 서

쪽을 정벌하는 시기에 틈을 타서 일어나 우리나라를 해치려 한 것이다. 도대체 너희가 우리나라에 대해서 무슨 은혜를 베푼 일이 있었단 말인가.

무릇 이러했으면서도 너는 스스로 남의 기대에 어긋나지 않겠다고 하고, 스스로 고명한 체하며, 또 스스로 장구한 계획을 실천하겠다고 하니, 짐이 어찌 이를 믿겠는가.

또 이르기를 "황제께서는 바야흐로 영명 위무의 지략을 가지시고 사방의 나라들을 무마하여 따르게 하시고 계십니다. 새로이 황제의 존호로서 '관온인성' 넉 자를 위에 붙였음은 장차 천지자연의 법칙을 좇아 패왕의 업을 이룩하시려는 뜻일 것입니다" 하였다.

짐의 나라 안팎의 여러 왕과 대신들이 그 같은 존호를 짐에게 올린 것이다. 짐이 패왕의 업을 이룩하지 않으려는 것이 아니다.

까닭 없이 군사를 일으켜서 너희 나라를 멸하고, 너희 백성을 해치려는 것이 결코 아닌 것이다. 굽은 것을 펴서 바로잡으려는 것이다.

천지의 도란 선한 자에게는 복을 주고, 악한 자에게는 재앙을 내려서 지극히 공평하여 사(私)가 없다. 짐은 천지의 도를 몸소 행하는 것이다.

마음을 기울여서 명에 따르는 자는 이를 우대하여 기르고, 위엄을 우러러보고 항복을 청하는 자는 편안하게 하며, 명을 거스르는 자는 하늘의 뜻을 받들어 토벌한다. 악을 편들어 대항하는 자는 죽이고, 완강하여 순종하지 않는 자는 사로잡고, 강포한 자는 두려움을 알게 하고, 교활하고 간사스러운 자는 말이 궁하게 만든다.

이제 너는 짐과 적이 되었기 때문에 군사를 일으켜 짐이 여기에 온 것이다. 만일 너희 나라가 모두 짐의 판도 안으로 들어온다면 짐이 어찌 보호하고 길러서 적자*(赤子, 임금이 갓난아이처럼 여겨 사랑한다는 뜻에서 백성을 이름)처럼 사랑하지 않겠는가.

그리고 네가 말하는 것과 네가 하고자 하는 것이 매우 상이하다. 너희 국내에서 오고 간 문서 가운데 우리 군사가 획득한 것을 보면 흔히 우리를 '오랑캐'니 '도적'이니 하고 불렀다. 이는 너희 군신이 평소에 우리를 그렇게 불러왔기 때문에 습관이 되어 저도 모르게 그렇게 된 것이리라.

나는 듣건대, 남의 물건을 몰래 훔치는 자를 도적이라 한다고 하였다. 우리가 정말 도적이라면 너는 왜 사로잡지 않고 그대로 두면서 입으로만 욕을 한단 말인가. 속담에서 말하는 '양의 기질에 범의 가죽〔羊質虎皮〕'이란 실로 너를 두고 하는 말이다.

우리나라에서 곧잘 쓰는 말에 '사람의 행동은 민첩한 것을 귀히 여기고, 말은 공손한 것을 귀히 여긴다'는 말이 있다. 그렇기 때문에 우리나라 사람은 행동이 말에 미치지 못하는 것과 말이 공손하지 못한 것을 경계한다. 어찌 너희 나라 사람처럼 교활하고 간사하며 망령되고 거짓이 많아, 그것이 날로 쌓여도 부끄러운 줄 모르고, 거리낌 없는 것과 같겠는가.

이제 네가 살려거든 마땅히 빨리 출성하여 명에 따르고, 싸우려거든 빨리 나와서 일전을 시도하라. 두 나라 군사가 부딪치게 되면 하늘로부터 반드시 처분이 있을 것이다.

산성을 나와 항복을 하든지, 아니면 결전을 하자는 내용이었다.
그러나 인조는 어떻게 해서든지 출성만은 안 하고, 일이 해결되기를 바랐다. 출성을 한다는 것은 곧 인조 자신이 홍타시를 찾아가 꿇어 엎드려 용서를 비는 것을 말하는 것이니, 그런 치욕이 어디 또 있겠는가 말이다. 역사에 길이 지울 수 없는 오욕을 남기는 일이 되는 것이다.
그렇다고 이제 와서 결전의 길을 택할 수도 없었다. 싸운다는 것은 곧 자멸을 의미하는 것밖에 아무것도 아닌 것이다.
어떻게 해서든지 홍타시의 마음을 누그러뜨려서 출성을 안 하고 화약이 성립되도록 최명길에게 다시 잘 글을 쓰도록 하였다.
최명길은 다음과 같은 글을 써서 우의정 이홍주, 윤휘와 함께 오랑캐 진영으로 가서 그것을 바쳤다.

조선 국왕 인조는 절하며 대청국 광온인성 황제께 글을 올립니다.
엎드려 밝으신 유지를 받들어보오니, 간곡히 타일러 깨우쳐 주시고, 준절히 나무라시니 이는 실로 교화의 지극함입니다. 추상열일(秋霜烈日) 같은 위엄 속에도 만물을 생육하는 봄기운의 따사로움이 들어 있었습니다.
엎드려 글월을 읽사옵고 황공 감격하와 몸 둘 바를 몰랐습니다.

엎드려 생각하옵건대, 대국의 위엄과 덕화가 멀리 미치니, 사방의 나라들이 힘을 합하여 천명이 새로워졌습니다.

이제 소방은 십 년이나 된 형제의 나라로서 대국이 일어나는 초창기에 죄를 많이 지었습니다. 자신을 반성하니 후회막급입니다. 오늘날 원하는 바는 오직 생각을 고쳐먹고, 구습을 버려, 거족적으로 명에 순응하여 모든 번국*(藩國, 제후의 나라)과 뜻을 같이 하는 것뿐입니다.

실로 위태로움을 안전하게 해주시고, 스스로 뉘우쳐 고치어 새사람이 되게 윤허해 주신다면 문서와 예절에 마땅히 행할 의식이 있을 것입니다.

출성하라는 명에 대해서는 실로 만물을 인애하시는 뜻에서 나온 것이오나, 포위가 풀리지 않았고, 황제의 노여우심이 바야흐로 절정에 이르시어 여기에 있어도 죽고, 성을 나가도 또한 죽는 것입니다.

그러한 까닭으로 용기(龍旗)를 바라보면서 스스로 죽음을 각오하고 있습니다. 정상이 가긍하지 않습니까.

옛 사람이 성 위에서 천자께 절했던 것은 예를 폐할 수 없는 동시에 군사의 위세를 두려워했기 때문입니다.

소방이 이렇게 청원하는 것은 두려움을 알기 때문이며, 마음을 기울여서 명에 따르려는 것입니다.

황제께서 바야흐로 천지의 만물을 생육하실 마음을 품으셨으니, 소방이 어찌 삶을 온전히 해서 너그럽게 포용하여 기르심을 입지 못하겠습니까. 황제의 덕은 하늘과 같으십니

다. 반드시 용서하시고, 불쌍히 여기실 줄로 믿삽고, 감히
진심을 토로하는 바입니다.

삼가 은혜로운 유지를 내려주시옵소서.

글을 바친 다음, 답서를 받으러 두 차례나 찾아갔으나 헛일이
었다. 무슨 까닭인지 잘 알 수가 없었다.

힘없이 돌아온 최명길에게 한여직이 물었다.

"두 번이나 갔다가 답서를 받아 오지 못한 것은 무슨 까닭이
오?"

"글쎄, 잘 알 수가 없소."

그러자 한여직은,

"내 생각으로는 아마도 그 글자를 안 썼기 때문이 아닌가 싶
소."

하였다.

"그 글자라니요?"

"신하 신(臣) 자 말이오. 바로 그 한 자가 문제 해결의 골자인 것
이오. 그 자를 써 넣어야 일이 되오. 그렇게 안 생각하오?"

"옳은 말씀이오."

"김상헌이 나가고 없으니, 급히 그 자를 넣어 다시 써서 보내도
록 합시다."

"좋소."

최명길은 서둘러 신 자를 넣어서 글을 다시 썼다.

그러니까 '조선 국왕 인조는……' 이렇게 썼던 것을 이번에는
'조선국왕 신 인조는……' 이렇게 신하 신 자를 넣어서 쓴 것이다.

인조가 홍타시에게 신하임을 문서로 분명히 밝힌 셈인 것이다.

그렇게 신하 신 사를 넣어서 글을 보냈더니, 곧 답서가 내려졌다.

답서 내용은 다음과 같았다.

대청국 관온인성 황제는 조선 국왕에게 조유한다.

너는 천도(天道)를 어기고 맹약을 저버렸다. 그래서 짐은 노하여 군사를 거느리고 와서 치는 것이다. 결코 용서하지 않을 생각이었으나, 이제 네가 외로운 성을 괴롭게 지키고 있으며, 또 짐이 내린 힐책하는 조서를 보고 바야흐로 죄를 뉘우쳐서 여러 번 글을 올려 용서를 빌어 왔으므로, 짐은 너그럽게 포용하여 스스로 새로워지기를 윤허한다.

이와 같이 하는 것은 힘이 성을 공략할 수 없거나, 세가 포위를 지속할 수 없어서가 아니고, 불러서 귀순케 하려는 것이다.

성은 치기만 하면 무난히 점령할 수가 있다. 그렇게 하지 않고, 너희의 군량과 꼴[馬草]이 다하여 너희로 하여금 견딜 수 없게 해서 저절로 점령할 수도 있다. 이런 손바닥만 한 작은 성을 점령할 수 없다면 장차 어떻게 중원 공략을 도모할 수 있겠는가.

이제 네게 명하여 성을 나와 짐을 만나게 하는 것은 첫째, 네가 성심으로 기꺼이 복종함을 보려는 것이고, 둘째, 네게 은혜를 베풀어서 다시 나라의 임금이 되게 하여 천하에 인덕과 신의를 보이려는 것이다.

짐은 바야흐로 하늘의 돌보심을 받아 천하를 어루만져 평정하려 한다. 짐이 만약 계교로써 너를 유인한다면 천하의 대사를 어찌 속임수를 써서 장악할 수 있겠는가. 이는 스스로 귀순하는 길을 막는 것이 된다. 이야말로 어리석은 자와 슬기로운 자를 막론하고 누구나 다 알 수 있는 일이다.

네가 만일 머뭇거리고 나오지 않는다면 강토가 유린당하고, 식량이 고갈되어 민생이 도탄에 빠지고, 재앙과 괴로움이 날로 더해질 것이니, 실로 시각을 지체할 수 없는 것이다.

맹약의 파기를 꾀한 너의 신하들을 짐은 애초에 모두 죽이려 했었다. 이제 네가 진정코 성을 나와서 명에 따를 생각이라면 먼저 주모자 두세 사람만 결박하여 보내도 된다. 짐은 마땅히 이를 효시*(梟示, 효수하여 경계하는 뜻으로 뭇사람에게 보임)해서 뒷사람을 경계하겠다. 짐의 서정(西征)하는 대계를 그르치게 하고, 또 너희 민생을 도탄으로 몰아넣은 자가 그들이 아니고 누구이겠는가.

만일 미리 주모자를 결박하여 보내지 않고, 네가 귀순한 뒤에 비로소 이를 색출하려 한다면 짐은 윤허하지 않겠다. 그리고 네가 만일 성을 나오지 않는다면 비록 계속해서 간절히 청원해도 짐은 받아들이지 않겠다.

조유를 명심하도록 하라.

두 가지 조건이 내려진 셈이다.

첫째는 출성하여 용서를 빌고 신하된 성심을 보일 것과, 둘째는 척화의 주모자 두세 사람을 결박하여 보내야 한다는 것이었다.

두 가지 다 받아들이기가 난처한 조건이었다. 출성을 한다는 것은 일국의 왕으로서 있을 수 없는 수모이며, 역사상 일찍이 없었던 일인 것이다. 그런 전례 없는 굴욕을 감수하면 사후에 신하들이 인조 자신을 계속 국왕으로 받들려 할 것인지도 의문인 것이다.

그리고 척화신*(화친을 반대한 신하) 두세 사람을 먼저 보내어 죽음을 당하게 한다는 것도 임금으로서는 결단을 내리기에 매우 괴로운 일이 아닐 수 없었다. 이제는 비록 도리 없이 항복의 길을 택하여 화약을 고쳐 맺으려 하는 터이지만, 그러나 지금까지는 인조 스스로가 척화를 지지하기도 했던 것이다. 오히려 그들의 의기가 대장부답고, 나라에 충성하는 마음이 두텁고 깊게 여겨졌던 것이다.

그런데 그들 가운데 주모자를 두세 사람 묶어서 적의 손에 넘긴다는 것은 임금으로서 심히 야박하고 매정한 처사가 아닐 수 없었다.

그래서 인조는 최명길에게 다시 간곡하게 사정하는 글을 쓰도록 하였다.

> 조선 국왕 신 인조는 삼가 대청국 관온인성 황제폐하께 글을 올립니다.
> 신은 하늘에 죄를 지어 외로운 성 안에 갇힌 몸이 되어, 운명이 경각에 달려 있음을 알고 있습니다. 지나간 일들을 돌이켜 생각해보니, 실로 속죄할 길이 없습니다.

비록 사정이 절박하와 여러 번 글을 올려, 허물을 뉘우치어 스스로 새로워지는 길을 열어 주시기를 청하였사오나, 폐하의 노여움을 생각할 때는 감히 이것이 반드시 이루어지리라고는 기대하지 않았습니다.

방금 인자하신 유지를 받들었습니다. 과거의 잘못을 용서하시고, 추상열일 같은 위엄을 거두시사, 봄볕의 다사로움과도 같은 은택을 베푸시어, 우리 동방 수천 리의 민생으로 하여금 불길 속에서 벗어나게 하시었사오니, 이것이 어찌 한 성의 운명에 관한 것뿐이겠습니까. 우리 군신 부자가 감격하여 눈물을 흘리며 보답할 바를 모르겠습니다.

전번에는 출성의 명을 받았어도 실로 의심스럽고 두려운 점이 많았사오며, 노여움을 아직 거두지 않으신 때에 있어 감히 회포를 다할 수 없었던 것입니다.

이제 성의를 보이시고, 또 깨우치심이 간곡하시니, 옛 사람이 이른바 '내 진심을 남의 마음속에 심는다'는 것입니다. 신이 대국을 섬긴 이래 십 년이 넘사옵고, 폐하의 신의에 복종한 지도 이미 오래입니다.

평상의 언행도 실지에 맞지 않는 것이 없으셨거늘, 하물며 왕자의 명은 그 어긋나지 않음이 사계절의 운행과도 같은 것입니다. 신은 감히 이로써 근심하지 않습니다. 다만 신이 걱정스럽고 절박한 사정이 있사와 폐하께 진달하옵니다.

동방의 풍속은 각박하고 너그럽지 못하와 예법이 세밀하고 까다롭습니다. 임금의 행동이 조금이라도 상도에서 벗어나면 놀라운 눈으로 서로 보며 괴이한 일로 여깁니다. 만일 풍속에 따라 다스리지 않는다면 또한 나라를 유지할 수 없습니다. 정묘년 이래로 조신들 사이에 의견을 달리해서 의론이 일치하지 않았었지만, 이를 진정시키기에 힘써서, 감히 심하게 책망하지 못했음은 실로 이를 근심했기 때문입니다.

오늘에 와서 성 안에 있는 백관과 사민(士民)이 모두 위태롭고 절박한 사세를 눈으로 보기 때문에 명에 귀순한다는 데에는 이구동성으로 뜻을 같이합니다.

그러하오나, 출성하는 것 한 가지 일에 대해서만은 모두 고려 왕조 이래로 일찍이 없었던 일이라 하여 죽을 각오로 이에 반대하고 있습니다. 만일 대국에서 재촉하여 마지않으신다면 후일에 얻는 것이라고는 시체가 쌓인 빈 성일 뿐입니다. 이제 성 안의 사람들은 모두 죽음이 박두했음을 알면서도 말이 이러하온대, 하물며 성 밖의 백성들은 어쩌하오리까.

예로부터 나라를 망치는 재앙이 전적으로 적군에 달려 있는 것만은 아니라고 봅니다. 비록 폐하의 은혜를 입사와 다시 나라를 세우게 된다 하더라도 오늘날의 인심으로 보아서 반드시 임금으로 받들려 하지 아니할 것입니다. 이 점을 신은 크게 두려워하는 바입니다.

폐하의 명에 따름을 윤허하시는 뜻은 종묘사직을 보존케 해주려 하심이오나, 이제 이 한 가지 일로 해서 신들에게 용납받지 못하게 되어 마침내 멸망하기에 이른다면 이는 반드시 폐하께서 긍휼히 여기시는 본의가 아닐 줄로 압니다.

폐하께서 천둥벼락 같은 위엄을 베푸시어 군사를 이끌고 깊이 천 리를 들어오셔서 두 달도 채 못 되어 그 나라를 바로잡고, 그 백성을 어루만져 안정시키셨다면, 이는 전대에 일찍이 없었던 큰 훈공이 아닐 수 없습니다. 어찌 반드시 신이 성을 나간 뒤에라야 이 성을 제압하였다고 할 수 있겠습니까.

폐하의 위엄에 손상됨이 없게 하고, 소방을 보존되게 하는 일이 실로 이 한 번의 조치에 달려 있습니다.

더구나 대국에서 이 성을 공격하지 못하는 것이 아니옵고, 제압하지 못함이 아닐 것입니다. 그리고 성을 공격하는 것은 죄 있는 자를 토벌함일진대, 이제 신이 이미 항복했사오니 성이 무슨 소용이 있겠습니까.

폐하께서는 타고나신 밝은 지혜로써 만물을 밝히 살피실 터이오니, 소방의 진의와 실정을 통촉하시고도 반드시 남음이 계실 줄로 믿습니다.

다음은 척화신들의 사항에 대해서 진술할까 합니다.

소방에는 예에 따라 대간*(臺諫, 사헌부·사간원의 벼슬의 총칭)의 여러 관직이 있어 간쟁*(諫爭, 임금에게 옳지 않거나 잘못된 일을 고치도록 간절하게 말함)과 언론을 맡고 있사온대, 이들의 지난날 언론이 모두 사리에 어긋나고 망령되었습니다. 소방의 민생으로 하여금 도탄에 빠지게 하고, 국사가 이 지경에 이르게 한 것은 이들의 죄가 아닌 것이 없습니다.

그래서 작년 가을에 이미 경박한 의론으로 국사를 그르친

자를 가려내어 이미 출척*(黜陟, 못된 사람은 내쫓고 착한 사람은 올려 씀)을 가했습니다. 이제 폐하의 명을 받자옵고 어찌 감히 어김이 있겠습니까. 다만 그들의 본의를 살펴보면 식견이 편벽되고 혼미하여 천명의 소재를 몰라서 고루하게 구습을 그대로 지키려는 것에 불과합니다.

이제 폐하께서는 성군의 대의로써 한 세상을 격려하고 계십니다. 그 같은 무리들에 대해서는 겉으로만 위엄을 보이시는 줄로 압니다.

엎드려 생각하옵건대, 폐하의 너그러우신 도량은 창천(蒼天)과도 같습니다. 이미 신의 죄를 용서하셨으니, 이들 미미한 무리들은 소방의 형정(刑政)에 맡기시고, 더욱 너그러우신 덕을 베푸시옵소서. 어리석은 소견을 진달하옵고, 폐하의 처분을 기다리겠습니다.

신은 이미 폐하의 슬기와 위엄으로 포용하심을 입사옵고, 저도 모르게 성심으로 복종했습니다. 구구한 회포를 털어놓다 보니 사연이 길어져서 천청*(天聽, 제왕이 들음)을 번거롭게 하여 실로 몸 둘 바를 모르겠습니다.

삼가 죽음을 무릅쓰고 아뢰옵나이다.

이와 같이 간곡히 애걸하는 글을 써서 오랑캐 진영에 갖다 바치고, 그날 저녁답에 답서를 받으러 갔더니, 임금의 출성과 척화신을 압송하는 일에 동의하지 않았다고 해서 국서를 반려하고, 회답을 주지 않았다.

인조의 출성과 척화신의 압송, 이 두 조건은 양보할 수 없는 홍타시의 마지막 요구사항인 것이었다.

15

"전하, 경과가 좀 어떠하옵니까?"

자리에 누워 있는 인조 곁으로 약사발을 받쳐 든 시신이 다가가 꿇어앉으며 입을 열었다.

인조는 감고 있던 눈을 힘없이 떴을 뿐, 아무 말이 없었다.

"약을 드실 시간이 됐습니다."

"……."

인조는 이불을 걷어붙이며 부스스 자리에서 일어나 앉았다.

시신이 약사발을 갖다 바쳤다.

그것을 받아 인조는 꿀꿀꿀…… 절반가량을 마시고는 방바닥에 사발을 내려놓았다.

"전하, 마저 드셔야 합니다."

"……."

인조는 말없이 고개만 두어 번 끄덕거렸다. 그리고 쿨룩쿨룩 기침을 하였다. 감기에 몸살이 겹친 것이었다.

인조가 병환으로 자리에 눕게 되자, 관향사인 나만갑은 급히 약재를 찾아보았다. 감기 몸살에 들어맞는 약재는 없고, 쌍화탕 재료가 열 첩분 정도 눈에 띄었다. 그래서 거기에다가 생강을 넣어서 달여 드리고 있는 것이다. 만일 이 쌍화탕 열 첩으로 감기 몸살이 떨어지지 않고, 병이 깊어지면 야단이 아닐 수 없었다.

그러나 다행히 병환은 조금씩 차도가 있었다.

잠시 후, 방바닥에 내려놓았던 약사발을 들어 다시 마시려 하였다. 그때였다.

멀리서 무슨 고함소리 비슷한 것이 들려왔다. 여러 사람이 함께 외쳐대는 함성 같았다.

인조는 가만히 그쪽으로 귀를 기울였다. 그러자 시신이 얼른 일어나 밖으로 나갔다.

밖에 나갔던 시신이 곧 들어와서,

"체찰부 쪽입니다. 무슨 일이 일어난 것 같습니다."

하고 아뢰었다.

인조는 마시려던 약사발을 도로 놓고, 두 눈을 힘없이 끔벅이며 멀뚱한 표정을 짓고 있었다.

─묶어 보내라.

─넘겨주어야 한다.

─척화신들 때문에…….

─이제 지쳤다.

여러 사람이 함께 외쳐대는 함성이어서 잘 알아들을 수가 없었으나, 간간이 이런 소리가 귀에 들어왔다.

"음─"

인조는 절로 신음소리가 흘러 나왔다. 안색도 더 파리해지는 듯하였다.

"전하, 무슨 일인지 소신이 얼른 가서 살펴보고 오겠습니다."

시신이 다시 밖으로 나가려 하였다.

그러나 그때, 체찰부 쪽에서 병조판서 겸 팔도부체찰사인 이성

194

구가 황급히 입시하였다.

이성구가 앞에 와서 엎드리자, 인조는 대뜸 물었다.

"무슨 일이오?"

"전하, 황공하옵기 이를 데 없나이다. 병환은 좀 차도가 있으신지요?"

"내 병은 염려 말고, 어서 무슨 일인지 말해 보오."

"다름이 아니오라, 군사들이 떼를 지어 체찰부로 몰려와서 척화신을 오랑캐에게 넘겨주도록 요구하고 있습니다. 장관(將官)과 훈련초관(訓鍊哨官) 수백 명이 집단으로 시위를 벌인 것입니다."

"음—"

"기세가 매우 등등합니다. 어떤 자는 칼을 빼들 듯이 핏대를 세우고 있습니다. 그래서 도체찰께서 너희들이 원하는 대로 따를 것이니, 물러가라고 타이르고 있는 중입니다."

"……."

"앞으로는 어떤 일이 일어날지 예측할 수 없는 형편입니다. 이미 대세가 이렇게 된 이상 속히 척화신 한두 명을 오랑캐 진영으로 보내심이 현명한 일인 줄 압니다. 병환에 계시는 전하께 심려를 끼쳐 황공하와 몸 둘 바를 모르겠습니다. 그저 기울어진 국운이 슬플 따름입니다. 전하, 통촉하시옵소서."

"……."

그제야 인조는 알겠다는 듯이 말없이 약사발을 들어 남은 약을 벌컥벌컥 다 마셨다.

그러고 있는데, 바깥이 소란해지는 듯하였다. 멀리서 함성을 지르며 이쪽으로 몰려오는 듯한 기미였다.

아니나 다를까, 잠시 후, 수어장대의 대문 밖이 떠들썩해졌다. 체찰부 쪽에서 이쪽으로 몰려온 모양이었다.

—상감마마께 아뢰옵니다.

—우리는 척화신을 오랑캐에게 넘겨주기를 원합니다.

—나라를 이 지경으로 만든 책임을 척화신들이 져야 합니다.

—상감마마, 통촉하옵소서.

—통촉하옵소서.

일제히 질러대는 고함소리에 수어장대가 온통 우렁우렁 떠나갈 듯하였다.

"음—"

인조는 무거운 신음소리를 토하며 스르르 무너지듯 자리에 누워 버렸다. 그리고 두 눈을 지그시 감아 버렸다.

도저히 용서할 수 없는 일이었다. 평상시에 이런 일이 있었다면 큰 벼락이 떨어질 판이었다. 분명히 일종의 난동행위가 아닐 수 없었다. 모조리 목을 베어 마땅한 짓들이었다.

그러나 지금은 그럴 계제가 아니었다. 만일 그들의 목을 베려 한다면 반란이 일어날 게 뻔하였다. 오히려 그들의 칼에 임금이 피를 흘려야 할지도 모르는 것이다.

결국 모든 일은 궁극에 가서는 칼 쥔 놈이 임자인 것이다. 칼 쥔 쪽의 비위를 이제는 임금도 거스를 수 없는 지경에 이른 것이다.

—상감마마, 우리의 청원을 들어주소서.

—척화신들을 오랑캐에게 넘겨야 합니다.

—넘겨야 합니다.

인조는 눈을 감은 채 쓰디쓴 입맛을 다셨다. 그리고 혼자 중얼거리듯이 말하였다.

"병조판서, 나가서 저들을 잘 타일러 해산시키도록 하오. 곧 척화신을 보내도록 할 생각이라고……."

"예, 알았습니다. 전하, 성은이 망극하오이다."

이성구는 머리를 조아리고, 얼른 일어나 밖으로 나갔다.

잠시 후,

—상감마마, 황공하옵니다.

—성은이 망극하옵니다.

하는 함성이 오르고, 무리들이 물러가는 모양이었다. 떠들썩한 기척이 사라지고, 사방은 다시 조용해졌다.

가만히 누워 눈을 감고 있던 인조는 옆에 앉아 있는 시신을 피하듯이 얼굴을 약간 반대쪽으로 돌렸다.

인조의 두 눈에서 눈물이 주르르 흐르는 것이었다.

감기 몸살 때문에 마음까지 쇠약해진 데다가, 이제는 부하 군사들한테까지 압력을 받게 된 처지가 걷잡을 수 없는 설움이 되어 주르르 녹아 흐르는 것이었다.

16

홍타시의 두 가지 조건이 움직일 수 없는 마지막 요구사항인데다가 이제 군사들까지 들고 일어나는 판세가 되어서 인조는 도리 없이 척화신 한두 사람을 오랑캐 진영으로 보내기를 마음먹었다.

그런데 누구를 보내느냐 하는 것이 문제였다. 척화신이 한두 사람이 아닌데, 그중에서 한두 사람을 골라 시지로 보낸다는 것은 정말 가슴 아프고, 어려운 일이었다.

　그래서 군무를 맡아 처리하는 비국에다가 척화신 가운데서 누구를 묶어서 보내는 것이 마땅하겠는가 의논을 해보라고 일렀더니, 사헌부 장령인 홍익한이 척화신의 우두머리라는 것이었다. 지난해 봄, 마부태와 용골대가 인렬왕후의 상례에 조문 겸 국서를 가지고 왔을 때, 그들을 잡아 목 베기를 주장한 것이 바로 홍익한이며, 매사에 가장 과격하게 척화를 주장했다는 것이었다.

　그렇다면 도리 없이 홍익한을 묶어서 보내는 수밖에 없구나 하고 인조는 생각하였다.

　비국에서 홍익한을 지목해서 상소했다는 사실이 알려지자, 척화신들은 심경이 매우 착잡하였다. 척화를 주장한 것은 다 마찬가진데, 유독 그만 묶여가서 죽음을 당하게 한다는 것은 같은 척화파로서 정말 난처하고 괴로운 일이었다.

　그래서 이조참판 정온이 맨 먼저 임금께 차자*(箚子, 간단한 서식의 상소문)를 올려 자수(自首)하였다.

　정온은 차자의 끄트머리에다가 다음과 같이 썼다.

　　……이제 들사오니, 척화신을 요구하는 오랑캐의 독촉이 성화같다고 합니다. 신은 비록 앞장서서 오랑캐 사신을 베고, 그 글을 불사르라고 주장한 사람은 아니오나, 줄곧 싸우기를 주장한 것은 사실입니다.
　　신이 죽어서 털끝만큼이라도 나라를 위기에서 구하는 일에

도움이 될 수 있다면 신이 어찌 감히 일신을 아끼어 군부
(君父)를 위해 죽지 않겠습니까.

엎드려 바라옵건대, 전하께서는 빨리 묘당*(廟堂, '의정부'
를 달리 이르던 말)에 명하시어, 신을 보내어 오랑캐의 요구
에 응하도록 하시옵소서.

정온이 차자를 올려 자수한 다음, 이번에는 대사간이었던 윤황
이 수어장대의 뜰에 와서 부복하여 오랑캐 진영으로 묶어 보내
주기를 청하였다.

그러자 그의 아들이 상소하기를 아버지 대신 자기가 오랑캐 진
영으로 가서 죽겠다는 것이었다. 갸륵한 효성이 아닐 수 없었다.

인조가 감심하여,

"나는 그럴 생각이 없으니, 걱정 말고 물러가도록 하라."

교리인 윤집과 수찬인 오달제도 연명으로 상소하여 척화하였
음을 자수하였다.

그리고 김상헌도 어전으로 나아가 명을 기다렸다.

그러자 인조는,

"경이 자수하여 명을 기다림은 지나친 것 같소. 안심하고 물러
가오."

하였다.

김상헌은 최명길이 지은 글을 찢은 뒤부터 식음을 전폐하고,
두문불출이어서 몸이 쇠약할 대로 쇠약해져 목숨이 위태로울 지
경이었다.

그러다가 오랑캐 진영에서 척화신을 보내라는 조건을 내걸었

다는 것과 마침내 임금이 척화신 몇 사람을 보내기로 했다는 소
식을 듣고는 음식을 입에 대기 시작하였다.

주위에서 좀 의아스럽게 여기자, 김상헌은,

"만일 내가 계속 식음을 전폐하고 누워 있으면 오랑캐 진영으
로 가는 것을 모면하려고 그런다고 사람들이 말할 것이 아닌가."

이렇게 말하였다.

그런 말을 할 때의 김상헌의 더부룩한 수염은 더욱 위엄이 있
어 보였다.

척화신들이 연이어 자수를 하여 오랑캐 진영으로 보내어 주기
를 청원하자, 인조는 눈물겹고 괴롭기만 해서, 마지막으로 한 번
더 홍타시에게 애원하는 글을 보내기로 하였다.

인조의 출성과 척화신의 압송 문제에 대하여 진술한 그 글의
후반은 다음과 같다.

> ……그리고 폐하께서는 이미 신의 허물을 용서하시기로
> 윤허하였사오며, 신은 또한 신자(臣子)의 예의로써 폐하를
> 섬기고 있습니다. 출성 여부는 작은 절차에 지나지 않습니
> 다. 어찌 그 큰 것은 윤허하시고, 작은 것은 윤허하시지 않
> 습니까.
> 신이 원하는 바는 대국의 군사가 물러가기를 기다려서 몸
> 소 조칙을 성 안에서 받들고, 단(壇)을 모아 망배하여 행차
> 를 전송하는 것입니다.
> 그리고 대신을 사은사로 삼아 소방의 성심으로 기꺼이 따
> 르는 뜻을 표하려 합니다. 금후로는 사대하는 예를 법도에

따라 길이 끊어지지 않게 하여, 신은 성신의 도리로써 폐하를 섬기려 합니다.

폐하께서도 역시 예의로써 소방을 대우하시어 군신 사이에 각기 그 도리를 다하여 민생을 복되게 하고, 후세에 칭송을 듣게 하신다면, 오늘날 소방이 입은 병화가 실로 자손만대에 끝없는 경사가 될 것입니다.

척화신에 대해서도 전번에 올린 글에서 진달한 바 있습니다. 이들이 감히 도리에 어긋나고, 망령된 말을 해서 두 나라의 대계를 그르쳤음은 폐하께서 미워하시는 것만이 아니라, 실로 소방의 군신들도 다 같이 분하게 여기는 바입니다.

지난해 봄, 척화를 가장 앞장서 주장한 홍익한은 대국의 군대가 우리 지경에 이를 당시 이미 평양 서윤(庶尹)으로 내보냈습니다. 만일 대국의 군사와 부딪쳐서 포로의 신세가 되지 않을 경우에는 본토로 철군하시는 날에 무난히 결박하여 데리고 가게 하려는 것이었습니다.

그 밖의 척화신들은 배척을 받아 밖에 있어, 길이 막혔기 때문에 그들이 간 곳을 찾기가 어렵습니다. 이는 사세가 부득이합니다. 폐하의 너그러우신 도량과 인자하신 마음으로 포용하셔서 버려두실 것으로 믿습니다.

기어이 압송을 요구하시면 철군하시는 날에 그들을 찾아내어 처분을 기다리겠습니다.

삼가 죽음을 무릅쓰고 아뢰옵니다.

그러나 아무런 효과가 없었다.

답서를 받으러 간 홍서봉 · 최명길 · 심신국에게 오랑캐 장수 마부태가 국서를 되돌려주면서 말하였다.

"우리 황제폐하께서 내일 돌아가시려 하시오. 만일 출성하지 않는다면 화의는 이루어지지 못하오. 그러니 앞으로는 더 찾아 올 생각을 마오. 모든 일은 끝난 것이오. 이제 성을 쑥밭으로 만 드는 일이 남아 있을 뿐이오."

그리고 마부태는 이어서,

"강화도는 이미 함락되어 우리 수중에 들어왔소."

하였다.

그 말에 세 사신은 눈이 휘둥그레졌다. 공연히 으름장을 놓는 소리거니 생각하였다. 강화도가 함락되다니, 있을 수 없는 일인 것이다. 오랑캐들이 언제 배를 마련해서 섬으로 침공해 들어갔 단 말인가. 자연의 요새라고 할 수 있는 강화도가 떨어지다니, 도 저히 믿을 수가 없었다.

"정말입니까?"

홍서봉이 물었다.

그러자 마부태는,

"허허허허……."

크게 웃고는,

"왜 믿어지지가 않소? 그렇다면 증거를 보여 드릴까."

하였다.

곧 두 사람의 포로가 끌려 나왔다. 한 사람은 장릉의 수릉관인 종실의 진원군이었고, 또 한 사람은 내관인 나업이었다. 두 사람다 강화도로 들어갔었다.

"이래도 믿지 못하겠소? 허허허……."

마부태는 그저 기분이 좋기만 한 모양이었다.

"두 대군은 어찌 되었나요?"

최명길이 묻자, 마부태는,

"빈궁·숙의 등 일행과 함께 통진에 와 머물고 있소. 참, 이것을 전해 드려야지. 자, 받으시오."

하면서 편지 두 개를 내밀었다.

하나는 봉림대군의 친필 서한이었고, 하나는 묘사제조(廟社提調)인 윤방이 올린 장계였다.

그것을 받아드는 홍서봉의 두 손은 가늘게 떨리고 있었다.

17

강화도가 함락되었다는 소식은 큰 충격이 아닐 수 없었다.

그 소식을 듣는 순간, 인조는 가벼운 현기증 때문에 잠시 눈을 감고 있어야 하였다. 안색이 말할 수 없이 창백하였다. 병상에서 겨우 일어난 몸에 그것은 더할 수 없는 충격이었다.

그렇다면 이제 일은 끝난 거나 마찬가지라는 생각이 들었다. 아들 봉림대군의 편지를 읽는 인조의 두 눈에 이슬이 맺히고 있었다.

그리고 내일 홍타시가 돌아가려 하니, 출성을 안 하려거든 앞으로는 찾아올 생각을 말라는 전갈 역시 충격적이었다. 그렇게 되면 남은 것은 죽음뿐이 아니겠는가. 물론 나라도 멸망하고 말 것이다. 말하자면 끝장인 것이다. 뇔 말이 아니었다.

밤에 인조는 중신들을 모두 모이게 하였다.

모여든 중신들은 가물거리는 불빛 아래 모두 침통한 표정들이었다. 이미 모두 이 밤의 모임이 무엇 때문이라는 것을 짐작하고 있었다.

분위기는 여느 회의 때보다 침통하고, 숙연하기까지 하였다.

인조는 힘없는 나직한 목소리로 입을 열었다.

"마침내 천운이 다한 것 같소. 강화도가 떨어졌다니, 이제 일이 다 끝난 거나 마찬가지라 생각하오. 이 지경에 이르러서 끝내 버틴다는 것은 어리석은 죽음과 종묘사직의 파탄을 초래할 뿐이라는 것을 잘 알고 있소. 그래서 짐은 도리 없이……."

인조는 말끝을 흐렸다. 잠시 지그시 눈을 감고 있다가 뜨며,

"출성을 하기로 결심하였소."

이렇게 내뱉듯이 말하였다.

장내에 물을 끼얹은 듯한 침묵이 감돌았다. 숨소리 하나 들리지 않았다.

"경들 어떻게 생각하오?"

그제야 영의정 김유가 입을 뗐다.

"성은이 망극할 따름입니다. 원통하고 슬픈 일이오나, 그 길밖에 도리가 없는 줄 압니다."

그러자,

"동감입니다."

"동감입니다."

하는 소리가 중신들의 입에서 무겁게 흘러나왔다.

그러나 김상헌을 비롯해서 몇몇 중신들은 굳게 입을 다물고 말이 없었다. 그들의 표정은 침통하기 이를 데 없고, 비장하기까지 하였다.

그날 밤, 최명길은 홍타시에게 보낼 국서를 밤이 이슥토록 썼고, 이튿날 아침, 우의정 이홍주, 호조판서 김신국과 함께 그것을 가지고 오랑캐 진영으로 갔다.

그 치욕의 국서는 다음과 같았다.

조선 국왕 신 인조는 삼가 대청국 관온인성 황제폐하께 글을 올립니다.

지난번에 폐하께서 내려주신 조서 속에 '이제 네게 명하여 성을 나와 짐을 만나게 하는 것은 첫째, 네가 성심으로 기꺼이 복종함을 보려는 것이고, 둘째, 네게 은혜를 베풀어서 다시 나라의 임금이 되게 하여 천하에 인덕과 신의를 보이려는 것이다.

짐은 바야흐로 하늘의 돌보심을 받아 천하를 어루만져 평정하려 한다. 짐이 만약 계교로써 너를 유인한다면 천하의 대사를 어찌 속임수를 써서 장악할 수 있겠는가. 이는 스스로 귀순하는 길을 막는 것이 된다'라고 하시었습니다.

신은 성지*(聖旨. 임금의 뜻)를 받들면서부터 폐하의 너그럽게 포용하시고 인애하시는 큰 덕에 감격했사오며, 귀순하여 의지할 뜻이 마음에 간절했습니다.

그러하오나, 신의 몸을 돌이켜볼 때 죄가 산처럼 쌓였습니다. 폐하의 인애와 신의가 분명하시고, 유지의 내리심은 곧 황천(皇天)이 위에 임한 것이나 다름없음을 모르는 것은 아니오나, 그래도 오히려 두려워함을 금치 못하와 여러 날 동안 머뭇거렸사오니, 또 다시 태만한 죄를 범했습니다.

이제 듣자오니 폐하께서는 곧 환가하신다고 했습니다. 빨리 나가서 용안을 우러러 뵙지 못한다면 작은 정성을 펼 길이 없게 되고, 후에 뉘우쳐도 미칠 수 없을 것입니다.

신은 바야흐로 삼백 년 내려온 종묘사직과 수천 리의 민생을 폐하께 우러러 부탁합니다. 정리가 실로 가긍한 바 있습니다. 만일 일이 조금이라도 어긋남이 있다면 스스로 검을 이끌어 목숨을 끊는 것이 낫겠습니다.

엎드려 바라옵건대, 폐하께서는 신의 진정을 굽어 살피시와 분명히 지시를 내리시어, 신이 안심하고 명에 따르는 길을 열어 주시옵소서.

삼가 죽음을 무릅쓰고 아뢰나이다.

인조가 마침내 출성하여 항복하기로 결정한 국서를 보내자 곧 회답이 있었다. 그 회답 가운데 홍타시는 다음과 같은 구체적인 요구사항을 적었다.

……네가 만일 허물을 뉘우쳐서 스스로 새로워지고, 은혜를 잊지 않고 몸을 의탁하여 명에 귀순해서 자손만대에 장구한 계교로 삼으려 한다면, 명나라에서 준 고명(誥命)과 책인(册印) 등을 모두 바쳐 죄를 청하라. 명나라와 교제 왕

래를 끊고, 그 연호를 버려라. 모든 문서를 우리에게 옮기고, 나의 정삭*(正朔, 책력)을 받들어라.

그리고 너의 장자와 또 한 아들을 인질로 세우고, 모든 대신은 아들이 있는 자는 아들, 아들이 없는 자는 아우로 인질을 삼겠다. 네가 만일 뜻하지 않은 재난이 있을 때는 인질로 온 아들을 세워서 왕위를 계승케 하겠다.

내가 만일 명나라를 치게 되면 조칙을 내리고 사신을 보내어 너희 나라의 기병·보졸·수군 수만을 징발케 될 것이니, 기일을 지켜 약속한 곳에 모이도록 하라. 어겨서는 안 된다.

짐이 이제 군사를 돌이켜서 가도(椵島)를 공략하려 한다. 너는 배 오십 척을 조달하고, 병사들이 쓸 총포나 궁시(弓矢) 같은 것을 다량 준비하라.

그리고 우리 대군이 장차 철군할 때 마땅히 성대한 잔치를 베풀어 호군(犒軍)하는 예를 행할지어다.

성절(聖節), 정조(正朝), 동지, 황후의 탄신, 태자의 탄신, 기타 경조에는 반드시 예를 행하도록 하라.

대신 및 내관에 명하여 짐이 조칙을 내릴 때 이를 받드는 의식, 일이 있어 짐이 사신을 보내어 전유(傳諭)할 때 네가 내 사신과 서로 만나는 의식, 너의 배신(陪臣)이 알현하는 의식 및 짐의 사신을 맞이하고 보내는 예절을 모두 명나라를 섬기던 옛 법도에 따라서 어김이 없게 하라.

……짐은 너희 나라가 교활하고 간사스러움이 무상함을 생각해서 앞으로 해마다 바쳐야 할 공물의 물목을 밝힌다.

황금 1백 냥, 백금 1천 냥, 수우각궁면(水牛角弓面) 2백 폭, 단목(丹木) 2백 근, 환도 2십 자루, 표범가죽 2백 장, 사슴가죽 1백 장, 다(茶) 1천 포, 수달피 4백 장, 청서피(靑鼠皮) 2백 장, 호초*(胡椒, 후추) 1십 두, 좋은 요도*(腰刀, 허리에 차는 칼) 2십 자루, 품질 좋은 큰 종이 1천 권, 양질의 작은 종이 1천 권, 오조용문석(五爪龍紋席) 네 벌, 여러 가지 모양의 화문석 4십 벌, 백저포(白苧布) 2백 필, 여러 색의 고운 명주 2천 벌, 마포 4백 필, 여러 색의 세포(細布) 1만 필, 쌀 1만 석을 기묘년 가을부터 시작하여 해마다 바치도록 하라.

이와 같은 요구사항에 대해 중신들 사이에서는 또 이론이 분분했으나, 결국 이제는 하라는 대로 좇는 수밖에 없다는 결론이었다. 임금이 몸소 출성을 해서 적의 우두머리 앞에 무릎을 꿇고 살려달라고 항복을 하는 판인데, 그 후에 지켜야 할 여러 가지 사항 같은 것이 무슨 대단한 문제냐는 것이었다.

그런 것을 또 문제 삼아 이러쿵저러쿵 말썽을 일으키면 자칫하면 겨우 이루어진 출성에 관한 교섭이 다시 어떻게 어긋나 버릴지 알 수 없는 노릇이었다.

그래서 홍서봉·최명길·김신국이 서둘러 오랑캐 진영으로 가서 출성하는 절차에 대하여 의논하였다.

마부태가 말하기를,

"자고로 출성하는 데는 일정한 법도가 있소. 제1등의 절차와 제2등의 절차가 있는데, 제1등의 절차는 너무 가혹하니, 제2등의 절차에 의해서 출성하도록 하오."

그리고 그 절차에 대해서 자세히 설명하였다.

제1등의 절차라는 것은 임금의 두 손을 묶고, 입에 구슬을 물리며, 등에 관(棺)을 지도록 한다는 것이다. 처참한 몰골이 아닐 수 없다.

그래서 차마 제1등의 절차를 명하지는 않겠으니, 제2등의 절차로 출성토록 하라는 것이었다.

제2등의 절차란 왕으로서의 위의를 일체 갖추지 말고, 호위하는 군사를 없애며, 오직 심부름을 하는 군졸과 호종하는 신하, 하인들을 합쳐서 오백 명만을 따르게 하는 것이라 하였다. 그렇게 해서 그믐날 출성하라는 것이었다.

제1등의 절차로 출성하는 것을 면한 것만도 다행이라고 생각할 수밖에 없었다.

만일 제1등의 절차에 의해서 출성하라고 했더라면 어쩔 뻔했는가 말이다. 임금이 두 손을 묶고, 입에 구슬을 물고, 관을 짊어지고 나서다니…… 그야말로 만고에 씻을 수 없는 수모가 아니고 무엇이겠는가.

출성하기 전에 척화신을 먼저 압송하는 일도 서둘러 매듭을 지어 버렸다. 홍익한은 평양으로 나가고 없기 때문에 도리가 없고, 그 대신 수찬인 오달제와 부교리인 윤집 두 사람을 보내기로 했다.

이 두 사람은 홍익한과 함께 가장 앞장서서 적극적으로 척화를 주장했던 것이다.

이 두 사람과 함께 홍익한도 결국 나중에 붙잡혀서 청나라의

수도인 심양으로 끌려가서 죽음을 당했는데, 이들은 온갖 회유
와 위압에도 끝까지 굽히질 않고 숭명의 정당함과 척화의 잘못
없음을 주장하여 충신의 본보기를 보였다.

그래서 그들은 결국 죽이기는 했으나 청나라 사람들도 과연 조
선국의 충신이라고 감복했다는 것이다.

그들을 병자호란의 삼학사(三學士)라고 하는데, 그 충절은 후세
에 길이 빛나고 있다.

18

"김 대감이 목을 맸습니다. 곧 죽게 됐어요."

관향사인 나만갑에게로 달려와 소리치는 노복이 있었다.

"뭐? 김 대감이라니, 누구?"

"김상헌 대감 말입니다."

"김상헌 대감이 목을 매?"

나만갑은 벌떡 일어나 김상헌의 거처를 향해 달렸다.

아니나 다를까, 김상헌은 자기 방의 대들보에 목을 매달아 축
늘어져 있었다.

나만갑은 노복의 도움을 받으며 얼른 김상헌을 풀어 내렸다.

얼굴이 새하얗게 질린 김상헌은 한참 만에 정신을 돌이켰다.
곧 발견되었기 때문에 목숨에는 지장이 없었던 것이다.

그런데 그날, 김상헌은 또 다시 자기의 바지를 묶는 가죽 띠로
목을 매달았다. 그러나 두 번째 역시 미수로 그치고 말았다.

두 번째 혼수상태에서 깨어난 김상헌은,

"왜 죽도록 내버려두지 않고, 나를 자꾸 괴롭히느냐. 임금이 출성을 당하는 치욕을 차마 나는 눈 뜨고 볼 수가 없다. 그런 국치를 당하고 사느니보다, 차라리 스스로 목숨을 끊는 편이 얼마나 나은지 모른다."

하고 투덜거렸다.

두 번째 자살 소동이 있었을 때는 방문 밖에서 그의 아들과 조카가 옷을 갈아입고 흐느끼고 있었다. 마치 목숨이 끊어지기를 기다리고 있는 듯하였다.

그래서 나만갑이 꾸짖듯이,

"대감의 자결이 비록 충절에서 나온 것이라 하더라도, 공들이 어찌 스스로 목숨을 끊으시려는 것을 그대로 보고만 있단 말인가."

했더니 아들이,

"아버님께서 하시는 일은 영감님께서도 잘 아시는 바이지요? 이미 한 번 자결하기로 결단하신 이상 어쩔 도리가 없습니다."

하고 대답하였다.

"그렇지만 공들이 만일 방 안에 있는, 자결에 필요한 것을 모조리 치워 버린다면 대감인들 어찌 마음대로 하실 수 있겠는가. 안 그런가?"

"예, 잘 알겠습니다."

그 후로는 김상헌은 더 목을 매려야 맬 수가 없는 상태가 되고 말았다. 그래서 김상헌은 식음을 전폐하고 마치 시신처럼 누워만 있었다.

김상헌에 이어 이조참판 정온도 스스로 목숨을 끊기로 작정하고 다음과 같은 유시(遺詩) 두 수를 지었다.

　　세상살이 어찌하여 이다지도 험난한가
　　삼순(三旬) 동안을 암담한 가운데서 지냈구나.
　　내 한 몸이야 족히 아까울 것 없지만,
　　임금의 곤궁하심을 어찌할거나.
　　밖에는 근왕(勤王)하는 인사가 끊어지고
　　조정에는 매국하는 간신들이 들끓네.
　　노신의 할 일이 무엇인가.
　　허리에 서릿발 같은 칼을 차고 있네.
　　임금의 욕되심이 이미 극에 이르렀는데
　　신하의 죽음은 어찌 이다지도 더딘가.
　　물고기를 버리고 곰의 발바닥을 취함이 바로 이때로세.
　　연(輦)을 모시고 나가 항복함을 나는 실로 부끄러워하니
　　한 칼로 인(仁)을 성취하여 죽음을 집에 돌아가듯 하리라.

　정온은 목을 매는 것이 아니라, 칼로 배를 찔렀다. 유혈이 온통 옷과 이불을 물들였다. 그러나 죽지는 않았다.
　정온은 모여든 사람들에게 웃으며 태연히 말하였다.
　"칼에 엎어져 죽는다는 말이 있는데, 그 말을 옛 글에서 읽으면서 예사롭게 생각했었소. 그런데 오늘에야 그 뜻을 정확하게 알았구려. 배에 칼을 찌르고 엎어져야만 오장을 꿰뚫어서 죽게 되는 것인데, 나는 그렇게 하지 않았소. 그저 배를 찔렀던 것뿐이

오. 말하자면 거짓으로 죽으려 한 셈이 되었소."

그 말에 사람들은 모두 정온의 사람됨이 큰 데 새삼 놀라는 것
이었다.

19

정축년 1월 30일, 그러니까 오랑캐들이 지시한 대로 그믐날인
것이다.

안개가 끼었는지, 엷은 구름이 덮였는지, 마치 해가 빛을 잃은
듯이 흐릿해 보였다.

붉은색의 곤룡포 대신 남빛으로 된 융복을 입은 인조는 소현세
자와 함께 수어장대를 나서 서문으로 출성하였다.

그 뒤를 호종하는 신하와 하인들, 그리고 군졸 오백 명이 말없
이 따랐다. 마치 죽음의 행렬 같은 침울하고 힘없는 출성이었다.
항복을 하러 가는 길이니 그럴 수밖에.

인조는 성문에 이르자, 잠시 걸음을 멈추고 뒤를 돌아보았다.
꼬박 48일 동안을 머물며 온갖 고초와 번민을 겪은 산성, 수어장
대의 지붕이 인조의 눈에 흐려지기 시작하였다.

인조는 신하들에게 눈물을 보이지 않으려고 슬그머니 고개를
돌렸다. 그러나 어느새 두 줄기 눈물이 주르르 흘러내리고 있
었다.

병환 끝이라 초췌해진 임금의 얼굴에 흐르는 눈물— 그것은 바
로 기울어진 암담한 국운을 상징하는 것인 듯하였다.

전송하는 사람들이 울음을 터뜨렸다. 그러자 뒤따르던 신하들과 하인들, 군졸들까지도 따라서 울기 시작하였다. 삽시간에 산성의 서문 일대는 통곡의 바다가 되었다.

그것은 강대국 등살에 늘 시달려야 하는 약소한 조선국의 운명을 슬퍼하는 온 백성들의 울음소리인 듯하였다.

산성의 성채도 초목도 함께 흐느끼듯 떨었다.

홍타시는 한강 동쪽 기슭에 있는 삼전도라는 곳에 수항단(受降檀)을 마련하였다. 단은 아홉 층계로 되어 있었다.

주위에는 누런빛의 장막을 둘러쳤고, 9층 맨 위의 단에는 번쩍이는 황금빛 일산을 세웠으며, 두 개의 용대기가 나부꼈다. 그리고 수없이 많은 깃발이 단의 주위에 임립하여 펄럭이고 있었다.

갑주를 갖추어 입고 무장을 한 수만 병의 정병이 정연하게 늘어섰는데, 그 위용은 실로 놀라운 것이었다. 갑옷과 투구들이 햇빛을 받아 번쩍번쩍 눈부시게 빛나고 있었다.

군악이 울려 퍼지면서 항복의 의식은 시작되었다.

먼저 인조가 맨 아랫단에서 9층 맨 윗단의 황금빛 일산 아래 앉아 있는 황제 홍타시를 우러러보며 삼배 구고두(九叩頭)의 예를 올렸다. 세 번 큰절을 하고서, 아홉 번 머리를 땅에 닿도록 조아리는 것이었다.

인조가 그렇게 삼배 구고두의 예를 행하는 동안 호종해 간 신하, 하인, 군졸 오백 명도 땅에 머리를 깊숙이 숙이고 꿇어 엎드려 있었다.

삼배 구고두의 예를 마친 인조는 인도를 받아 층계를 올라가 청나라 여러 왕들이 앉아 있는 계단의 한쪽에 서향하여 앉았다.

맨 윗단에 남향하여 앉아 있는 황제 홍타시는 입가에 비시그레 웃음을 빼물며 인조를 내려다보고 있었다.

그 웃음은 한없이 비웃는 웃음이기도 했고, 한없이 기분이 좋은 웃음이기도 하였다. 온갖 오만과 쾌감과 만족이 다 들어 있는 그런 웃음이었다. 그럴 수밖에 없었다. 이제 자기에게 항거하던 마지막 눈엣가시였던 조선국의 왕도 자기의 신하가 되었으니 말이다.

인조의 얼굴은 그저 석고처럼 굳어져서 무표정하기만 하였다.

다시 군악이 요란하게 울리고, 주연이 베풀어졌다.

연회가 끝난 다음, 황제 홍타시는 인조에게 돈피(豚皮) 갖옷*(안감을 짐승의 털가죽으로 댄 옷) 두 벌을 하사했고, 세 대신과 육경(六卿), 그리고 승지들에게는 각각 한 벌씩을 내렸다.

먼저 인조가 그중 한 벌을 입고, 맨 아랫단으로 내려가 사은(謝恩)하는 예를 행하였다. 이어서 그 갖옷을 하사받은 중신들이 그것을 입고 차례차례 나아가 사은의 예를 올렸다.

그 옷은 오랑캐들의 복장이었다. 그러니까 조선의 왕과 중신들이 청나라의 옷을 입고, 청나라의 황제에게 고맙다는 예를 올렸으니, 이제 청나라의 완전한 속국이 되고 만 것이었다.

이 항복의 의식에 강화도에서 사로잡혀 온 봉림·인평 두 대군과 빈궁, 그리고 숙의들도 참례를 하였다.

해질 무렵에야 인조는 인평대군과 함께 몇몇 호종하는 부하를 거느리고 한양 도성을 향해 그곳을 떠났다. 황제 홍타시가 허락을 내렸던 것이다.

소현세자와 봉림대군은 그 빈궁과 함께 심양으로 인질로 가게 되어 있으므로 오랑캐 진영에 머물게 되었다.

세 대신이 모두 연로해서 세자와 대군을 모시고 심양으로 인질로 갈 수가 없었으므로, 대신 춘성군 남이웅을 재신(宰臣)으로 삼고, 대사간 박황과 박노를 부빈객(副賓客)으로 삼아 심양으로 가게 하였다. 박노는 지난해 가을에 심양에 사신으로 갔다가 붙잡히는 몸이 되어 이곳까지 끌려와 있었는데, 이제야 풀린 몸이 된 것이다. 그가 오랑캐들에게 신망을 얻었기 때문에 동궁과 대군을 모시고 가게 한 것이다.

그리고 시강원의 보덕 이명웅과 필선 이시해, 사서(司書) 이진 등도 함께 가도록 하였다. 문학 정뇌경은 심양으로 가기를 자원하였다.

그날 인조가 한양 도성으로 들어가기 위해 한강 나루를 건널 때, 마침 저녁노을이 어찌나 붉게 타는지, 강물이 마치 핏빛처럼 물들어 보였다.

그 핏빛 같은 강물을 가르며 나룻배가 서서히 움직여 가자, 인조는 가벼운 현기증을 느끼며,

"후유—"

하고 한숨을 내쉬었다. 그리고 두 눈을 지그시 감아 버렸다.

뭐라고 표현했으면 좋을지 모를 그런 피로가 온몸을 휘감아 왔다.

제4장

1

청 태종 홍타시가 떠난 것은 2월 2일이었다. 그러니까 항복을 받은 이틀 뒤였다.

인조는 한성 동문 밖에 나아가서 떠나는 황제 홍타시를 석별의 예로써 배웅하였다.

홍타시는 살곶이[箭串]와 말마당[馬場]을 거쳐 양주를 경유해서 익담령을 넘어 서로로 북행하였다.

군사들은 뒤를 이어 날마다 얼마씩 계속해서 철수를 했는데, 13일에야 마지막 군사가 떠났다. 그러니까 열이틀에 걸쳐 떠난 셈이니, 그 군세의 거대함을 짐작할 수가 있다.

그런데 군사들이 떠나면서 우리나라 백성들을 수없이 붙들어 끌고 갔다. 주로 젊은이와 아녀자들이었다. 젊은이들은 데리고 가서 병졸을 삼기 위해서였고, 아녀자들은 종이나 성(性)의 노리개로 하기 위해서였다.

붙들려가는 우리 백성들의 수효가 그들 군사들의 수효보다 몇 갑절이나 되는지 알 수 없을 지경이었다.

붙들려갔다가 뒷날 심양에서 돌아온 사람이 육십만이나 되었다는 것이다. 몽고 군사들에게 끌려간 사람들은 그 속에 들어 있지 않았다고 하니, 그 수효가 얼마나 많았던가를 짐작할 수가 있다.

소현세자와 봉림대군을 비롯해서 빈궁과 시비, 그리고 수행하는 중신들이 떠난 것은 8일이었다.

인질로 떠나는 아들을 전송하고자 인조는 아침 일찍 창릉 건너편 길로 나갔다.

그런데 그 길로 오지 않고, 홍제원 쪽에서 온다는 기별이 있어, 황급히 되돌아오다가 길에서 만나게 되었다.

홍타시의 아홉 번째 아들인 구왕(九王)이 인솔해서 가는 것이었다.

인조는 구왕을 만나 작별인사를 나누었다. 그리고 두 아들이 있는 막차(幕次) 쪽으로 갔다.

소현세자와 봉림대군은 장막 앞에 나와 있었다. 그들의 눈에 눈물이 어려 있었다.

인조도 눈앞이 흐려지고, 속이 메어서 얼른 뭐라고 말이 떨어지지가 않았다.

"아바마마, 아무 심려 마십시오. 갔다가 무사히 돌아오겠습니다."

소현세자가 입을 열었다.

"오냐, 부디 가서 몸성히 있다가 무사히 돌아오너라. 너희를 볼 낯이 없구나."

그러자 봉림대군도,

"우리 걱정은 마시고, 아바마마께서 아무쪼록 옥체 만강하십시오."

하였다.

이역만리 인질로 떠나는 두 아들과 이별을 나누는 패전국의 왕 인조─ 이 광경을 지켜보는 사람들의 눈에 눈물이 맺히고 있었다.

얼마 후, 일행이 길을 떠나자, 울음이 터졌다. 떠나가는 사람, 보내는 사람이 다 같이 목을 놓아 우는 것이었다.

인조도 손수건을 꺼내어 곧장 눈물을 닦았다.

길에는 붙들려서 끌려가는 남녀들의 행렬이 끊이질 않았다. 오랑캐 병졸 몇몇이 우리나라 백성 수백 명씩을 몰고 가는 것이었다. 그 광경은 차마 눈 뜨고 볼 수가 없었다.

그래서 인조는 돌아올 때는 큰길을 피하여 서산과 송천을 거쳐 산길을 따라 왔으며, 새문[新門]으로 환궁하였다.

그런데 중도에 한 노파가 길가에 퍼질러 앉아서 땅을 치며 통곡을 하고 있는 것을 보았다.

노파는 임금의 행차도 모르고 통곡을 하면서, 마치 하늘에다 대고 원망을 퍼붓듯이 뇌까려대고 있었다.

"도대체 나라꼴이 왜 이 지경이 됐나. 국사를 맡은 높은 벼슬아치들이 날마다 술 마시기를 일삼고, 당파싸움에만 정신들이 팔리더니, 마침내 나라꼴을 이 지경으로 만들었구나. 죄 없는 백성들이 불쌍하다. 네 명이나 되던 자식이 모두 오랑캐 놈들의 칼에 쓰러지고, 하나밖에 없는 딸마저 그놈들이 끌고 가 버렸으니, 늙은 이 몸이 장차 누굴 믿고 산단 말인가. 원통하고 절통하구나. 하늘이 원망스럽구나."

노파는 임금이 탄 연(輦)이 가까이 다가온 줄도 모르고 땅을 치고 가슴을 치며 통곡하였다.

앞장 선 무장이 노파를 길에서 끌어내려 하였다. 그러자 인조가 연 위에서 무장에게,

"노파를 건드리지 말아라. 얼마나 원통하겠느냐. 노파의 말에 추호도 거짓이 없고, 잘못이 없다."

하였다.

그리고 연은 노파를 피해서 지나갔다.

연이 자기를 피해서 지나가자, 그제야 임금님의 행차라는 것을 안 노파는 두 눈이 온통 휘둥그레지며 그 자리에 덥석 두 손을 짚고 엎드려 머리를 조아려 댔다. 그리고 새삼스럽게 슬픔이 복받치는 듯,

"아이고― 불쌍하신 우리 임금님이시여, 신하를 잘못 만나 나라가 이 지경이 되어…… 아이고―"

다시 통곡을 하기 시작하였다.

2

청나라 군사들이 물러가고, 서서히 나라가 다시 질서를 되찾게 되자, 최명길은 청나라의 강화 사실을 명나라에 알려야겠다고 생각하였다.

최명길은 영의정 자리에 올라 있었다.

굴욕적인 임금의 출성 항복이 있기는 했지만, 어쨌든 나라가 큰 파국을 면하고, 종묘사직을 다시 지탱해 나갈 수 있게 된 것은 어쩌면 그가 역적 소리를 들으면서도 끝내 화의를 주장하여 오랑캐들을 잘 어루만진 결과라고 할 수가 있으니, 영의정 자리에 오르는 것은 당연한 일이었다.

호란 뒤의 흩어질 대로 흩어진 어지러운 정국을 수습하고, 나라 살림을 바로잡아 나갈 무거운 책임을 최명길은 짊어진 것이다.

우선 급한 대로 내치에 힘쓰면서 최명길은 앞으로 명나라와의 관계를 어떻게 요리해 나가야 할 것인가 생각해 보았다. 청나라와의 화약 조건 대로 한다면 앞으로 명나라와는 일체의 관계를 끊고, 유사시에는 청나라를 도와 명나라를 적국으로 상대하지 않으면 안 되게 되어 있었다.

그러나 최명길로서도 그럴 생각은 추호도 없었다. 다만 청나라의 막강한 신흥 세력을 적으로 돌리고서는 약소한 조선국이 지탱해나갈 수가 없다는 냉엄한 현실을 알고 있기 때문에 청나라와의 화의를 주장했던 것이지, 결코 명나라를 저버리고 싶어서 그런 건 아니었던 것이다.

이제 청나라와의 관계는 굴욕적이었든 어쨌든 일단락이 된 셈이니, 명나라 쪽을 유념하지 않을 수 없었다. 청나라와의 강화에 대해서 명나라가 어떤 태도로 나올지 염려가 인 될 수 없는 일이었다. 명나라가 또 트집을 잡고 말썽을 걸어오면 그것도 문제가 아닐 수 없었다.

두 강국 사이에 낀 약소국의 설움이라 할까. 이번에는 또 저놈 눈치를 봐야 하게 된 셈이었다.

그래서 최명길은 몇몇 중신들과 의논한 끝에 청나라에는 극비로, 명나라에 밀사를 보내기로 하였다.

평안감사 임경업이 천거한 승려 독보(獨步)로 하여금 밀서를 가지고 명나라로 들어가도록 하였다.

독보는 묘향산에서 불도를 닦았는데, 처음에는 명나라의 도독 심세괴 밑에 있다가 그가 죽자, 좌도독 홍승주의 휘하에 있으면서 청나라를 정탐하였다. 그러던 중, 압록강에서 우리 군사에게 붙들려 임경업 밑에 있게 되었는데, 마침 명나라에 밀사를 보내려던 참이라, 그가 적격인 듯해서 임경업이 천거를 해서 최명길에게로 보냈던 것이다.

독보는 명나라의 황제에게 올리는 밀서를 가지고 명나라를 찾아갔다. 명나라로 가는 육로는 막힌 지 오래여서 독보는 해로를 통해서 명나라로 들어갔다.

독보가 가지고 간, 명나라 황제에게 올리는 밀서에는 우리나라가 청나라와 화친을 맺은 것은 종묘사직을 보존하기 위한 부득이한 처사였다는 것과, 명나라에 대한 의리는 추후도 변함이 없다는 것을 극구 변명한 내용이 적혀 있었다.

밀서를 받아 본 명나라 황제는 매우 기뻐하며 답서를 보내고,

포상하였다.

그 후로 독보는 몇 차례나 더 명나라를 왕래했는데, 전에 자기가 그 휘하에 있던 좌도독 홍승주의 군문에 드나들면서 두 나라가 협력해서 청나라를 칠 계획을 의논하기도 하였다.

이 일에는 임경업과 평안감사 정태화 등이 적극 협력하였다.

그와 같이 해서 일단 명나라의 노여움을 사는 일을 피하기는 했으나, 역시 문제는 남아 있었다.

청나라와 맺은 강화 조건 가운데, 일단 유사시에는 청나라의 요구대로 조선에서도 출병을 하여 명나라를 함께 쳐야 된다는 조항이 있었다. 실제로 그런 요구가 있을 때, 어떻게 대처하느냐가 문제였다.

인조 17년, 그러니까 청 태종 숭덕 4년에 청나라로부터 출병 요구가 있었다. 호란이 끝난 지 이 년 뒤의 일이었다.

정확하게 말하면 두 번째의 출병 요구인 셈이었다.

첫 번째는 바로 인조의 출성 항복을 받고, 철군해서 돌아가는 길에 명나라의 가도에 있는 동강진을 공략했는데, 그때 벌써 출병하기를 요구했던 것이다.

그래서 도리 없이 평안감사 유임을 수장으로, 의주부윤 임경업을 부장으로 삼아 병선을 거느리고 조전(助戰)케 했던 것이다.

그때 동강진에는 심세괴가 도독으로 있었는데, 임경업은 척후장 김여기를 밀파하여 미리 이 사실을 알리고, 난을 피하도록 권했었다. 그러나 심세괴는 피하질 않고, 만여 명의 군사와 함께 끝까지 싸워서 전사를 했던 것이다.

두 번째의 출병 요구가 있자, 조정에는 이론이 분분하였다. 출병 요구에 응해야 된다는 의견도 더러 있긴 했지만, 어떻게 해서든지 핑계를 내어 출병을 해서는 안 된다는 의견이 지배적이었다.

명나라와 내통해서 청나라를 치자는 계략까지 은밀히 추진하고 있으면서, 청나라의 출병 요구에 선뜻 응하다니 될 말이 아니었다.

척화론자의 대표 격인 김상헌은 호란 이후 파직하고, 집 안에 들어앉아 있었다. 그러나 그는 청나라의 출병 요구가 있다는 소식을 듣고 일어나 극력 반대운동을 전개하였다.

그래서 결국 김상헌은 조한영·채이홍과 함께 심양으로 붙잡혀가는 몸이 되고 말았다.

최명길이 심양으로 가서, 국정이 아직 바로잡히지 않아 국력이 공소(空疎)하고 백성들이 의구심을 가지고 따르려하지 않기 때문에 부득이 출병할 수 없다는 핑계를 대어 간신히 모면을 하였다.

그러나 이듬해인 18년에 또 출병을 요구해 왔다. 청나라가 명나라의 금주위를 공략하니, 조선에서도 전선과 양곡을 제공하여 조전하라는 것이었다.

또 다시 거절할 수도 없는 노릇이었다.

그래서 인조는 평안병사 임경업을 주사 상장으로, 황해병사 이완을 부장으로 삼아, 전선 백이십 척과 수병 육천 명으로써 조전케 하는 한편, 공미 일만 포를 제공하였다.

그러나 임경업은 도무지 청나라를 도와 명나라와 싸울 생각이 나질 않았다. 그렇다고 임금의 명령을 거역할 수는 없었다.

그래서 그는 겉으로는 청나라를 도와 명나라를 치는 척하면서 은밀히 명나라에 이롭도록 일을 꾸며 나갔다.

 우선 선공에게 비밀히 명령하여 전선 삼십 척을 중도에 일부로 못 쓰게 파선토록 했고, 또 석성도에서 태풍을 만나 표류한 틈을 타서 전선 세 척을 등주로 보내어 청나라의 군세와 전략을 명나라에 알려주었다.

 그리고 요동만에 들어가 명나라의 병선과 교전하게 되었을 때도 명나라 쪽에 사상자가 많이 나지 않도록 유념하는 등, 여러 모로 청나라의 전략을 저해하였다.

 말하자면 청나라 편이지만, 속은 명나라 편이었던 것이다.

 그러나 그와 같이 겉 다르고 속 다른 상태가 오래 지속될 수는 없었다.

3

 밀명을 띤 승려 독보가 드나들며, 두 나라가 협력해서 청나라를 칠 계획을 의논하기도 했던 명나라의 좌도독 홍승주도 마침내 청나라의 공격에 못 이겨 항복을 하는 몸이 되고 말았다.

 항복을 한 홍승주의 입에서 우리나라와 명나라 사이에 밀사가 오고간 사실이 누설되고 말았다.

 독보라는 중이 밀사가 되어 청나라 몰래 비밀히 왕래했다는 사실을 안 청 태종 홍타시는 대노하였다. 명나라와의 관계를 일체 끊는다는 강화 조건을 명백히 위반한 것이었다. 용서할 수 없는 일이었다.

그래서 홍타시는 관련자가 심양으로 와서 사실을 밝히라고 지시를 내렸다.

통고를 받은 조정은 당황하였다. 임금과 신하들이 모두 위기를 느끼며 앞날을 걱정하였다.

어전회의가 열리고, 대책이 논의되었다.

우의정 신경진이 말하였다.

"이번 일은 딱 잡아떼는 것이 상책인 줄 압니다. 홍타시가 아무리 대노했다고 하지만, 홍승주의 말만 듣고 그런 것이지, 무슨 확실한 증거가 탄로 난 게 아닙니다. 그러니까 우리는 절대로 그런 일이 없었다고 부인하는 것이 일을 무사히 하는 가장 현명한 방법이라고 생각합니다."

그러자 최명길이 입을 열었다.

"저들은 이미 배가 왕래한 사실을 알고서 이렇게 나오는 것인데, 잡아뗀다고 무사히 될 일이 아닙니다. 지금 만일 사실대로 밝히지 않으면 오히려 의심을 더 사서 일이 걷잡을 수 없게 될지도 모릅니다."

"그럼 사실을 밝히러 누가 심양으로 간단 말입니까?"

"그야 말할 필요도 없이 나와 임경업 두 사람이 가야지요. 이번 일은 나와 임경업이 책임을 질 수밖에 없습니다."

"심양으로 가서 사실대로 밝히는 날에는 살아서 돌아올 수가 없을 것입니다. 그런데도……."

"죽음을 각오해야지요. 일을 거짓으로 숨기려다가 나중에 탄로가 나면 화가 임금님에게까지 미치게 될지도 모릅니다. 그러니까 미리 사실대로 밝혀서 나와 임경업 두 사람의 희생으로 그치도록 해야 합니다."

최명길의 말에 분위기는 그야말로 숙연해지고 말았다.

"전하, 소신과 임경업이 심양으로 가도록 윤허해 주십시오."

"……."

인조는 묵묵히 듣고만 있을 뿐, 아무 대답이 없었다.

"전하, 그 길만이 사태를 원만히 수습하는 길인 줄 압니다. 소신이 심양으로 가서 어떤 수단을 써서라도 일이 크게 벌어지지 않도록 수습하겠사오니, 통촉하시와 윤허하옵소서."

"……."

"전하, 다시 병자년과 같은 그런 난리가 있어서는 절대로 안 되겠습니다. 미연에 방지를 해야 합니다. 윤허하옵소서."

"음—"

인조는 무거운 신음 소리를 토하였다. 그리고 감격에 겨운 목소리로,

"그대는 과연 충신이구려. 죽음을 무릅쓰고 심양으로 가려 하다니…… 그대 같은 재상을 잃는 것이 한없이 애석하나, 도리가 없구려."

하고 목 메이듯 말하였다.

그리하여 최명길은 청나라 황제 홍타시를 만나러 심양을 찾아가게 되었다.

최명길이 의주에 이르니, 박황이 붙들고 권유하는 것이었다.

"이번 일의 책임은 임경업에게 있다고 봅니다. 임경업은 평안병사로서 배를 마련하여 독보를 명나라에 보내는 일을 맡아 했습니다. 그러니까 그에게 모든 책임을 밀어 버리십시오. 그러면

화를 면하실 수가 있을 것입니다. 그렇게 한다고 해서 임경업을 저버리는 일이 되지는 않을 것입니다. 청나라에 대한 죄 정도가 두 분이 다르니 말입니다. 부디 그렇게 하십시오."

그 말에 최명길은,

"그럴 수는 없는 일이오. 설사 임경업의 죄가 크고, 내 죄가 작다 하더라도 같이 일을 도모하고서 이제 와서 남에게 그 책임을 떠맡긴다는 것은 있을 수 없는 일이지요. 사람으로서 어찌 차마 그럴 수가 있단 말이오. 안 될 말이오."

하고 거절하였다.

박황은 그저 속으로 감탄을 할 뿐, 더 뭐라고 말을 못하였다.

최명길은 의주를 떠나서 압록강을 건너갔다.

임경업도 청나라 사람들에게 압송되어 뒤따라 한양을 떠났다. 그러나 그는 중도에 밤어둠을 타서 도망을 해버렸다. 그 길로 임경업은 명나라로 건너갔다.

4

압록강을 건너간 최명길은 봉황성이라는 곳에 이르렀다.

청나라 장수들은 위용을 갖추고 둘러앉아서, 최명길을 뜰에 세워놓고 심문을 하였다.

"너의 직책과 성명은 무엇인가?"

"나는 조선국의 영의정 최명길이오."

"영의정 같으면 임금 다음이 아닌가. 그런데 그런 높은 자리에 있는 자가 스스로 강화의 조건을 어겼단 말인가?"

"……."

"독보라는 중을 명나라에 보낸 일은 누가 맨 먼저 주장했는가?"

"맨 먼저 주장한 사람이 따로 없소. 이 일은 영의정인 나 혼자서 한 일이오."

"그게 정말인가?"

"정말이오. 영의정은 군사의 크고 작음을 막론하고 모두 주관하는 자리요. 무슨 일이든지 마음대로 할 수가 있소. 이번 일은 나 혼자 생각해서 임금도 모르게 비밀히 진행시켰던 것이오. 다만 임경업이 평안병사로 있었기 때문에 그에게 배를 마련토록 해서 독보를 명나라로 보냈던 것이오."

"왜 그런 짓을 했는가? 강화 조건의 위반인 줄을 잘 알 터인데……."

"물론 위반인 줄은 알지요. 그러나 영의정은 국사의 총책임을 맡은 몸이오. 나라가 잘 되는 것도, 못 되는 것도 다 영의정의 수완에 달렸다고 할 수가 있소. 영의정인 나로서는 청나라와의 관계는 이제 마음이 놓이나, 명나라가 어떤 태도로 나올지 그게 걱정이었소. 만일 명나라가 청나라와 화약을 맺는 것을 트집 잡아 군사를 일으켜 침공이라도 해 오는 날이면 큰일이 아닐 수 없소. 가뜩이나 전란으로 피폐할 대로 피폐해진 우리 조선으로서는 어떻게든지 그런 참화가 다시는 없도록 미연에 방지하지 않을 수가 없었소. 그래서 명나라에 비밀히 사신을 보내어 그들의 오해가 없도록 했던 것뿐이오. 다른 뜻은 아무것도 없었소."

"……."

"약소한 나라의 국사를 맡은 몸으로서는 어쩔 수 없는 처사였으니, 양해하시기 바라오. 만일 처벌을 하시겠디면 나 한 사람에게 벌을 내리는 것으로 그쳐주었으면 좋겠소. 우리 임금님을 비롯해서 다른 사람들은 전혀 모르는 일이었소. 그들에게는 아무 잘못이 없소."

청나라 장수들도 최명길의 인품에 감복하는 듯하였다.

그러나 최명길은 묶이는 몸이 되어 심양으로 압송되어 갔다.

심양으로 끌려간 최명길은 북관이라는 옥에 갇히었는데, 그곳은 사형수를 가두어 두는 곳이었다.

그런데 청나라의 출병 요구를 반대하다가 두어 해 전 먼저 심양으로 잡혀온 김상헌도 그곳에 갇혀 있었다.

한때 주화파 · 척화파로 나뉘어 그 대표 격으로 매사에 대립이 되곤 했던 두 사람이 똑같은 감옥에 갇히는 몸이 된 것이다.

최명길이 붙잡혀 와서 같은 옥에 갇혔다는 말을 들은 김상헌은 놀라지 않을 수 없었다. 처음에는 자기의 귀를 의심하였다. 최명길이 청나라에 잡혀와 감옥에 갇히다니, 도무지 이해가 되지 않는 일이었다. 청나라와 극력 화친을 도모하던 최명길이 아닌가 말이다.

그러나 붙잡혀 오게 된 내력을 알고 나서야 김상헌은 무겁게 고개를 끄덕거렸다. 가슴이 벅차오르는 것을 어쩌지 못하였다.

지금까지 최명길을 청나라의 앞잡이니, 혹은 역적이니 하고 업신여겨 온 것이 못내 후회되고, 미안스럽기 짝이 없었다. 그 역시 가슴속은 나라를 위한 뜨거운 정성으로 불타고 있었던 것인데, 그걸 모르고 크게 오해했던 일이 부끄럽기만 하였다.

그래서 김상헌은 시를 한 수 지어 최명길에게 보냈다.

從尋兩世好(종심량세호)
頓釋百年疑(돈석백년의)

이제부터는 이승과 저승에서 의좋게 지내리라.
백년의 의심이 별안간 풀렸구나.

김상헌의 시를 받아본 최명길은 감개가 무량하였다. 그동안 쌓였던 두 사람 사이의 높은 벽이 일시에 허물어진 듯 가슴이 후련하기만 하였다.

그리고 김상헌이 같은 옥에 갇혀 있다는 사실이 반갑기도 하고, 슬프기도 하고, 매우 기분이 착잡하였다. 한 나라의 중신 두 사람이 이역만리, 남의 나라의 옥 속에 갇혀 있다니…… 작고 힘없는 나라에 생을 받은 설움 같은 것이 가슴속에 녹아 흐르는 듯한 느낌이기도 하였다.

최명길은 다음과 같은 시를 지었다. 그리고 그것을 김상헌에게 보냈다.

君心如石終難轉(군심여석종난전)
吾道如環信所隨(오도여환신소수)

그대 마음은 돌과 같아 끝끝내 변함없고,
나의 도(道)는 고리같이 소신 따라 움직이네.

두 사람은 옥에서 몇 해를 고생하다가 석방되어, 인질로 갔던 소현세자와 봉림대군이 돌아올 때 함께 귀국하였다.

치욕의 역사를 재현하는 방식
-하근찬의『남한산성』

김원규(포항공대 인문사회학부)

1. 소설로 구성한 병자호란의 전개 과정

하근찬의『남한산성』은 1979년 발간된 전작(全作) 장편소설이다. 제목에서 알 수 있는 것처럼 병자호란 시기 청의 공격을 피해 조선 조정이 옮겨간 '남한산성'이 소설의 주 배경을 이룬다. 소설의 제목 '남한산성'은 전쟁에서 조선 조정이 처한 상황을 단적으로 보여준다. 20만 적군에 둘러싸여 1만 2천여 명의 병사로 성을 지키며 '버틸' 수밖에 없는 것이 남한산성의 상황이다. 식량은 겨우 50일분밖에 없고, 지독한 추위 때문에 병사들은 얼어 죽기까지 한다. 기다리는 구원병은 오지 않거나, 산성으로 오는 도중 청 군사의 공격으로 전멸당한다. 말하자면 적에게 둘러싸여 밖으로 나갈 수도 없고, 누군가가 성안으로 들어올 수도 없는 고립무원의 상황이 남한산성이라는 공간적 배경을 통해 여실히 드러나는 셈이다.

소설에서는 병자호란 전후 상황을 네 개의 장으로 구성하여 보여준다. '제1장'은 병자호란 직전의 이야기다. 1627년(인조 5년) 정묘호란으로 후금(청나라)과 조선은 형제국이 된다. 이후 누르하치의 대를 이은 홍타시(청 태종)가 국호를 '청(淸)'이라 하고, 스스로를 황제라 칭하면서 청과 조선은 갈등을 겪는다. 조선의 입장에서 황제는 명나라 황제 하나뿐이고, '오랑캐'가 황제가 된다는 것은 있을 수 없는 일이기 때문이다. 결국 조선 조정은 홍타시의 '칙서'를 묵살하고, 청나라 사신들을 푸대접하면서 청에 강경한 입장을 취한다. 이런 와중에 명나라와의 의리를 주장하면서 오랑캐와 일전불사(一戰不辭)를 외치는 '척화론(斥和論)'과 나라의 존속을 위해 오랑캐라 하더라도 화친을 도모해야 한다는 '주화론(主和論)'이 대립한다. 그러나 대세는 의리와 명분을 앞세운 척화론 쪽으로 기운다. 게다가 청나라와 일전을 감행할 뜻을 담아 팔도에 내려보낸 인조의 유문(諭文)이 홍타시에게 흘러 들어가면서, 조선과 청의 관계는 돌이킬 수 없는 상황까지 이르고 만다.

'제2장'은 전쟁이 발발하자 어가(御駕)가 남한산성으로 이동한후, 강화도로 어가를 옮기려다 실패하고 남한산성에 머물게 되는 과정을 담는다. 1636년(인조 14년) 12월 1일(이 글에서는 모두 음력에 해당), 홍타시는 청군과 몽고군, 그리고 한인(漢人)으로 편성된 이십만 대군을 심양에 집결시킨 후 조선으로 향한다. 9일에 압록강을 건넌 홍타시는 선봉장 마부태에게 곧바로 한양을 향해 진격하도록 명한다. 청나라 군사는 엄청난 속도로 한양을 향해 다가오며, 인조는 고심 끝에 강화도 천도를 결정한다. 그러나 적군에게 강화도 가는 길이 막히면서 결국 조정은 남한산성으로 향한다. 남한산성에서 하룻밤을 지낸 인조는 이튿날 새벽 다시 강화도로 가기 위해 산성을 나서지만 미끄러운 길 때문에 포기하고 도로 입성한다.

'제3장'은 남한산성에서 조선이 청을 맞아 전쟁을 치르다 결국 이듬해 1월 30일 항복하기까지의 내용이다. 이 장은 전체 소설에서 2/3분량을 차지할 정도로 병자호란과 관련된 핵심적인 내용을 담고 있다. 남한산성에 들어온 후 조선은 작은 전투에서 승리를 거두기도 하지만, 막강한 적의 대군에 맞설 실질적인 힘은 없다. 임금을 구원할 조선의 군사는 산성까지 도달하지 못하며 성을 둘러싼 적의 세력은 점점 늘어간다. 1636년 12월 말, 홍타시가 남한산성에 도착하면서 전쟁은 전환점을 맞는다. 처음에 '군신지의(君臣之義)'만 맹세하면 된다고 말하던 청은 이제 임금이 '출성(出城)'하여 청나라 황제 앞에서 항복하기를 요구한다. 청나라 황제의 서신과 조선 국왕의 서신이 오가고, 결국 조선은 임금이 '출성'해서 항복하고 척화신을 묶어 보내라는 청의 요구를 따르게 된다. 특히 아들 봉림대군 등이 피신해 있던 강화도가 함락되었다는 소식이 전해지자 인조는 '출성'의 뜻을 굳힌다. 제3장은 인조가 출성하여 청의 홍타시에게 '삼배구고두(三拜九叩頭)'의 예를 행하면서 '항복 의식'을 치르는 것으로 마무리된다.

소설의 마지막인 '제4장'은 항복 이후의 이야기다. 홍타시가 떠난 후 수많은 조선 백성들이 청나라로 붙들려가고, 인조의 두 아들은 인질이 되어 심양으로 떠난다. 소설은 여기서 끝나지 않고 1639년(인조 17년) 명나라를 치기 위한 청나라의 2, 3차 출병 요구 사건까지 이어진다. 당시 영의정이던 최명길은 명나라에 밀사를 보내 청을 돕는 것이 조선의 본뜻은 아님을 밝힌다. 그리고 이 일이 발각되어 최명길은 모든 책임을 떠안고 심양으로 압송된다. 심양의 '북관 옥'에 갇히게 된 최명길은 이미 두어 해 전에 김상헌이 청나라의 출병 요구를 반대하다 붙잡혀 와 같은 감옥에 갇혀 있음을 알게 된다. 척화론의 대표격인 김상헌과 주화론의 대표격인 최명길이 청의 명을 따르지 않았다는 같은 이유로 같은 감옥에 갇히게 된 것이다. 결국 두 사람이 시를 주고받으면서 서로를 이해하고, '나라에 대한 충성심'을 확인하는 것으로 소설은 마무리된다.

『남한산성』은 이처럼 조선 조정이 남한산성에 머문 47일간의 기록이 주가 되는 제3장을 중심으로 병자호란 이전의 제1장, 전쟁 발발 직후의 제2장, 전쟁 이후 이야기인 제4장이 시간 순서로 서술된 역사소설이다. 역사소설도 '소설'인 만큼 허구적인 특성을 무시할 수는 없다. 그러나 하근찬의 『남한산성』은 대체로 『조선왕조실록』이나 『병자록』 등의 역사 기록을 충실하게 반영하고 있다. 즉 소설 내용의 대부분은 역사 기록에 근거하고 있으며, 소설의 시간 순서에 따른 구성 또한 역사서의 연대기적 서술을 충실하게 반영한다. 그러나 역사 기록을 충실히 따르고 있음에도, 소설에는 작가 특유의 시각과 세계관이 드러난다. 작가는 특정한 역사적 내용을 '선택'하거나 '변형'한다. 이렇게 함으로써 역사 기록과 구별되는 '소설' 『남한산성』이 탄생하는 것이다.

2. 전작 장편 출판의 배경

소설 『남한산성』의 특징을 자세히 살펴보기에 앞서, 『남한산성』

이 어떤 배경에서 출간되었는지 확인해 보자. 앞서 이 소설이 1979
년에 발간된 '전작 장편 소설'이라고 했는데 이는 『남한산성』이 신
문이나 잡지에 연재된 일 없이 단행본으로 출간되었다는 것을 의
미한다. 이 출판의 배경을 살핌으로써 『남한산성』이 어떤 시대적,
문학사(문화사)적 맥락에서 생산되었는지를 알 수 있다.

『남한산성』은 한국문화예술진흥원에서 편찬한 『민족문학대계』
14권에 실려 있다. 14권에는 모두 세 편의 소설이 실렸는데 전병순
의 『논개』, 하근찬의 『남한산성』, 승지행의 『잡초 속에서』 순서다.
전병순과 승지행의 소설이 임진왜란을 배경으로 한 데 비해 하근
찬의 소설은 병자호란을 시대적 배경으로 한다는 차이는 있지만,
조선 중기의 전란을 소재로 한다는 점은 같다. 말하자면 세 편의
소설 모두 조선의 역사를, 그것도 특정 시기의 역사를 공통의 소재
로 삼고 있는 것이다.

『민족문학대계』의 1권에 유현종의 『단군신화』, 이범선의 『동명
왕』 등과 함께 정을병, 오유권의 소설이 실려 있는 것을 보면, 이
'대계'가 어떤 규모로 기획되었는지를 짐작할 수 있다. 말하자면
『민족문학대계』는 고조선부터 일제 강점기까지 한국사(민족사)를
문학적으로 재현하고자 한 거대 기획의 산물인 셈이다.

기획의 의도를 조금 더 자세히 살피기 위해 『민족문학대계』 1
권의 첫 부분에 있는 '발행사'를 보자. 한국문화예술진흥원장이
1975년에 쓴 발행사는 "우리 민족은 다 아는 사실이지만 5천 년
의 유구한 역사를 가지고 있다."는 문장으로 시작된다. 이어 "우리
민족이 일제로부터 겪은 문화적 정신사적 수모"를 언급하면서, 이
런 영향으로 우리가 '역사적 패배주의'라고 할 수 있는 '식민지사

관'에 빠져 있다고 말한다. 그리고 이러한 패배주의적 식민(지)사관을 극복할 수 있는 방법으로 이야기되는 것이 '문화적 민족주의의 확립'이다.

발행사에 '문화적 민족주의'에 대한 자세한 설명은 없다. 다만 '패배주의의 극복', '우리 민족의 자존이나 자각'과 같은 다소 추상적인 언급이 뒤따를 뿐이다. 그러면서 『민족문학대계』를 펴내는 이유가 "민족사 중에서 우리의 역사를 발양(發揚)하는 데 에너지가 되었던 사실·인물·사건 등을 소재로 해서 민족사의 대하를 형성해 온 이야기 등을 혹은 소설로 혹은 서사시나 시극의 형식을 빌려 형상화하고자 기획"했기 때문이라고 밝힌다. 이어서는 우리 역사를 "시대순에 의하여 제1차 문예중흥 5개년계획"에 따라 작품화하겠다고 말한 후, 이 사업이 향후 5년간 총 2백여 명의 문인이 참여하게 될 질과 양 면에서의 '문화적인 대역사(大役事)'가 될 것임을 선포한다.

발간사에 나오는 '민족주의', '문예중흥', '5개년계획' 등의 구호는 이 기획이 어떤 성격의 것인지 짐작케 한다. 그것은 1970년대를 지배한 국가주의 이데올로기와 무관하지 않다. 자의든 타의든 수많은 문인들이 이 발간 사업에 '동원'되어 "전작 중장편, 전작 서사시 및 시극이 일거에 착수, 집필"되는 '대역사'에 동참해야 했을 것이다. 말하자면 『민족문학대계』의 발간이야말로 국책사업의 형태로 문인들을 총동원한, 대규모 '민족사' 서술 프로젝트라고 볼 수 있다.

이런 대규모 기획 속에서 하근찬이 선택한 것은 조선 역사상 가장 치욕적이라고 할 수 있는 병자호란의 역사다. '발행사'에 나오는

"우리의 역사를 발양(發揚)하는 데 에너지가 되었던 사실·인물·사건"과 병자호란의 굴욕은 어울리지 않는 것처럼 보인다. 그럼에도 하근찬은 이 치욕과 수난의 역사를 소설의 소재로 가져온다. 「수난이대」의 작가가 '기획'의 의도를 거스르며, 이 '패배'의 역사를 '선택'한 이유는 무엇일까? 그의 소재 '선택' 자체가 이미 작가의 생각을 여러 측면에서 반영하고 있는 것은 아닐까? 어쩌면 하근찬은 치욕의 역사를 충실하게 재현하고 그것을 반성의 대상으로 삼는 것이 무엇보다 중요한 일임을, 자신의 '선택'을 통해 말하고자 한 것인지도 모른다. 이는 『민족문학대계』의 '문화적 민족주의'가 빠질 수 있는 역사의 낭만화에 대한 경계를, 작가의 선택을 통해 드러낸 것일 수도 있다.

3. 비판적으로 재현되는 패배의 역사

병자호란사는 패배의 역사다. 조선이 '오랑캐의 신하'임을 인정하고, 임금이 출성하여 청나라 황제 앞에서 세 번 절하고 아홉 번 머리를 조아리는 항복의 예를 취한 패배의 역사다. 임금의 두 아들과 수많은 대신들이 인질로 잡혀 심양으로 끌려간 패배의 역사다. 젊은 남성들이 병졸로 끌려가고 여인들은 종이나 성노리개가 되어 붙들려간 패배의 역사다. 그리고 심양으로 끌려간 백성 중 훗날 돌아온 사람만 60만 명에 이른다는 처참한 패배의 역사다.

하근찬의 『남한산성』에서도 이러한 패배의 역사가 다양한 사건을 통해 표현된다. 그렇지만 소설에서 작가는 조선을 단순히 무기력한 패배자로만 재현하지는 않는다. 비록 여러 가지 조정 내부의 문제가 있었음에도, 조선이 청에 대적해 취할 수 있는 모든 방법을 취했음을 작가는 보여주고자 한다. 특히 소설 중반부에서는 조선 군사가 성을 나가 청나라 군사와 싸워 전투에서 승리하는 장면이 다소 흥분된 서술자의 목소리를 통해 이야기되기도 한다.

실제로 조선 군사들은 몇몇 전투에서 승리하기도 하였다. 병자호란 당시 산성의 양식을 관장했던 관량사(管糧使) 나만갑이 쓴 『병자록』에 따르면 12월 18일 "북문대장 원두표가 처음으로 군사를 모집하여 출전해서 적 6명을 죽였다."고 되어 있으며, 12월 19일에는 "총융사 구굉이 군사를 모아 가지고 나가서 적 20명을 죽이고, 군관 이성익이 나가 싸워 공이 있었으므로, 전하께서는 곧 그들의 품계를 올려 주게 하셨다."고 나와 있다. 12월 21일, 22일, 23일에도 전투의 승리가 기록되어 있는데 특히 12월 22일에는 "북문의 어영군이 적 10여 명을 죽이고, 동쪽의 신경진이 또 30여 명을 죽여, 전후 죽인 적이 백여 명에 이르렀는데, 우리 군사는 죽은 자가 겨우 5, 6명에 지나지 않았고, 살에 맞아 부상한 사람이 7, 8명이었다."고 적고 있다. 『조선왕조실록』 12월 23일, 24일 기사에도 전투에서의 승리가 기록되어 있다.

소설에서는 이러한 전투에서의 승리 장면을 과장을 보태 묘사한다. 예를 들어 북문대장 원두표는 "정병 330명을 차출"한 후 "기습을 감행"하여 청나라 군사들을 수없이 죽인다. 기습 작전의 묘사 후에 "적의 시체는 눈 오는 들판에 수없이 나뒹굴었으나, 이쪽은 겨우 세 사람이 부상을 입었을 뿐이었다. 목숨을 잃은 군사는 한 명도 없었다. 통쾌한 전과였다."는 서술이 이어지는데 이는 『병자록』의 원두표에 대한 짤막한 서술과는 차이가 있다.

전투에서 조선군의 승리가 과장된 형태로 묘사되었다고 해도, 역사적으로 소설에서와 같은 승리가 있었던 것만은 분명하다. 그런데 『남한산성』에서는 역사적 사실과는 전혀 다른 전투 장면이 묘사되기도 한다. 그것은 원두표와 청나라 장수 양고리의 대결 장면이다. 양고리는 실제 마부태 휘하의 맹장으로 누르하치의 사위이자, 홍타시의 매부다. 즉 청나라에서도 높은 서열에 위치한 장수인 셈이다. 소설에서는 "오랑캐의 맹장 털보와 조선의 맹장인 팔척 장신의 원두표"가 각각 창과 칼을 휘두르며 싸우는 1대 1 대결이 묘사된다. 마치 『삼국지연의』에서 각 진영을 대표하는 장수들이 싸우는 것처럼, 두 장수의 대결은 치열하게 이어진다. 결국 원두표가 싸움에서 이기고 그의 칼끝에는 양고리의 목이 걸리게 된다. 수많은 병사들이 "요란한 환호성과 함께 웃음"을 터뜨리며, 싸움을 지켜보던 인조는 "기쁨을 못 이겨 파안대소"한다. 소설의 서술자도 개입하여 이 장면을 "정말 통쾌하고 후련한 것이었다."라고 표현한다.

『병자록』 등에 따르면 양고리는 전라병사 김준룡 휘하 박의의 조총에 맞아 광교산에서 전사한 것으로 전해진다. 즉 소설에서 묘사되는 것과 같은 원두표와 양고리의 대결은 없었고, 양고리가 남한산성에서 출전한 군사에 의해 죽은 것도 아니다. 그렇지만 소설에서는 양고리의 죽음을 원두표와의 대결을 통한 '통쾌한' 결과물로 바꿔놓는다.

작가가 양고리에 대한 역사적 사실을 몰랐을 리는 없다. 그럼에도 역사 기록을 충실하게 따른 『남한산성』의 대부분 내용과는 달리 이 장면에서만큼은 소설적 허구를 가미한다. 소설의 재미를 위한 장치일 수도 있고, 작은 전투에서나마 승리의 기록이 있었음을 작가가 독자들에게 보여주고 싶었을 수도 있다. 여러 의도가 있었겠지만 작가는 이러한 소설적 허구를 가미함으로써 『남한산성』이 역사서와는 다른 한 장르로서의 소설임을 의식적으로 혹은 무의식적으로 드러내기도 한다. 그리고 병자호란이라는 패배의 기록 속에도 승리하기 위한 노력이 있었음을, 막강한 적의 세력 앞에서 이러지도 저러지도 못할 처지에 있지만 조선이 무기력하게 당한 것만은 아님을 보여주고자 한다.

그러나 전투에서의 승리를 묘사한 후, 곧 냉정을 되찾은 서술자는 단호한 현실 인식을 드러낸다. "그동안 몇 차례의 싸움에서 적병을 꽤 무찔렀으나, 그것은 전체적으로 볼 때는 극히 미미한 전과에 불과하였다. 황소의 몸뚱어리에 바늘로 약간 상처를 낸 정도라고나 할까. 대세에는 아무 영향도 미치지 못할 그런 것에 불과하였다."는 언급이 그렇다. 이후 『남한산성』에서는 조선이 더 이상 승리의 실마리를 찾지 못하고, 청의 요구에 따라 항복에 이르는 과정이 서술된다.

『남한산성』에서 눈여겨보아야 할 것은 이처럼 항복에 이르는 과정이 단순한 이야기 형태가 아니라, 청과 조선이 교환하는 '서신'의 내용을 통해 드러난다는 점이다. 소설에 나오는 서신과 각 서신의 주요 내용을 시간 순서대로 정리하면 다음과 같다.

표. 소설에 언급된 청과 조선의 서신

서신의 발신자	서신의 주요 내용
청의 서신 1	조선에 병화(兵禍)의 책임을 물음. 치욕적 상황에 몰린 조선의 처지를 조롱함.
조선의 서신 1	잘못을 빌며 '대국의 도량'에 호소함. '지시'를 기다리겠다고 함.
조선의 서신 2	(홍타시의 답신 없음) 조선 국왕이 다 '내 잘못'임을 말함. '은혜'를 베풀어달라고 함. '용서'를 구함. '약자를 불쌍히 여기고 망하는 자를 살리는 것이 패왕의 길'임을 말함.
청의 서신 2	명나라의 군사를 '천하의 군사'라고 말한 조선 서신 2의 내용을 꾸짖음. 말과 행위가 달라 '너희'를 믿을 수 없음을 밝힘. 산성을 나와 항복을 하든지, 한번 싸우든지 선택하라고 위협함.
조선의 서신 3	교화의 지극함을 말함. 대국의 위엄과 덕화를 칭송함. 반성하고 후회막급임을 말함. 새사람이 되게 윤허해달라고 함. 은혜로운 유지를 부탁함.
조선의 서신 4	(홍타시의 답신 없음) 인조 스스로를 신하(臣)로 칭하면서 서신을 다시 써서 보냄.
청의 서신 3	너그럽게 포용하여 스스로 새로워지기를 윤허함. 불러서 귀순케 하려는 의도임을 밝힘. 두 가지 조건을 말함-①'출성'할 것. ②척화의 주모자 두세 사람을 결박하여 보낼 것.
조선의 서신 5	인자하신 유지에 대해 말함. 두 가지 조건에 대해 ①신하들이 출성을 반대한다고 말함. ②척화신들은 이미 내쫓아 산성 안에 없음을 말함.
조선의 서신 6	(황제의 뜻에 따르지 않았다고 해서 조선의 서신 5를 반려함. 홍타시의 답이 없음) ①출성만은 봐달라고 말함. ②척화신으로는 평양 서윤으로 있는 홍익한을 잡아가라고 함.
조선의 서신 7	(조선의 서신 6을 반려함. 황제가 곧 돌아갈 것임을 밝히면서 마부태가 최후통첩을 함. 강화도 함락 사실이 전해짐) 두려워함을 말함. 태만의 죄를 말함. 출성의 뜻을 밝힘. 분명한 지시를 내려달라고 함.
청의 서신 4	나의 정삭(책력)을 받들라고 함. 너의 장자와 또 한 아들을 인질로 삼겠다고 함. 대신의 아들 혹은 아우를 인질로 삼겠다고 함. 너희 나라 군사를 징발하겠다고 함. 철군할 때 성대한 잔치를 베풀라고 함. 경조(慶弔)에는 반드시 예를 행하라고 함. 해마다 바칠 공물 목록을 정리해서 밝힘.

『민족문학대계』에 실린 『남한산성』 해설에서 최일수는 "서신이 어쌔나 많이 되풀이되는지 이 작품이 마치 청 대 조선의 서간문학과 같은 인상을 줄 정도로 청의 위협과 조선의 궁색스러운 아첨이 보기에 민망하도록 오고 간다"고 말한다. 즉 『남한산성』 후반부에서 조선과 청의 서신 교환은 긴장감 있게 다루어지며, 서신의 내용 또한 역사 기록에 기반하여 가감 없이 소개된다.

위의 표에 정리한 서신 내용에서 확인할 수 있는 것처럼 청은 시종일관 고압적인 태도로, 조선은 비굴한 태도로 협상에 임한다. 최명길이 임금의 이름으로 작성한 '답서(조선의 서신 1)'를 본 김상헌은 어찌 오랑캐의 우두머리를 황제로 모실 수 있느냐며 답서를 찢기까지 하지만 현실의 위협 앞에 '척화론'은 점점 힘을 잃어 간다. 결국 조선의 임금은 자신이 청나라 황제의 신하임을 자처하게 되고, 황제의 '은혜'를 구할 수밖에 없는 처지에 놓인다. 홍타시가 요구한 두 가지 조건도 처음에는 성안에서 자결할 뜻까지 밝히면서 들어줄 수 없다는 식으로 이야기하지만, 강화도 함락 소식이 전해지자 그마저도 뜻을 굽히게 된다.

『남한산성』에서는 이처럼 청나라 칸인 홍타시의 서신과 조선 임금의 이름으로 작성한 서신의 내용을 통해 역사의 냉혹함이 생생하게 드러난다. 작가는 서신의 내용을 가감 없이 보여주면서, 당시 조선이 처한 현실이 어떠했는지를 독자가 있는 그대로 보게 한다. 오랑캐의 신하가 될 수 없다고 많은 이들이 '일전불사'를 외쳤지만, 정작 조선은 전쟁이 곧 일어날 것을 알았음에도 별다른 준비도 하지 않았고 대항도 못 했다. 조선은 '개돼지 같은 오랑캐(『조선왕조실록』의 번역이고, 원문은 견양지로(犬羊之虜)다)'라고 무시하던 청에게 속수무책으로 당했으며, 굴욕적으로 항복했다. 서신의 내용을 통해 결국 힘의 논리가 지배하는 현실에서 힘없는 약소국이 어떤 처지에 이를 수밖에 없는지를 독자는 직시하게 된다.

굴욕적인 패배의 기록을 있는 그대로 보여주면서 작가가 독자들에게 혹은 동시대인들에게 말하고 싶었던 것은 무엇일까? 『남한산성』 제4장에는 인조가 항복 후 환궁하는 도중, 한 노파가 통곡하는 것을 목격하는 장면이 나온다. 노파는 말한다.

도대체 나라꼴이 왜 이 지경이 됐나. 국사를 맡은 높은 벼슬아치들이 날마다 술 마시기를 일삼고, 당파싸움에만 정신들이 팔리더니, 마침내 나라꼴을 이 지경으로 만들었구나. 죄 없는 백성들이 불쌍하다. 네 명이나 되던 자식이 모두 오랑캐 놈들의 칼에 쓰러지고, 하나밖에 없는 딸마저 그놈들이 끌고 가 버렸으니, 늙은 이 몸이 장차 누굴 믿고 산단 말인가. 원통하고 절통하구나. 하늘이 원망스럽구나.

『병자록』에도 노파가 노상에서 통곡하는 장면이 나온다. 그렇지만 노파를 인조가 보았다는 기록은 없다. 소설에서는 인조가 노파의 통곡을 목격한 뒤, 주변의 호위 무장에게 "노파를 건드리지 말아라. 얼마나 원통하겠느냐. 노파의 말에 추호도 거짓이 없고, 잘못이 없다."고 말하면서 노파를 피해 가마를 돌린다. 노파는 임금의 행차를 눈치 챈 후 "아이고- 불쌍하신 우리 임금님이시여, 신하를 잘못 만나 나라가 이 지경이 되어…… 아이고-"라고 하면서 통곡을 이어간다.

노파의 말에 인조가 힘을 실어 주면서, 소설 말미에 조선이 청에게 그토록 속수무책으로 당한 '원인'이 무엇이었는지가 언급된다. 그것은 '높은 벼슬아치들'이 '술 마시기'를 일삼고, '당파싸움'에만 몰두한 탓이다. 불쌍한 것은 임금이고 잘못은 신하들에게 있다는 것이다. 노파의 목소리를 통해 소설 마지막 부분에 울려 나오는 전쟁의 '원인' 분석은 그 내용의 불충분함에도 임금의 동의를 통해 타당성을 지닌 것으로 확인된다. 노파의 목소리와 임금의 동의가 반드시 작가의 생각과 일치하는 것은 아닐 수 있다. 그러나 소설 후반부에 비중 있게 나오는 이 장면에서 독자는 전쟁 피해자인 노파의 목소리와 임금의 동의하에 이야기된 내용을 거스르기가 어렵다. 이때 '패배'의 원인으로 지배 체제, 지도자 문제와 같은 근본적인 문제가 언급되지는 못한다. 분명 무언가를 말하고 있지만 말해지지 않은 무언가도 있다. 결국 역사적 문제(사실)가 비판적으로 또한 충실하게 재현됨에도, 소설에서 패전의 원인에 대한 이해가 충분히 이루어졌다고 보기는 어렵다. 이는 『남한산성』이 이룬 성취 및 한계와 무관하지만은 않을 것이다.

4. 등장인물을 형상화하는 작가의 시선

병자호란 이야기에서 빠질 수 없는 것이 척화론과 주화론의 대립이다. 잘 알려진 것처럼 척화론을 대표하는 인물은 김상헌이고, 주화론을 대표하는 인물은 최명길이다. 작가는 자신의 세계관에 따라 척화론이든 주화론이든 어떤 입장을 긍정할 수도 부정할 수도, 둘 다 긍정할 수도 부정할 수도 있을 것이다. 그리고 이런 맥락에서 긍정적으로든 부정적으로든 작가의 관점에 따라 척화론자와 주화론자에 대한 소설 속 인물 형상화가 이루어질 것이다.

『남한산성』에서 등장인물의 형상화와 관련하여 주목해야 하는 인물은 단연 최명길이다. 이 소설이 최명길을 위한 것이라고까지 할 수 있을 정도로 최명길은 소설에서 비범한 인물로, 나라를 생각하는 진정한 애국자로 '재평가'된다. 최명길에 비하면 김상헌이 소설에서 차지하는 비중은 매우 낮다. 등장인물의 형상화와 해석 등에서 이미 작가가 척화론과 주화론 중 어느 편에 기울고 있는지가 드러나는 셈이다.

소설에서 주요 인물 중 처음 등장하는 것도 최명길이다. 최명길의 첫 등장 장면에서 서술자는 "최명길은 몸집이 작고 여윈 편이어서 얼른 보기에 잔약해 보였다. 그러나 그게 아니었다. 도사리고 앉아 있는 모습은 꼿꼿하고 무게가 있어 보였고, 눈에 정기가 넘쳤다."라고 말한 뒤, "체구와는 반대로 뜻이 큰 사람"이라고 평가한다. 최명길의 여러 일화와 함께 계속해서 그의 특성으로 "남을 꿰뚫어 보는 비상한 정신력", "소견이 탁 트인 사람", "비범하고 큰 데가 있는 사람" 등이 이야기된다. 소설의 초반부터 이미 최명길에 대한 긍정적 평가가 전제되어 있는 것이다.

최명길과 같은 비범하고 뜻이 큰 인물이 내세우는 주화론은, 따라서 미래를 내다본 '현실적'인 논리일 수밖에 없다. 그것은 "빈 주먹을 쥐고 입으로만 큰소리를 치는" 척화론자들의 주장과는 다르다. 주화론은 국사를 논함에 "감정과 열기를 앞세우는 일 없이, 냉정하게 앞뒤를 재어보고, 냉철한 머리로써 판단을 내린 주장"이다.

결국 "척화론이 다분히 핏대를 세워 뜨겁게 내뱉는 높은 목소리라면, 주화론은 차근차근 냉정하게 따져나가는 식의 낮은 목소리인 셈이다."라는 비교에 이르면 서술자가 긍정하는 논리가 무엇인지는 분명해진다. 최명길은 척화론이 대세인 상황에서도 "낮은 목소리나마 기회 있을 때마다 척화의 위험성을 주장하고, 주화의 현명함"을 내세운 "큰 용기"를 지닌 사람인 것이다.

『남한산성』에서 홍타시의 '칙서(청의 문서 1)'가 처음 도착했을 때 중신회의가 열리고, 이 자리에서 김상헌과 최명길이 대립하는 장면이 있다. 그런데 이 언쟁에서 김상헌은 감정을 주체 못하고 명분을 중시하는 알맹이 없는 주장만 되풀이하는 반면, 최명길은 왜 '화친의 길'을 택할 수밖에 없는지를 논리적으로 설명하는 것으로 나온다. 최명길이 "항복하는 것을 좋아할 사람이 누가 있겠소. 일이 이 지경이 되도록 한 것은 누구요? 왜 척화를 그토록 내세우면서 적의 이십만 대군이 한양 땅으로 물밀 듯 쳐들어오도록 만들었소. 왜 미리 방비에 만전을 기하지 못했느냐 말이오? 입으로만 척화를 떠들었을 뿐, 실제로 한 일이 뭐요? 말로만 척화가 되는 것이오? 말해보시오."라고 하자 김상헌은 아무 대답도 못 하는 것으로 묘사된다. 이어 발언의 주도권을 장악한 최명길의 '논리적'인 언어가 이어지고, 김상헌은 분을 못 이기고 회의장에서 퇴장한다. 즉 이 '논쟁' 장면에서도 작가는 최명길의 손을 들어주고 있는 셈이다.

『남한산성』의 작가는 목소리만 높은 척화론을 비판적으로 보면서, 결국 '현실적'인 주화론의 입장에 기운다. 그러면서 최명길은 재평가되고 어떤 측면에서는 '미화'된다. 실제 역사에서는 최명길이 어떻게 평가되는지 확인하기 위해『조선왕조실록』1647년(인조

25년) 5월 17일에 실린 최명길의 졸기(卒記)를 참조할 만하다. 사관은 최명길에 대해 "사람됨이 기민하고 권모술수가 많았는데, 자기의 재능에 대해 자부심을 가지고 일찍부터 세상일을 담당하겠다는 생각을 가졌다."고 적은 뒤, "남한산성의 변란 때에는 척화를 주장한 대신을 협박하여 보냄으로써 사감(私感)을 풀었고 환도한 뒤에는 그른 사람들을 등용하여 사류와 알력이 생겼는데 모두들 소인으로 지목하였다. 그러나 위급한 경우를 만나면 앞장서서 피하지 않았고 일에 임하면 칼로 쪼개듯 분명히 처리하여 미칠 사람이 없었으니, 역시 한 시대를 구제한 재상이라 하겠다."라고 말하면서 죽은 이의 공과(功過)를 드러낸다.

『병자록』을 쓴 나만갑이 주화론에 적대적인 이유도 있겠으나, 이 책에서의 최명길 평가는 매우 혹독하다. 특히 최명길이 척화신으로 오달제와 윤집을 묶어 데려가는 장면에서는 "명길의 쥐새끼같이 간사함은 차마 입에 담을 수가 없었다."라는 말까지 나온다. 소설에서 형상화되는 최명길의 모습과는 적지 않은 간극이 있는 셈이다. 『남한산성』의 작가가 주화론에 의미를 부여하면서 주화론의 대표격인 최명길을 긍정적으로 형상화하다 보니, 인물을 어느 정도 미화하고 있다고 볼 수 있다.

『남한산성』에서 최명길과 함께 눈여겨보아야 할 또 다른 인물로 임금 인조가 있다. 이 소설에서 명분과 의리를 강조하면서 목소리를 높이는 김상헌이나 자기 살길만 찾는 우유부단하고 기회주의적인 영의정 김류에 대해, 작가가 특별히 의미 부여를 하거나 인물 형상화에 공들인 흔적은 보이지 않는다. 그렇지만 인조는 조금 다르다. 소설에서 인조는 고뇌하는 군주로 그려진다.

인조가 고뇌하는 군주로 그려지는 것은 특히 소설에서 인조의 복잡한 '내면'이 여러 장면에서 드러나는 것과 연결된다. 『남한산성』에서 인물의 내면이 묘사되는 장면은 대부분 인조와 관련해서다. 최명길 등의 내면이 소설에서 간혹 드러나기는 하지만, 인조의 내면 묘사만큼 긴 경우는 없다. 인조의 내면은 80명 정예 기병이 전멸한 후 어가가 강화도로 이동하려고 할 때, 마부태의 침공 목적을 최명길로부터 전해 들었을 때, 대신으로 위장해 마부태에게 보낸 심집이 임무를 달성하지 못하고 돌아왔을 때 등 여러 장면에서 길게 나온다. 그것은 주로 믿을 수 없을 정도로 빨리 진격해 온 적에 대한 공포, 무능한 신하들에 대한 분노 등을 담아 드러난다. 특히 갑자기 일식이 일어나 천지가 암흑이 되자, 인조는 불길한 기운을 느끼면서 자신의 괴로운 내면을 있는 그대로 토로한다.

이대로 영영 세상이 다시 밝아오지 않는다면 어떻게 될까 하는 생각이 들자, 등골이 으스스해지는 것이었다. 그러나 인조는 차라리 그렇게 되어 버렸으면 싶기도 하였다. 차라리 그렇게 되어 버리면 만사가 끝나는 것이 아닌가. 이기고 지는 것도 없고, 굴욕적인 화약을 맺을 필요도 없으며, 그렇다고 승산 없는 싸움을 계속할 필요도 없는 것이 아닌가 말이다. 종묘사직이니, 이 나라 만백성이니 뭐니…… 괴롭고 짐스러운 모든 것이 무로 돌아가 버릴 게 아닌가.

『남한산성』에는 이처럼 인조의 내면이 여러 장면에 나오면서, 그가 이럴 수도 저럴 수도 없는 비참한 상황에 놓인 고뇌하는 군주임이 드러난다. 그리고 이 내면 묘사에서 두드러지는 것은 조선을 이 지경까지 몰고 온 '신하들의 무능함'이다. 인조는 심집과 같은 "나 잇값도 못하는, 얼간이 같은 것을 지금까지 중신이라고 믿고 국사를 맡겨온 일을 생각"하면서 쓰디쓰게 입맛을 다신다. 그리고 이런 신하들의 무능함은 "노상 입으로 척화, 척화하면서 큰소리"를 쳐댄 척화파들의 허세와 무책임함으로 귀결된다.

소설에서 조선의 비참한 현실을 있게 한 원인으로 지목되는 것은 신하들, 특히 척화론자들이다. 앞서 본 소설 마지막 부분의 노파와 인조의 대면 장면에서처럼 잘못은 어디까지나 신하들에게 있음이 강조된다. 그러나 조선의 왕은 인조이고 전쟁에서의 최고 책임자 역시 인조임은 분명하다. 신하들이 무능하다면 그러한 신하들을 등용한 임금에게도 책임이 없는 것은 아니다. 무엇보다 신하들에게만 책임을 돌릴 경우, 전쟁의 진짜 원인일 수 있는 지배 체제의 문제, 지도자로서 임금의 문제, 외교력과 군사력 등의 문제는 은폐될 수밖에 없다. 『남한산성』에서는 고뇌하는 군주에게 전쟁의 실질적인 책임을 묻지 않는다. 그것은 어쩌면 최고 권력자의 문제를 정확하게 겨냥하기 어려운 시대(1970년대) 상황과도 무관하지만은 않을 것이다.

5. 수난의 역사, 극복의 가능성

『남한산성』은 천재지변을 묘사하는 것으로 시작된다. 폭풍우, 지진, 혜성, 일식 등 소설 중간중간에도 여러 차례 자연의 '괴이한' 현상이 묘사되며, 그것은 대부분 불길한 징조로 해석된다. 최명길이 처음 등장하는 장면에서도 하얀 무지개가 해를 꿰뚫은 사건이 비중 있게 그려진다. 그리고 이런 자연현상은 "걷잡을 수 없는 큰 변이 일어나고야 말 것" 같은 등장인물의 느낌과 함께 실제로 일어날 전쟁, 다가올 비극과 수난의 시간을 예고한다.

『조선왕조실록』에도 소설에 나오는 여러 천재지변이 기록되어 있다. 즉『남한산성』의 작가가 괴이한 자연현상을 상상하여 만든 것은 아님을 알 수 있다. 그렇지만 소설의 첫 장면이나 청의 침공 직전과 같은 때 천재지변을 의미 있게 배치함으로써, 천재지변은 단지 불길한 징조나 어두운 미래를 암시하는 것 이상의 내용을 지니게 된다.

천재지변은 인간의 힘으로는 어쩔 수 없는 것이다. 그것은 인간이 막으려고 해도 막을 수 없는 압도적인 위력을 지닌다. 어쩌면 『남한산성』의 작가는 반복되는 자연재해의 묘사를 통해 청의 침략 또한 그러한 종류의 것임을 의식적, 무의식적으로 드러내고 있는 것인지 모른다. 나약한 인간이 거대한 천재지변 앞에 속수무책인 것처럼, 약소한 국가가 막강한 대국의 침략을 힘으로 이겨낼 방법은 없다는 것이다.

역사상의 전쟁을 천재지변과 같은 어쩔 수 없는 것으로 인식할 때, 전쟁이 발발한 역사적·사회적 맥락에서의 의미는 지워질 수밖에 없다. 전쟁은 그저 강대국 틈에서 약소국이 자연재해처럼 겪어야 하는 수난 내지는 피해가 된다. 그나마 전쟁의 원인으로 책임을 물을 수 있는 것은 무능한 신하들의 당파싸움과 같은 것뿐이다. 소설에서도 최명길과 인조 등 긍정적으로 묘사되는 인물들을 통해 "약소한 나라의 대신이 된 슬픔", "안타깝고 처량하기만한" 약소국의 처지, "두 강국 사이에 낀 약소국의 설움"이라는 말이 반복된다. 천재지변과 연결될 때, 병자호란은 강대국 틈에서 '우리의 의지와는 상관없이' 겪어야 했던 약소국의 일방적인 수난처럼 보이게 된다.

마지막으로 전쟁의 원인으로 '명시적'으로 지목되었던, 신하들의 무능함과 불충(不忠)이 어떤 식으로 극복되어야 하는지에 대한 소설에서의 답을 찾아보자. 앞서도 언급한 것처럼 소설의 마지막은 최명길과 김상헌이 심양 감옥에서 만나 시를 주고받으면서 화해에 이르는 것으로 끝난다. 이는 실제 역사적으로 일어난 화해이기도 하고, 소설 마지막 장면에 배치된 문학적 화해의 장면이기도 하다.

한 인간이 다른 한 인간과 서로의 진정성을 확인하면서 화해에 이르는 장면은 감동적일 수 있다. 그러나 시대적, 소설적 맥락을 고려할 때 그러한 '인간적 화해'에만 의미를 부여하기는 어렵다. 김상헌이 최명길에 대한 오해를 풀 수 있었던 것은 "그 역시 가슴속은 나라를 위한 뜨거운 정성으로 불타고 있었던 것"을 알게 되었기 때문이다. 결국 『남한산성』의 마지막 장면에서 분명하게 드러나는 것은 국가를 위해 자신을 희생하는 것이 진정한 충신의 자세라는 식의 애국주의적 논리다. 그리고 이것이 동시대의 국가주의 논리와 무관하지 않음도 어렵지 않게 짐작할 수 있다.

소설의 마지막은 이처럼 애국주의 논리로 귀결된다. 소설적인 해결, 소설적인 화해의 장면에서 확인할 수 있는 것은 결국 해결책이 지닌 추상성과 불충분함이다. 앞서 전쟁의 원인을 언급하는 장면에서 그러했던 것처럼 현실 문제의 극복 가능성을 제시하는 부분에서도, 사회·역사적 맥락을 고려한 구체적인 탐색은 없다. 역사적 문제(사실)가 비판적으로 또한 충실하게 재현됨에도 『남한산성』의 한계는 분명하다. 그것은 이 소설이 애국주의나 선공후사(先公後私), 충(忠)과 같은 동시대 지배체제의 논리를 별다른 반성 없이 반복하고 있다는 점과 무관하지만은 않을 것이다.